$1.⁰⁰

LA NUIT DES NOUNOURS

DANS LA MÊME COLLECTION

Ed McBain, *Blanche comme une petite fille*, 1995

Tabitha King, *Chaleurs*, 1995

Ed McBain, *Trois Souris aveugles*, 1995

Simon Beckett, *Le Rêve de l'antiquaire*, 1995

Gordon Thomas, *Parfum de mort*, 1996

Evan Hunter, *Conversations privilégiées*, 1996

Ed McBain

LA NUIT DES NOUNOURS

Traduit de l'américain
par François Delzors

Éditions Ramsay

Titre original : *Gladly the Cross-Eyed Bear*
Édition originale : © 1996 by Hui Corporation

© Traduction française : Éditions Ramsay, Paris, 1997

1

Dans l'État de Floride, pour le Code pénal, peu importe l'heure du jour ou de la nuit en matière de répression du cambriolage. Vous pouvez cambrioler à tout moment, cela n'a pas la moindre influence sur la sanction. Si vous êtes armé ou si vous agressez quelqu'un, c'est un délit grave qui suffit à vous faire coffrer pour le restant de votre vie. Et si vous pénétrez dans une habitation ou si quelqu'un se trouve sur les lieux au moment où vous commettez le méfait, il s'agit d'un moindre délit, mais vous risquez quand même d'en prendre pour quinze ans.

Warren devait visiter cet appartement dans la journée – si toutefois elle se décidait à le quitter – et il n'était pas armé, bien qu'il fût détenteur d'un permis de port d'armes. C'était une habitation et, dans l'éventualité où on l'y trouverait, il écoperait d'une peine maximale de quinze ans puisque, dans l'État de Floride, pénétrer furtivement dans un édifice ou utiliser un moyen de transport – sans avoir requis l'accord préalable du propriétaire ou de l'occupant – relève déjà de l'effraction préméditée.

Mais il devait entrer, coûte que coûte.
Si du moins elle se dépêchait de filer au boulot.
Il alluma la radio de la voiture.

J'avais déposé plainte auprès de la cour fédérale de Calusa, du district de Floride, et j'avais requis un ordre d'action en justice. Le juge Anthony Santos avait signé un ordre d'assignation à rési-

5

dence provisoire et prévu une audience pour le 12 septembre. Un magistrat avait ensuite fait citer Brett et Etta Toland, propriétaires de Toyland, à comparaître à cette audience. Nous étions maintenant le douze à neuf heures du matin, un mardi étouffant de chaleur.

La première chose que Santos voulut savoir, c'était comment j'allais.

J'aurais aimé que les gens arrêtent de me demander comment j'allais.

Ou bien comment ça avait été.

Cela avait été comme le retour de la lumière après une panne de courant. Pendant un instant, il y avait eu ici-bas une obscurité totale, pendant qu'au-dessus un orage déchaîné projetait par intermittence des éclairs blancs et que retentissaient des grondements de tonnerre effrayants. Je me trouvais dans un trou noir et profond, rempli d'une eau sombre et huileuse qui me montait inexorablement à la taille, puis à la poitrine, et enfin à la gorge. J'étais enchaîné aux murs de ce trou noir sans fond alors qu'en haut les éclairs déchiraient le ciel et que le tonnerre rugissait, que l'eau croupie était arrivée à la hauteur de ma bouche, puis qu'elle avait atteint mes narines. Soudain, il y avait eu un éclair et un coup de tonnerre si proches qu'ils semblaient avoir éclaté dans le trou même ; ils en avaient secoué les parois de pierre humide, avaient rempli mes yeux et ma tête d'une lumière incandescente et d'un bruit assourdissant et...

D'un bond puissant, j'étais parvenu à m'en extraire.

C'est ainsi que cela s'était déroulé pour moi.

Vous auriez peut-être eu une sensation différente si vous étiez sorti d'un coma cinq mois auparavant.

— Je vais bien, Votre Honneur, dis-je.

— Les deux parties sont-elles prêtes ? demanda Santos.

— Matthew Hope, représentant le plaignant Elaine Commins.

— Sidney Brackett, représentant le défendeur Toyland.

Brackett se révélait le meilleur avocat de Calusa pour tout ce qui avait trait aux litiges en matière de copyright ou de marque déposée et il était célèbre pour avoir gagné le procès sur la violation des droits de propriété de la marque Opal Oranges. À Calusa, j'étais l'avocat de toutes les causes, réputé pour avoir été blessé par balle à deux reprises – une fois à l'épaule et une fois en pleine poitrine – en avril dernier. Je vais bien à présent. Vraiment. Je vais *bien*, nom de Dieu !

– J'ai reconsidéré la plainte, les déclarations écrites sous serment ainsi que les dossiers des deux parties, déclara Santos, et je suis d'avis que nous pouvons commencer sans procéder à un interminable exposé des faits. J'espère que vous avez expliqué à vos clients respectifs...

– Oui, Votre Honneur...

– Oui, Votre...

– ... que l'objet de cette audience est de déterminer si Toyland doit être sommé, en premier lieu, de suspendre la production, la distribution ou la vente d'un ours en peluche dénommé Joyau, l'ours loucheur, dont Mlle Commins revendique les droits de copyright, de marque déposée ainsi que la propriété pour les dessins et modèles. Il vous incombe, Mlle Commins, de prouver que vous êtes propriétaire d'un copyright et d'une marque déposée en bonne et due forme pour l'ours que vous avez appelé Joyeux et, conformément au premier chef d'accusation, de prouver ensuite que les pièces protégées ont été illégalement copiées. En second et troisième chefs, il est de votre devoir de prouver la violation de la marque déposée et de la propriété des dessins et modèles. Tout le monde a bien saisi ?

– Oui, Votre Honneur, tous ces points ont été expliqués à ma cliente.

– Ainsi qu'aux miens, Votre Honneur.

– Comme vos avocats, j'en suis convaincu, vous l'ont expliqué dans le détail, déclara Santos, les idées ne peuvent faire l'objet d'un copyright. La protection n'est garantie qu'à leur matérialisation. Ainsi, il ne suffit pas de démontrer que plaignant et défendeurs ont utilisé l'idée d'un ours qui louche et dont la vue est corrigée par des lunettes. Afin de prouver la violation du copyright, il est nécessaire de démontrer que la matérialisation de cette idée a été copiée. L'essence de la violation de copyright ne repose pas sur le fait que le défendeur se soit inspiré d'une idée ou d'un thème caractéristique du travail du plaignant, mais sur le fait qu'il ait repris la *façon* spécifique dont le plaignant a exprimé cette idée dans le travail sujet à copyright.

« De même, afin de prouver la violation de la marque déposée et de la propriété des dessins et modèles, il doit être établi que l'utilisation de noms et de caractéristiques de conception similaires pourrait créer une confusion sur le marché. Les caractéristiques de conception d'un produit peuvent être sujettes à protection eu égard aux lois sur la propriété des dessins et modèles, mais seulement dans l'hypothèse où elles s'avèrent fondamentalement distinctives ou qu'elles sont perçues sur le marché comme étant différentes. Tout cela est-il bien compris ?

– Oui, Votre Honneur.

– Oui, Votre Honneur.

– A-t-il été également expliqué que le jugement définitif ne peut être rendu qu'au terme du procès ?

– Oui, Votre Honneur.

– Oui, Votre...

– Avant que nous ne poursuivions, il me faut ajouter que la cour est pleinement consciente de l'urgence de cette affaire, Noël étant à nos portes, si vous me permettez l'expression, afin qu'un de ces ours se retrouve à la vente dans les magasins, quelle que soit la partie gagnante. Parallèlement, et ce précisément du fait des considérations commerciales réelles et pressantes pour l'ensemble des intéressés, la cour n'entend prendre aucune décision de manière précipitée.

De l'autre côté de la salle de tribunal, assis à la table de la défense avec ses clients, Sidney Brackett montrait un visage figé. Ou bien ennuyé. À moins que ce ne fût les deux. Petit homme ramassé et potelé, ressemblant malencontreusement à Newt Gingrich[1], il était flanqué de deux des personnes les plus attrayantes sur cette terre, M. et Mme Brett Toland, accusés d'être des voleurs d'ours en peluche.

– Il me faut également rappeler que les règles de procédure d'une audience sont semblables à celles d'un procès, dit Santos.

---

1. Homme politique américain, speaker de la Chambre des représentants (N.D.T.).

Les jurés en sont absents, mais tout le reste est identique. Le plaignant présente sa...

Il me semblait que tout le monde avait déjà entendu parlé de ça, au moins parce qu'on y retrouvait des similitudes avec le droit pénal. Le monde entier avait suivi le procès Simpson, l'affaire de ces vingt dernières années qui avait duré six mois, trois semaines et douze jours, et connaissait toutes ces histoires de procédure autant, voire mieux, que moi-même. Je regrettais qu'il n'y ait pas de jury car de simples citoyens, qui n'étaient pas des juristes, auraient pu noter toutes mes erreurs de plaidoirie et éventuellement m'écrire pour me dire quel avocat minable je faisais. J'adorais recevoir des lettres d'insultes. Lorsque je m'étais réveillé au Good Samaritan Hospital, j'avais trouvé une pile de lettres sur une table, écrites par des inconnus qui me rendaient, en quelque sorte, responsable d'avoir été blessé par balle et me taxaient, d'une certaine manière, de négligence, sous prétexte que je refusais de sortir de mon coma pour poursuivre mes agresseurs en justice. En fait, j'aurais aimé foutre cette table en l'air, mais des problèmes médicaux m'en empêchaient. Mieux encore, j'aurais préféré ne pas avoir de problèmes de santé. Et encore mieux, qu'on ne m'ait pas tiré dessus. Essayez donc, pour voir, d'être blessé par balle, et je vous enverrai un courrier lorsque vous refuserez de sortir de votre fichu coma.

Car une fois de plus, les gens persistaient à me trouver l'air un peu grognon depuis que j'étais revenu à la vie.

— ... une audition immédiate de chaque témoin, continuait Santos, suivie d'un contre-interrogatoire de la défense. Le plaignant se voit ensuite autorisé à une seconde audition, la défense à un second contre-interrogatoire. Une fois la plaidoirie du plaignant conclue, la défense appelle ses témoins, et ce sont les mêmes règles qui prévalent. Si l'une des deux parties a des questions, elle est invitée à me les soumettre dès à présent. Je souhaite que chacun comprenne exactement de quoi il retourne.

Il n'y avait pas de question.

— Dans ce cas, maître Hope, conclut Santos, si votre premier témoin est prêt à comparaître, nous pouvons commencer.

Dépêche-toi de sortir de là, pensait Warren.

Il conduisait habituellement une vieille Ford grise déglinguée, la voiture idéale pour quelqu'un de sa profession, sauf s'il souhaitait que toute la Floride sache ce qu'il fabriquait. Le problème était qu'elle connaissait la Ford, qu'elle y était montée à maintes reprises et qu'il ne pouvait donc pas si facilement se garer dans la rue face à son appart. Elle aurait pigé immédiatement. Un Noir au volant d'une Ford grise en ruine, qui d'autre ça aurait pu être, à part ce bon vieux Warren Chambers ?

Il avait donc préféré se garer à l'angle, dans une Subaru rouge, empruntée pour l'occasion, dont l'aile gauche était cabossée. Il attendait à présent dans son vieux rafiot, à l'ombre d'un énorme figuier dont les feuilles pendaient aux branches telles des fientes de pigeon. Depuis cet endroit, il pouvait surveiller la sortie de parking qui faisait face à son appartement. Il connaissait sa voiture. Il serait en mesure de la repérer à la minute où elle sortirait. Si elle sortait.

Une mouche bourdonna à ses oreilles.

C'était ça le problème, en étant assis là, toutes fenêtres ouvertes.

Il détestait la Floride et ses fichus insectes.

Il continuait à fixer la sortie du regard. Elle se trouvait de ce côté du lotissement. Une large flèche blanche peinte à même le sol pointait vers l'intérieur. Une seconde, située de l'autre côté des bâtiments, était dirigée vers l'extérieur. Allez sors, pensa-t-il. Tu as une flèche qui t'indique la direction à suivre, vas-y.

Il regarda sa montre.

Neuf heures trente-sept.

L'heure de se grouiller de sortir, se dit-il.

Elaine Commins – Lainie, ainsi qu'elle préférait se faire appeler – était âgée de trente-trois ans, grande et vêtue de manière à la fois décontractée et élégante, comme beaucoup de natifs de la Floride, même si elle n'était arrivée de l'Alabama que cinq ans auparavant et si elle parlait encore avec un accent du Sud prononcé. Elle portait, pour la circonstance, à l'audience de ce matin-là, une longue jupe plissée de soie avec un long pull-over en coton tombant en tunique. Elle n'avait ni collants, ni bas, ses jambes bronzées étaient nues dans des chaussures ouvertes à talons plats dont le bout était une sorte de macramé tressé. Elle arborait à un doigt de sa main droite la même bague en or que la première fois où elle était venue à mon bureau. Elle me l'avait décrite alors comme une chevalière de l'époque victorienne, avec son portrait en forme de cœur et son liseré décoré de petites fleurs. L'or de la bague et les tons naturels de ses vêtements s'harmonisaient avec sa longue chevelure couleur de sable, tirée en arrière de manière à dégager son visage et nouée avec un ruban de la couleur de ses yeux verts. Elle paraissait regarder d'un air prudent, attentif et souffrait – cela dit sans la moindre méchanceté, mais par simple souci d'exactitude – d'une coquetterie dans l'œil.

Lainie ne louchait pas vraiment, dans la mesure où aucun de ses yeux ne convergeait vers le nez. Mais elle avait une coquetterie : son œil gauche vous fixait pendant que le droit se dirigeait vers l'extérieur. Non seulement ce défaut jouait un rôle capital dans la plainte qu'elle avait déposée – en fait, j'espérais qu'avec ça nous gagnerions cette audience – mais il lui donnait un air singulièrement vulnérable et infiniment sexy. Tout en posant sa main sur la Bible que lui présentait le greffier, elle jura de dire la vérité, toute la vérité et rien que la vérité.

– Voulez-vous décliner votre identité, s'il vous plaît ? lui demandai-je.

– Elaine Commins.

Sa voix était aussi douce qu'un chaud vent d'été soufflant sur le fleuve Tennessee. Ses yeux verts sauvages, pleins d'expectative, son visage doré par le soleil, l'œil gauche me fixant, le droit vagabondant sur le drapeau américain dans l'angle derrière les magistrats. Ses lèvres mordantes, légèrement entrouvertes, comme si elle allait anticiper ma prochaine question.

– Et votre adresse, je vous prie ?

– Au 1312 de North Apple Street.

– Est-ce également l'adresse de votre lieu de travail ?

– C'est bien cela. J'ai un petit atelier dans ma maison.

– Quel est le nom de votre affaire ?

– Juste Pour Rire.

– Pouvez-vous nous décrire votre travail, mademoiselle Commins ?

– Je crée des jouets pour enfants.

– Depuis quand exercez-vous ce métier ?

– Depuis que j'ai obtenu mon diplôme à la Rhode Island School of Design, il y a dix ans.

– Donc, vous créez des jouets pour enfants depuis dix ans.

– C'est exact.

– Pendant ces dix années, vous avez toujours eu votre propre affaire ?

– Non, avant je travaillais pour les autres.

– Avez-vous jamais travaillé pour Toyland, défendeur dans ce procès ?

– J'ai travaillé pour eux.

– À quel titre ?

– En qualité de membre de l'équipe de création.

– Vous conceviez des jouets ?

– Oui, des jouets pour enfants.

– Avez-vous conçu Joyeux l'ours loucheur alors que vous étiez employée de Toyland ?

– Bien sûr que non !

– Quand alors avez-vous créé cet ours ?

– Au mois d'avril de cette année.

– Et quand avez-vous quitté votre emploi à Toyland ?

– En janvier dernier.

Je me dirigeai vers la table du plaignant et saisis par la tête l'un des deux ours en peluche d'apparence identique. Celui que j'avais en main en retournant à la barre des témoins mesurait environ cinquante centimètres. L'autre avait quelques centimètres de moins. Les deux étaient en mohair. Chacun avait une paire de lunettes retenue autour du cou par une chaîne dorée.

– Votre Honneur, demandai-je, pouvons-nous consigner ceci comme première pièce à conviction du plaignant ?

– Accordé.

– Mademoiselle Commins, poursuivis-je, reconnaissez-vous ceci ?

– Oui, tout à fait.

– Qu'est-ce ?

– C'est un jouet en peluche appelé Joyeux l'ours loucheur que j'ai créé et pour lequel j'ai obtenu un copyright ainsi qu'une marque déposée.

– Je demande la consignation de l'ours comme preuve, Votre Honneur.

– Y a-t-il une objection ?

– Aucune, répondit Brackett. À condition qu'il soit mentionné que l'ours n'a *pas* été conçu par Mlle Commins.

– La cour en prend acte.

– Mademoiselle Commins, êtes-vous à l'origine de la conception de cet ours ?

– Oui.

– Existait-il, à votre connaissance, avant que vous ne créiez et dénommiez cet ours, une autre peluche appelée Joyeux l'ours loucheur ?

– À ma connaissance, non. Ni par le passé, ni à ce jour.

– Avez-vous déposé la marque Joyeux l'ours loucheur ?

– Oui.

– Votre Honneur, peut-on consigner ce document comme seconde pièce à conviction du plaignant ?

– Accordé.

– Mademoiselle Commins, je vous montre maintenant ce document et vous demande de l'identifier pour moi.

– C'est le certificat d'origine de marque déposée pour Joyeux.

– Vous voulez dire Joyeux *l'ours*, bien entendu.

– Je veux dire Joyeux l'ours loucheur. Le strabisme des yeux constitue un élément à part entière de sa conception. De même que les verres correcteurs. Ce sont des parties intégrantes de la propriété des dessins et modèles.

– Votre Honneur, je demande la consignation du certificat comme preuve.

– Y a-t-il une objection ?

– Aucune.

– Votre Honneur, pouvons-nous également consigner ce document ?

— Consignez-le comme troisième pièce à conviction du plaignant.

— Mademoiselle Commins, je vous soumets à présent un autre document. Pouvez-vous me dire de quoi il s'agit ?

— Bien sûr. Il s'agit du certificat d'origine de copyright pour Joyeux.

— Des dessins ont-ils été joints à la demande de copyright ?

— Oui, en effet.

— Illustrent-ils, de manière fidèle, la réalisation de l'ours ?

— Oui, ainsi que celle des lunettes.

— Votre Honneur, je demande la consignation du certificat de copyright ainsi que des dessins comme preuves.

— Une objection ?

— Aucune.

— Mademoiselle Commins, poursuivis-je, comment décririez-vous Joyeux ?

— C'est un ours qui louche, avec de grandes oreilles, un sourire niais et des lunettes qu'on peut lui faire porter.

— Vous êtes à l'origine de la conception de tous ces éléments ?

— Oui.

— N'existe-t-il pas d'autres ours en peluche sur cette terre, dotés de grandes oreilles ?

— Oui, mais elles ne sont pas identiques à celles de Joyeux.

— Et dont les sourires sont niais ?

— Mon Dieu ! Il y en a, des sourires niais ! répondit-elle en souriant niaisement, ce qui eut pour effet de provoquer chez Santos aussi un rictus similaire. Mais pas comme celui de Joyeux.

— Avez-vous la connaissance d'autres ours en peluche qui loucheraient ?

— Non, pas que je sache.

— Ce qui signifie que les droits de copyright concernant le strabisme de Joyeux sont uniques en leur genre.

— C'est cela.

— De même que le nom de la marque déposée.

— Oui.

— Et pour les lunettes de vue ? N'existe-t-il pas des ours en peluche qui en portent ?

14

– Pas des lunettes de ce genre.

– En quoi consiste leur spécificité ?

– Elles corrigent le strabisme de Joyeux.

– Il n'existe aucune paire de lunettes semblable sur aucun autre ours en peluche, à votre connaissance ?

– Non, pas que je sache.

– Quand l'idée de cette création vous est-elle venue pour la première fois ?

Elle sortait enfin.

Ou du moins, on apercevait sa voiture, une Chevy d'un vert passé semblable à la Ford grisâtre de Warren, un véhicule quelconque pointant son nez hors du parking tel un requin. Elle regarda des deux côtés avant de tourner à droite et de s'éloigner du pâté de maisons. Warren attendit jusqu'à ce que la Chevy soit hors de vue. Il regarda sa montre. Il était dix heures moins dix.

Laisse-lui encore cinq minutes, pensa-t-il.

Assure-toi qu'elle n'a rien oublié et qu'elle ne revient pas sur ses pas.

Ainsi que Lainie Commins l'explique, il existe à Calusa des rues en *cul-de-sac*[1] qui donnent l'impression d'avoir fait un bond dans le passé. C'était le cas de celle dans laquelle se trouvait sa maison et son atelier. Cela ressemble à Calusa – ou plus exactement, à la Floride – tel que cela était dans les années quarante et cinquante.

Je n'avais jamais considéré Calusa comme un paradis tropical. Même au printemps, lorsque la végétation est en fleurs, rien ne semble aussi luxuriant et éclatant de couleurs que dans les Caraïbes. En fait, Calusa m'apparaissait plus grise que verte, comme si l'herbe et les feuilles des arbres et des buissons avaient été recouvertes d'une fine couche de poussière. Même les bougainvilliers et les hibiscus donnaient l'impression d'être rabougris

---

1. En français dans le texte (N.D.T.).

et ternes en comparaison de ce qu'ils sont sous les climats tropicaux.

Toutefois, en avril...

Exactement à l'époque où Lainie eut, pour la première fois, l'idée de créer Joyeux et à laquelle, par pure coïncidence, j'agonisais dans l'unité de soins intensifs du Good Samaritan Hospital, plongé dans un profond coma – mais c'est une autre histoire.

Au mois d'avril donc, ainsi que Lainie l'explique, la rue dans laquelle elle réside et travaille ressemble à une jungle traversée par une étroite route d'asphalte en mauvais état. L'accès à la North Apple Street – il n'existe pas de South Apple Street, soit dit en passant – se fait, par le continent, à deux kilomètres et demi du pont de Whisper Key. Un panneau à l'entrée de celle-ci indique qu'il s'agit d'une « voie sans issue », information justifiée par le fait qu'elle longe deux pâtés de maisons avant de faire un ovale dans la direction opposée.

Les deux petits blocs sont composés de douze maisons en pierre avec des fenêtres à claire-voie comme on pouvait en trouver partout à Calusa, avant que la ville ne devienne une destination touristique pour les vacanciers du Middle West et du Canada. Dans cette rue, les maisons sont protégées des regards indiscrets par une dense barrière de palmiers géants et nains, de bougainvilliers rouges, de bougainvilliers violets, de bougainvilliers blancs à la croissance exubérante, de poivriers mal entretenus et envahis de mousse, de genêts jaunes en bouquets, de lauriers-roses, de lantaniers rampants couleur lavande, de plantes grasses couleur rouille, d'hibiscus jaunes, d'hibiscus roses, d'hibiscus rouges, d'arbres appelés rince-bouteilles aux longues fleurs rouges et, de ci de là, de la seule véritable splendeur florale de Calusa, l'oiseau de paradis, dotée d'une crête spectaculaire orange et violet bleuté.

Les gens disent à propos de cette rue que « ça fait encore très Floride ».

Ce qui signifie que le temps s'y est arrêté, que la végétation y est envahissante et sauvage, que l'endroit est caché et, d'une certaine manière, secret et silencieux. On s'attend à ce que des alligators sortent en rampant des buissons. On s'attend à apercevoir des Indiens torse nu. Ce qu'on y trouve en réalité, ce sont des jeunes gens bronzés, inconditionnels du soleil – certains d'entre eux sont d'ailleurs torse nu – habitant à six ou sept dans chacune de ces petites maisons, et faisant toutes sortes de boulots qui les entraînent à l'extérieur pendant la semaine et sur les plages dès le weekend. On trouve plus de jardiniers, de maîtres nageurs, de peintres en bâtiment, d'élagueurs, d'ouvriers à l'entretien des routes, de sauveteurs ou de personnels de chantiers navals dans les deux pâtés de maisons qui constituent Apple Street que dans tout l'État du Nebraska.

Dans au moins trois des maisons, il y a des occupants aux prétentions artistiques, ce qui ne s'avère inhabituel ni, de manière générale, dans l'État de Floride ni, plus spécifiquement, à Calusa. La ville s'est affublée du sobriquet d'Athènes du sud-ouest de la Floride, ce qui déclenche les moqueries de Frank, mon associé, originaire de New York. Quatre habitants de Apple Street se prennent pour des peintres. Un autre pour un sculpteur. Un sixième se déclare écrivain. Lainie Commins est la seule véritable artiste professionnelle de la rue. Car, de fait, c'est une créatrice expérimentée avec, à son actif, une production conséquente, bien qu'aucun des jouets ou des poupées, voire des jeux, n'ait suivi la voie tracée par les sociétés pour lesquelles elle a travaillé.

Les murs de son petit atelier sont couverts de jouets manufacturés qu'elle a d'abord conçus pour une entreprise de Providence du nom de Toyworks, où elle a travaillé pendant une année, une fois ses études à Risdee achevées, puis pour une société appelée Kid Stuff à Birmingham dans l'Alabama, pas très loin de sa ville natale, et enfin pour Toyland, ici à Calusa, chez qui elle a occupé un poste pendant trois ans avant de se mettre à son compte en janvier.

L'idée de Joyeux lui est venue début avril, sans qu'elle puisse se rappeler la date exacte, et c'est ce qu'elle explique à présent, en toute honnêteté, à la cour. L'atelier dans lequel elle travaille est assombri à un tel point par la végétation extérieure qu'il y fait nuit même dans la journée. Assise à sa table de travail éclairée par un imposant néon, elle fait une esquisse de ses idées, les développe, les affine. Elle porte des lunettes lorsqu'elle travaille. En fait, elle les porte en permanence, excepté aujourd'hui dans cette salle de tribunal, où Matthew espère que le juge Santos va remarquer cet œil droit baladeur et établir un lien entre la vue de Lainie et celle de l'ours qu'elle a créé. Son strabisme s'est déclaré à l'âge de trois ans. Tout au moins, c'est là que sa mère a constaté, pour la toute première fois, ce qui à l'époque s'avérait être une légère déviation oculaire. Les lunettes ne parvinrent pas à corriger cette coquetterie de l'œil. Deux opérations en vue de raccourcir le muscle ne portèrent pas plus leurs fruits. (Alors que Lainie était âgée de seize ans, sa mère confia à un ami que sa fille avait un « œil baladeur », mais elle n'évoqua pas de strabisme.) Lainie explique à présent sa situation à la cour, ajoutant, sans raison apparente, que le mot strabisme vient du grec *strabos* signifiant « qui regarde de côté ».

Joyeux lui est venu à l'esprit de manière complètement inattendue.

Elle travaillait, depuis tôt ce matin-là, à la réalisation d'un modèle de voiture de pompiers avec une poupée au volant et d'autres accrochées sur les flancs, toutes dotées d'une abondante chevelure rousse assortie à la couleur du camion. En créant chacune de ces délicates poupées à partir de mannequins en cire, en les suspendant à ce camion d'aspect délibérément viril, fait de fil de fer et de bois, elle s'était mise à fredonner, et bizarrement...

Les idées viennent parfois ainsi, déclare-t-elle à la cour.

... l'un des airs qu'elle avait commencé par chantonner et qu'elle avait ensuite carrément chanté était un cantique dont le titre était « Montre-moi la voie » et qu'elle avait appris, alors petite fille à Winfield dans l'Alabama, pendant les leçons de catéchisme dispensées par une certaine Helen Lattimer.

> *Montre-moi la voie, ô Seigneur*
> *Fais de ma vie la tienne*
> *Laisse ta lumière sacrée*
> *Éclairer mon chemin.*
> *Joyeux est celui qui touche*
> *Aux bienfaits du Seigneur.*

... et elle s'était souvenue soudain que, dans l'esprit de tous les enfants, « Joyeux est celui qui touche » devenait « Joyeux est l'ours qui louche », de même que « Ô douce nuit » devenait « Eau pour Denis » et que « Il est né le divin enfant » se métamorphosait en un autre cantique, en commençant par « C'est son nez à mon éléphant ». Elle s'était imaginé alors toute une gamme de jouets, allant de l'ours loucheur jusqu'à Denis le rondouillet et l'éléphant à nez, en passant par tous les personnages qu'elle aurait pu trouver dans les profondeurs de l'Amérique rurale.

Elle avait fait rouler la voiture de pompiers jusqu'à l'un des bords de la table, avait ouvert un bloc-notes et commencé à y faire des croquis, en démarrant par le contour de la tête de l'ours, penchée d'un côté, avant d'y ajouter des yeux qui louchaient et un petit sourire idiot placé sous le nez triangulaire noir.

Elle montre à présent le dessin original à la cour.

— Votre Honneur, je souhaiterais pouvoir consigner le dessin de Mlle Commins comme preuve.

— Y a-t-il une objection ?

— Aucune.

Lainie avait effectué quelque vingt dessins de l'ours cette nuit-là, en travaillant fiévreusement depuis le premier instant d'inspiration dans la matinée. Elle se coucha épuisée mais satisfaite jusqu'à ce qu'elle se réveille au milieu de la nuit, les yeux brûlants, qu'elle se rende dans la salle de bains pour y mettre des gouttes et qu'elle se rappelle son désarroi lorsque l'ophtalmologue consulté à Birmingham lui avait appris que la seconde opération n'avait en rien amélioré son état. Debout dans la salle de bains, le flacon de gouttes oculaires à la main, elle se promit de redonner à Joyeux une vue normale. Elle se précipita à nouveau dans l'atelier, mit ses propres lunettes et commença à dessiner Joyeux en portant une paire.

— Je demande la consignation des dix-huit dessins suivants comme preuves, Votre Honneur.

— Une objection ?

— Aucune.

— Accepteriez-vous de les consigner comme formant une seule et unique preuve, maître ?

— Si cela sied à la cour.

— Cela constitue cinq preuves déposées par le plaignant, déclara Santos.

— Si je saisis bien, poursuivis-je, lorsque les lunettes de vue sont placées sur le nez de Joyeux et couvrent ses yeux...

— Oui.

— ... ceux-ci ont l'air parfaitement normaux.

— Exactement. Si on lui fait face et qu'on regarde ses yeux à travers les lunettes...

— Auriez-vous l'obligeance de nous montrer, je vous prie ? demandai-je, en lui tendant un ours prototype dont les lunettes pendaient à l'aide d'une chaînette autour du cou. Pendant que Joyeux regardait en louchant de ses yeux vitreux et souriait niaisement, Lainie ouvrit les lunettes, les percha sur le museau de l'ours au bout de son petit nez triangulaire noir et les accrocha derrière ses oreilles. Immédiatement, et comme par magie, les yeux jusque-là atteints de strabisme apparurent normaux.

– Vous mettez les lunettes, expliqua Lainie, et il ne louche plus.

– Comment arrivez-vous à produire cet effet, mademoiselle Commins ?

– J'ai demandé à un optométriste de réaliser les lunettes pour moi.

– Existe-t-il des caractéristiques techniques pour ces lunettes ?

– Oui.

– Je vous soumets à présent la troisième pièce à conviction, à savoir le certificat de copyright de votre ours et je souhaiterais que vous considériez les copies qui y ont été adjointes. S'agit-il bien des caractéristiques techniques auxquelles vous venez de faire référence ?

– Oui, en effet.

– Ces caractéristiques techniques ont-elles été jointes à votre demande de copyright ?

– Elles l'ont été.

– Elles ont donc été incluses dans les droits de copyright protégés, n'est-ce pas ?

– Objection !

– Objection retenue.

– Votre Honneur, puis-je me...

– Oui, maître Brackett ?

– Votre Honneur, s'exclama Brackett, il n'appartient pas à Mlle Commins de connaître ou de commenter les lois du copyright.

– Il me semble vous avoir accordé votre objection ?

– Oui et je vous en remercie, Votre Honneur. De plus, Votre Honneur, des lunettes de vue en tant que telles ne peuvent être sujettes à copyright. Le copyright ne protège ni les idées, ni les systèmes ; il protège uniquement l'expression des idées.

– Oui, j'en suis bien conscient, fit remarquer Santos. Je sais faire la distinction entre idée et expression de l'idée.

– J'en suis convaincu, Votre Honneur. Mais que mon collègue laisse entendre que les droits de copyright de l'ours puissent également valoir pour les lunettes...

– Votre Honneur, répliquai-je, les lunettes font partie intégrante de la propriété des dessins et modèles de l'ours. En tant que telle...

— Il incombe à la cour de le décider. En attendant, veuillez poursuivre...

— Je vous remercie, Votre Honneur, dit Brackett.

— Mademoiselle Commins, demandai-je, êtes-vous propriétaire de ces caractéristiques techniques ?

— Oui, j'ai payé pour leur création et obtenu l'ensemble des droits pour les dessins ainsi que pour l'utilisation sans restriction du concept.

— Quelqu'un aurait-il, à votre connaissance, déjà eu l'idée d'une telle création ?

— Non, pas à ma connaissance.

— Quelqu'un aurait-il, à votre connaissance, déjà conçu des lunettes de vue pour un ours en peluche ?

— Pas à ma connaissance.

— Des lunettes de vue qui, une fois posées sur les yeux de l'ours, auraient corrigé son strabisme ? Est-ce que quelqu'un aurait déjà utilisé ce concept de la sorte ?

— Non, pas que je sache.

— Vous en êtes donc l'initiatrice ?

— C'est bien cela.

— Et vous avez créé ce concept en toute indépendance ?

— C'est exact.

— Ce qui est en parfaite conformité avec la loi sur le copyright, conclus-je. Une nouvelle forme d'expression, créée indépenda...

— Ce qui est en parfaite conformité avec un avocat interpellant la cour, interrompit Brackett, plutôt que...

— Objection retenue, dit Santos. Attention, maître.

Il flottait une odeur fétide de moisissure et de pourriture, habituelle à la plupart de ces immeubles construits dans les années quarante et cinquante. L'édifice était constitué de parpaings blancs striés de bandes vert-gris où la moisissure avait élu domicile depuis longtemps. Des poteaux de bois pourris, probablement infestés de termites, supportaient un toit ondulé en plastique vert qui recouvrait les portes d'entrée des appartements, douze par palier selon le calcul de Warren. Il traversa prudemment le long couloir extérieur car s'il y avait bien une chose qu'il ne pouvait dissimuler, c'était sa couleur.

Il pouvait emprunter à l'un de ses amis une Subaru rouge cabossée, il pouvait se mettre des fringues beige savane sur le dos et ressembler à un agent immobilier en démarchage ou à un banquier en déplacement, il n'était pourtant pas à sa place dans cet immeuble décrépi et minable, dont tous les locataires étaient blancs. Il parcourut donc, là aussi avec la plus grande précaution, le long corridor du deuxième étage où le soleil, tapant en biais sur le toit ondulé, en projetait le vert écœurant dans le couloir et sur la partie inférieure du mur blanc, et il pria pour qu'aucune des portes sur le palier ne s'ouvre, pour que personne ne sorte ni ne le défie. Il était un Noir sur le point de commettre une infraction, mais il n'était pas un cambrioleur, et il ne souhaitait pas qu'on le prenne pour tel.

Warren tenait dans son portefeuille une carte stratifiée qui lui avait été délivrée conformément au chapitre 493 des lois de Floride et qui permettait à ses détenteurs de procéder à des investigations et d'obtenir des informations sur de nombreuses affaires d'ordre criminel ou pas, listées en détail dans les textes de loi. Il tira la carte de son portefeuille et l'utilisa afin d'ouvrir la serrure de l'appartement numéro 24, son appartement à elle, en la glissant prestement entre le montant de la porte et le verrou de pacotille, puis en forçant le loquet jusqu'à ce que la porte cédât. Après quoi il s'introduisit dans l'appartement et en referma immédiatement la porte.

Son cœur battait la chamade.

Sidney Brackett demandait à Lainie s'il n'était pas exact qu'elle avait eu l'idée de son ours prétendument inédit alors qu'elle travaillait encore pour Toyland. Lainie récusa cette affirmation avec véhémence. Assis à la table de la défense, Brett et Etta Toland suivaient le procès d'un regard calme, convaincus que Brackett récuserait mon premier témoin et obtiendrait rapidement gain de cause.

Brett était âgé de quarante-quatre ans, vêtu avec élégance d'une veste bleue et d'un pantalon gris ainsi que d'une chemise blanche dont le col était dégrafé ; il ne portait pas de cravate et ses chaussures restaient cachées sous la table – mais je supposais qu'il s'agissait de mocassins à pompons. Son visage bronzé faisait ressortir ses yeux d'un bleu glacé, ses cheveux blonds épais étaient coiffés de manière sportive. Il tenait la main gauche de sa femme dans sa main droite. Ensemble, ils donnaient une image très convaincante de solidarité face à l'imposteur que se révélait être Lainie Commins.

Dans la bonne société de Calusa, ils étaient le plus souvent connus comme Lord et Lady Toland, bien qu'ils ne fussent ni britanniques, ni aristocrates. On prisait, comme les billets du championnat de football américain, les invitations à leurs soirées extravagantes – je me souvenais de cette fête en plein air où des lanternes japonaises décoraient la pelouse de leur maison de milliardaires située en bord de mer, où des poissons rouges nageaient dans les petites coupelles disposées sur plus de cinquante tables dressées à l'extérieur, et à laquelle le gouverneur de Floride lui-même était attendu – bien que, personnellement, je me sois toujours senti quelque peu mal à l'aise dans un tel milieu, peut-être parce que j'étais né pauvre à Chicago ; on ne l'oublie probablement jamais.

Etta Toland...

Ett et Brett, les appelaient leurs amis intimes, ceux qui adoraient les Toland au même titre qu'ils adoraient leur château de Fatback Key, leurs réceptions, leur court de tennis et leur piscine, leur yacht de trente mètres baptisé *Toy Boat*[1], leur jet privé qui, lui, n'avait pas de nom, bien que yacht et jet eussent arboré, respectivement sur la coque et sur le fuselage, le logo de leur compagnie, deux poupées assises les jambes écartées et la tête l'une contre l'autre, le garçon avec une chevelure blonde, la fille avec des cheveux noirs, tous les deux souriant radieusement. On retrouvait un logo identique sur la petite étiquette ronde attachée au second ours en peluche qui se trouvait sur la table de Matthew, un petit garçon et une petite fille avec le mot TOYLAND inscrit en demi-cercle au-dessus de leur tête et en un autre demi-cercle sous leurs jambes : TOYLAND pour les Toland, qui comparaissaient à présent afin de se

---

1. Littéralement « bateau-jouet » (N.D.T.).

24

défendre contre les accusations de violation de copyright et de marque déposée lancées par Lainie Commins.

Etta avait trente-sept ans et les cheveux aussi noirs que ceux de la petite poupée souriante du logo. Ils étaient raides, soyeux et coupés aux épaules. Elle avait les pommettes relevées, des yeux en amandes très sombres, une bouche généreuse soulignée par un rouge à lèvres rouge sang qui, avec sa chevelure raide, soyeuse et couleur de jais, contribuait à lui donner un air oriental. Toutefois, son nom de jeune fille était Henrietta Becherer et ses ancêtres étaient allemands, ce qui incitait d'autant plus ses concurrents et/ ou détracteurs à la surnommer « le dragon ». La rumeur voulait que Brett l'ait rencontrée à Francfort, à l'occasion d'un Salon du jouet, alors qu'elle avait malencontreusement glissé devant le stand des frères Hermann. En ce chaud samedi matin de septembre, elle paraissait décontractée, assurée, femme d'affaires et pourtant ô combien féminine dans son tailleur en soie couleur brume porté avec un chemisier de soie bleu foncé qui laissait paraître un foulard imprimé de médaillons. Au-dessus de sa main gauche serrée dans celle de son époux, un bouton de manchette en or délimitait le bas de la manche de sa veste.

— Vous rappelez-vous sur quels jouets vous avez travaillé lorsque vous étiez employée ? demanda Brackett.

— Vous voulez dire employée chez Toyland ?

— Oui. C'était... Combien de temps avez-vous déclaré y avoir travaillé, mademoiselle Commins ?

— J'ai quitté Toyland en janvier. J'y travaillais, à ce moment, depuis trois ans.

— En janvier dernier ?

— C'est cela.

— Vous y avez travaillé pendant trois ans.

— Oui.

— Vous souvenez-vous des jouets que vous avez conçus pour Toyland pendant ces trois années ?

— Je m'en souviens très bien.

— L'idée de Joyeux ne vous a-t-elle pas été suggérée par...

— Non, absolument pas.

— Votre Honneur, puis-je achever de poser ma question ?

— Oui, faites. Veuillez écouter l'ensemble de la question avant d'y répondre, mademoiselle Commins.

— Je pensais qu'il avait terminé, Votre Honneur.

— Continuons, je vous prie, dit Santos agacé.

— N'est-il pas exact que l'idée de Joyeux vous a été suggérée par M. Toland... ?

— Non, c'est faux.

— Mademoiselle Commins, laissez-le finir, s'il vous plaît.

— Qu'elle vous a été suggérée par M. Toland lors d'une réunion, un après-midi de septembre l'année dernière ?

— Non.

— Alors que vous étiez encore employée de... ?

— Non.

— ... Toyland. Ce n'est pas vrai, mademoiselle Commins ?

— Non, absolument pas.

— N'est-il pas vrai que cette toute nouvelle idée qui vous animait se trouvait être, en fait, celle de M. Toland ?

— Non, c'est faux.

— M. Toland ne vous a-t-il pas demandé de faire quelques croquis à partir de cette idée ?

— Non.

— Les croquis que vous avez montrés à la cour ne sont-ils pas identiques à ceux que vous aviez faits et remis à M. Toland quelques semaines après cette réunion du mois de septembre ?

— Non. J'ai fait ces croquis en avril dernier. Dans mon atelier de la North Apple Street.

— Bien évidemment, j'en suis convaincu.

— Objection, m'exclamai-je.

— Objection retenue. Nous pouvons nous passer des commentaires, maître Brackett.

— Je n'ai plus de questions, conclut Brackett.

Warren se demanda un instant s'il devait rouvrir la porte, enfoncer un cure-dents dans l'ouverture prévue pour la clé et l'y briser près du mécanisme de serrure. Toute personne désireuse d'ouvrir la porte de l'extérieur tenterait d'y introduire une clé, rencontrerait une résistance et ferait un boucan d'enfer en forçant sur le bout de bois cassé. Une géniale petite alarme de cambrioleur pour quiconque se trouvait à l'intérieur sans en avoir le droit. Le problème était qu'elle, elle connaissait le coup du cure-dents aussi bien que lui, qu'elle comprendrait immédiatement qu'il y avait quelqu'un dans sa piaule. Et il s'en tirerait bien si elle ne sortait pas un flingue pour bousiller la serrure et tirer ensuite sur tout ce qui bougerait, en lui faisant, par la même occasion, sauter la cervelle.

Il verrouilla la porte puis regarda autour de lui.

L'endroit était sombre. Tout au fond de la pièce, des stores vénitiens étaient baissés pour empêcher le soleil de pénétrer. Un divan reposait contre ce qui donnait l'impression d'être une baie vitrée. La lumière du soleil filtrait par les bords des persiennes. Le divan était recouvert d'un tissu blanc imprimé de grands motifs rouges censés représenter des fleurs d'hibiscus. Ses yeux s'habituaient à l'obscurité. L'endroit était en pagaille. Des vêtements ainsi que des bouteilles et des canettes de boissons gazeuses jonchaient le sol, les cendriers débordaient de mégots de cigarettes – il ignorait qu'elle s'était remise à fumer mais c'était indéniablement un mauvais signe. Il se demanda si l'appartement avait toujours eu cette apparence minable ou s'il l'était devenu avec le temps. Il entendit une voiture passer dans la rue. Puis une autre. Il attendit dans le silence et la demi-obscurité de la pièce. Cette seule fenêtre pour toute source de lumière au fin fond de l'appartement, et qui plus est, recouverte d'un store. Il s'imagina que le canapé était convertible en lit, car où aurait-elle dormi sinon ?

Un cadre de porte, sans porte, conduisait à ce qu'il pouvait distinguer comme étant une cuisine. Un réfrigérateur, une cuisinière, un plan de travail, pas de fenêtre, le tout à peine plus large qu'une cabine téléphonique, enfin, il exagérait un peu quand même. Pourtant, il n'aurait pas voulu y organiser un repas entre amis. Il pénétra dans la pièce, aperçut une petite table ronde en bois plaquée contre le mur de droite, deux chaises rangées dessous. La cuisine était un peu plus grande que ce qu'il avait cru, mais il n'aurait toujours pas souhaité y passer la soirée à boire et à manger.

Une montagne de vaisselle sale traînait dans l'évier, un autre mauvais signe.

Les restes de nourriture y étaient déjà collés, ce qui signifiait que toute cette vaisselle était là depuis un bon moment, un signe encore plus inquiétant.

Il ouvrit la porte sous l'évier, y trouva une poubelle, en souleva le couvercle et regarda à l'intérieur d'un air dubitatif. Il y avait trois barquettes d'un litre de glace vides, rien d'autre. Les choses allaient de pire en pire. Il replaça le couvercle, ferma la porte, se dirigea vers le réfrigérateur et l'ouvrit. Un cœur de laitue fané, une plaquette de margarine rance sur les bords, une bouteille de lait tourné, une moitié d'orange ratatinée, trois canettes intactes de Coca-Cola. Il contrôla le bac à glaçons. Il n'avait pas été rempli depuis belle lurette, il n'y restait que quelques glaçons dans le fond. Il faillit faire un bond d'un mètre lorsqu'il aperçut un cafard assis tel un espion sur le plan de travail à côté du réfrigérateur.

Ici, ils appelaient ça un insecte de palmier nain. Cette foutue bestiole pouvait voler, il l'aurait juré. Et vous tomber sur la gueule si vous ne faisiez pas gaffe. Certaines d'entre elles faisaient deux à trois centimètres et il n'existait rien de plus dégueulasse. Il y avait bien des cafards à Saint Louis, là où il avait vécu auparavant, mais rien de comparable avec ceux qu'ils avaient ici. Il referma la porte du réfrigérateur. Le cafard ne bougeait pas une antenne. Il était simplement assis sur le plan de travail à le regarder.

Une autre voiture passa au-dehors.

C'était vraiment une voie à grande circulation, il y passait au moins une voiture par heure ; au fond, c'était une rue de grande métropole. Il espéra seulement qu'aucune de ces voitures ne fût la sienne, rentrant sur le parking, de retour du marché, coucou c'est moi !

Il s'imagina où elle pouvait être à dix heures et demie du matin. Probablement à Newtown, en train de faire ses achats. Mais il espérait se tromper. Le cafard – insecte de palmier nain, tu parles ! – se trouvait toujours sur le plan de travail, immobile, et regardait Warren retourner dans la pièce principale de l'appartement, le salon-chambre-salle à manger ainsi que tout le monde l'aurait probablement dénommée. Celui-ci marcha jusqu'au divan à hibiscus rouges placé contre le mur, se pencha dessus et tira les rideaux pour laisser pénétrer le soleil.

Je n'avais qu'un autre témoin, le docteur Oscar Nettleton, un optométriste, qui se définissait lui-même comme un expert dans l'examen de l'œil et des problèmes de réfraction oculaire ainsi que dans la prescription de verres correcteurs ou d'exercices de rééducation, sans jamais avoir recours aux médicaments ou à la chirurgie. Il déclara avec modestie qu'il était président et professeur titulaire[1] du département de sciences optiques de l'université de Calusa. Je tirai de lui des informations qui parurent combler de joie Lainie Commins...

– Objection, Votre Honneur.

– Objection rejetée.

... et la transporter de fierté...

– Objection.

– Objection rejetée.

... et lui donner de l'assurance, de plus en plus d'assurance...

– Objection.

– Objection retenue. Une ou deux impressions de sens commun suffisent à la cour, maître Hope.

... lorsqu'elle lui avait rendu visite en avril dernier avec ses dessins de Joyeux et ses requêtes pour les lunettes de vue que l'ours aurait à porter.

– Elle n'arrêtait pas d'appeler ça les lunettes magiques, se souvint Nettleton, un sourire sur les lèvres.

Il certifia qu'il était le créateur de ces lunettes, qu'il avait reçu un honoraire fixe de trois mille dollars pour les dessins et qu'il avait signé un document dans lequel il cédait la jouissance de ses droits pour tous usages et exploitations.

Brackett s'approcha de la barre des témoins.

– Docteur Nettleton, vous n'êtes pas ophtalmologue, n'est-ce pas ?

– Non, je ne le suis pas.

– Vous n'êtes donc pas médecin ?

– Non.

---

1. Au Canada et aux États-Unis, opposé à professeur agrégé, rattaché au personnel permanent de l'université (N.D.T.).

— Vous faites simplement des lunettes de vue, c'est bien cela ?

— Non, un opticien fait des lunettes. Moi, je prescris des verres correcteurs. Je suis docteur en optométrie, donc titulaire d'un doctorat d'État.

— Merci de nous avoir expliqué ces importantes nuances, docteur, remercia Brackett sur un ton impliquant qu'il ne distinguait aucune différence réelle entre un opticien et un optométriste. Mais dites-moi, lorsque vous déclarez être le créateur de ces lunettes, qu'entendez-vous par là ?

— Je veux dire que Mlle Commins est venue me trouver avec un problème et que je l'ai résolu sans avoir recours à aucune création qui aurait pu déjà exister sur le marché.

— Ah bon ? Il existait *déjà* des réalisations susceptibles de résoudre ce problème ?

— Je n'en ai aucune idée. Je n'ai procédé à aucune recherche. J'ai considéré le problème et me suis attaché à le résoudre. Les caractéristiques techniques que je lui ai remises sont entièrement de moi.

— Vous les considéreriez comme inédites si vous appreniez que des verres identiques aux vôtres ont été conçus antérieurement ?

— Je n'utilise pas de verres dans ma création.

— Tiens donc ! Et que sont alors des lunettes de vue sans verres correcteurs ?

— Les verres de ces lunettes sont des verres blancs. C'est-à-dire qu'ils n'ont pas de coefficient correcteur. Ils sont essentiellement composés de plastique transparent. Si vous placez votre main derrière, elle apparaîtra sans la moindre distorsion. Ce ne sont pas des verres correcteurs.

— Comment peuvent-ils donc corriger la vue de l'ours ?

— En fait ils ne la corrigent pas. Ils en donnent juste l'impression. Ce que j'ai fait, c'est créer une illusion. L'ours en peluche souffre d'un strabisme bilatéral. Ce qui signifie que l'iris marron et la pupille blanche sont déplacés vers le nez en tenant compte du tissu scléro-conjonctif blanc entourant l'œil. Exactement comme dans les dessins que Mlle Commins m'avait apportés. Ce que j'ai fait...

— Ce que vous avez fait était de concevoir une paire de lunettes de vue inédites.

– Ce ne sont pas réellement des lunettes de vue, mais c'est bien ma création.

– Lorsque vous déclarez qu'elles sont de vous, vous voulez dire que vous ne vous êtes inspiré d'aucune autre paire de lunettes ?

– C'est bien ce que je dis. Et ce ne sont pas vraiment des lunettes de vue.

– Votre Honneur, déclara Brackett, si le témoin continue à prétendre que ce qui s'avère être manifestement des lunettes de vue...

– Peut-être souhaiterait-il expliquer pour quelle raison il établit une telle distinction, l'interrompit Santos.

– Peut-être fait-il une telle distinction car il n'est pas sans savoir que son invention est la copie d'une paire de lun...

– Objection, Votre...

– Je n'en tiendrai pas compte, maître Brackett. En ce qui me concerne, je serais très désireux de savoir pourquoi le docteur Nettleton ne les considère pas comme de vraies lunettes de vue. Auriez-vous l'obligeance de nous expliquer ?

– Si vous me permettez de faire usage de mes dessins, Votre Honneur...

– Ils ont déjà été consignés en tant que preuves, Votre Honneur, ajoutai-je.

– Avez-vous une objection, maître Brackett ?

– Si la cour dispose de temps...

– Je dispose de temps, maître Brackett.

– Dans ce cas, je n'ai pas d'objection.

J'apportai ses dessins à Nettleton, assis à la barre des témoins. Il feuilleta les pages agrafées et en rabattit plusieurs afin de montrer son premier dessin.

– Ce sont les yeux atteints de strabisme qui sont attachés au visage de l'ours en peluche. Ainsi que vous pouvez l'observer, l'iris et la pupille sont proches du nez.

« Et voici un dessin des yeux avec un regard droit, lorsqu'ils se réfléchissent dans les lunettes que j'ai conçues.

– Puis-je voir, je vous prie ?

Nettleton lui tendit le dessin.

– En se reflétant...

– Grâce à des miroirs, Votre Honneur.

– Des miroirs ?

– Exactement, Votre Honneur. Si je puis me permettre de vous montrer mes autres dessins.

– Faites.

Nettleton feuilleta quelques autres pages, les rabattit et montra un nouveau dessin à Santos.

– C'est le croquis schématique des yeux de l'ours en peluche, expliqua-t-il. Cela illustre la manière dont j'ai utilisé les principes optiques de mon système afin de donner l'impression d'un regard droit. A et D sont des yeux en forme de boutons qui sont réfléchis par les miroirs de droite et de gauche. Ce sont uniquement leurs images qui apparaissent respectivement à droite et à gauche.

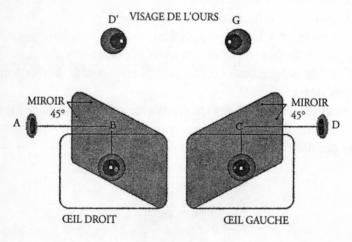

32

« En ce qui concerne l'œil droit, la distance entre A et B est égale à celle entre B et D'. De même, pour l'œil gauche, la distance entre C et D est égale à celle entre C et G. Les verres, ainsi que je l'ai mentionné précédemment, sont des verres blancs.

— Je ne suis pas sûr de bien saisir, fit remarquer Santos.

— Le dessin suivant va éclairer entièrement mes propos, dit Nettleton avant de recommencer à feuilleter ses caractéristiques techniques.

— Votre Honneur, s'exclama Brackett, tout cela est fascinant au plus haut point...

— Personnellement, je ne trouve pas cela fascinant, répliqua Santos.

— ... mais cela n'a rien à voir avec le fait que le concept ait été copié ou que...

— Tout peut concerner les différences entre les deux ours, maître Brackett.

— Votre Honneur, afin de faire preuve d'originalité, les différences substantielles ne...

— Bon, voyons voir le dessin, interrompit Santos. Vous l'avez trouvé, docteur Nettleton ?

— Oui, voici, répondit Nettleton, en tendant les feuilles à Santos.

— Je ne me permettrais pas d'émettre une telle affirmation, dit Brackett.

— Espérons donc que maître Brackett s'abstienne de les appeler des lunettes de vue, une fois qu'il aura clairement été...

— Et comment devrais-je appeler des lunettes de vue si ce n'est lunettes de vue ?

— Laissez-le les dénommer comme il l'entend, maître Hope. Poursuivons, je vous prie.

— Merci, Votre Honneur, répondit Brackett, avant de retourner au témoin. Docteur Nettleton, êtes-vous au courant qu'un concept de lunettes tout à fait semblable au vôtre a été publié dans un journal technique d'industrie, voici des années ? Affirmeriez-vous toujours que vous l'ignoriez ?

— Je n'ai jamais vu mon invention nulle part.

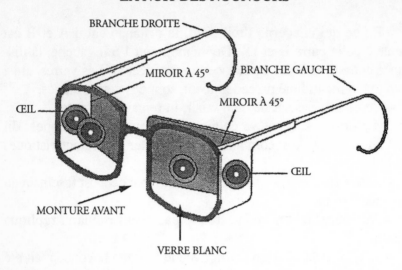

- Ce dessin illustre la réalisation du système optique tel que je l'ai conçu. Comme vous pouvez le constater, la monture à la Onassis permet d'attacher les yeux en forme de boutons A et D à l'intérieur des larges branches. Les miroirs à quarante-cinq degrés sont, eux, attachés à l'intérieur de la monture avant et prolongés jusqu'aux branches. La profondeur de la monture sert à les dissimuler. Ainsi, lorsque les yeux de plastique dont le regard est droit – et qui sont intégrés dans les branches – se reflètent dans les miroirs argentés, ils donnent l'impression d'être ceux de l'ours en peluche.

- Voilà qui est ingénieux, s'étonna Santos.

- Merci.

- Ingénieux, docteur Nettleton.

- Je vous remercie.

- Vous n'êtes pas d'avis que c'est ingénieux, maître Brackett ?

- Si vous utilisez ce terme pour souligner l'originalité du concept, il me faut vous désapprouver, Votre Honneur. En fait, si vous me permettez de poursuivre mon contre-interro...

- Faites, je vous en prie.

« C'est ingénieux, docteur Nettleton, dit Santos, en lui rendant les dessins des caractéristiques techniques. Ingénieux.

Brackett s'éclaircit la voix.

34

– Docteur Nettleton, demanda-t-il, auriez-vous la connaissance de lunettes identiques, voire juste très similaires, à celles que vous avez conçues pour Mlle Commins ?

– Je ne connais aucune invention censée être une paire de lunettes et servant plutôt, en réalité, de support, si vous me passez l'expression, à des miroirs réfléchissants. Si le concept d'une telle invention existe, je n'y ai jamais eu accès.

– Tiens donc ! « accès ». Maître Hope vous a-t-il demandé de mentionner ce mot ?

– Non, il ne l'a pas fait.

– Comprenez-vous la signification du mot « accès » en rapport avec les droits de copyright ?

– Je n'ai pas la moindre idée de ce qu'est un copyright. Je suis optométriste. J'examine l'œil pour y détecter d'éventuels problèmes de réfraction oculaire...

– Oui, oui, nous savons.

– ... et dans ce cas, je prescris des verres correcteurs ou des exercices...

– Oui, mais sans jamais avoir recours aux médicaments ou à la chirurgie. Merci, nous l'avons déjà entendu, docteur. Dites-nous plutôt ce que le terme « accès » signifie pour vous ?

– Cela signifie que j'ai vu quelque chose. Que j'y ai eu accès. Que j'en ai eu connaissance.

– En rapport avec les droits de copyright, cela peut également signifier qu'il existe une forte probabilité que vous l'ayez vu.

– Je n'ai jamais vu aucune invention semblable à celle conçue pour Mlle Commins.

– Que penseriez-vous si je vous disais que des lunettes de vue semblables aux vôtres...

– Ce ne sont *pas* des lunettes de vue !

– Votre Honneur, dis-je en me levant, pensez-vous qu'il nous faille stipuler que la création du docteur Nettleton ne concerne pas des lunettes de vue, mais est simplement une invention dont l'objet est de *ressembler* à des lunettes ?

– Lisez-vous des revues spécialisées ?

– Oui.

– Êtes-vous un lecteur de *Optique et Verres* ?

– À l'occasion.

– Avez-vous lu le numéro de mars 1987 de ce magazine ?

– Non.

– Votre Honneur, je demande à la cour d'inscrire au dossier que le magazine ici présent est le numéro de mars 1987 de *Optique et Verres.*

– Maître Hope, contestez-vous ce point ?

– Non, Votre Honneur.

– La cour en prend note.

– Docteur Nettleton, auriez-vous l'obligeance d'ouvrir ce magazine à la page vingt et un, je vous prie ?

Nettleton feuilleta le magazine jusqu'à la page vingt et un et releva les yeux.

– Voyez-vous le titre de l'article figurant sur cette page ?

– Je le vois.

– Pourriez-vous en faire lecture à la cour, s'il vous plaît ?

– L'article entier ?

– Simplement le titre, s'il vous plaît.

– L'article est intitulé « L'utilisation de verres correcteurs dans le traitement du strabisme ».

– Je vous remercie. Docteur Nettleton, ne considérez-vous pas vos lunettes de vue comme un moyen d'utiliser des verres correcteurs dans le traitement du strabisme ?

– Non, certainement pas.

– L'ours de Mlle Commins ne louche-t-il pas ?

– Oui, il louche.

– Et ne définit-on pas cet état par le terme médical de « strabisme » ?

– Oui, mais...

– Et vos lunettes ne *corrigent*-elles pas cet état ?

– Si, mais...

– Ne pouvez-vous donc pas convenir que votre création fait usage de verres *correcteurs* dans le traitement de...

– De miroirs. Elle fait usage de miroirs.

– Des verres, des miroirs, tout cela a trait au domaine de l'optique.

– Un miroir n'est pas un verre. Un miroir est une surface qui forme une image en la réfléchissant. Un verre forme une image en focalisant des rayons de lumière. Ce sont deux choses bien distinctes et...

– Votre création ne constitue-t-elle pas un moyen de traiter l'état connu sous le terme de strabisme ?

– Pas à proprement parler. Car dans ce cas précis, il ne s'agit pas d'un strabisme réel, il s'agit...

– Oui ou non, s'il vous plaît.

– Au sens le plus large possible du terme...

– Votre Honneur ? !

– Oui ou non, docteur Nettleton.

– Eh bien, oui.

– Voudriez-vous, je vous prie, aller à la page vingt-cinq ? Nettleton sauta quelques pages et releva à nouveau les yeux.

– Voyez-vous les dessins de cette page ?

– Je les vois.

– Les décririez-vous comme étant des caractéristiques techniques de verres conçus afin de corriger un strabisme ?
Nettleton étudia les croquis.

– Oui, en effet.

– Diriez-vous qu'ils sont identiques à ceux que vous avez faits pour Mlle Commins ?

– Non, absolument pas.

– Diriez-vous qu'ils sont très semblables ?

– Non, pas du tout. Ce sont des verres conçus pour corriger un strabisme. Mes miroirs, eux, l'ont été afin de créer une illusion optique.

– Ces caractéristiques techniques ont été publiées dans un journal d'industrie en mars 1987. Vous accorderiez-vous à reconnaître qu'il existe une forte probabilité que vous les ayez lues ?

– Oui, mais ce n'est pas le cas. Et même si ça l'était...

– En comparaison, affirmeriez-vous que votre invention a quelque chose de plus, en matière de créativité, que celle de ce magazine ?

– Je dirais qu'elles n'ont rien à voir l'une avec l'autre.

– Ah bon ! Et de quelle manière ?

– Pour commencer, la création de ce magazine concerne des lunettes de vue.

– La vôtre pas, peut-être ?

Nettleton roula des yeux.

– Votre Honneur, s'exclama Brackett.

– Votre Honneur, ajoutai-je.

– Répondez à la question, je vous prie.

– Ma création concerne des miroirs réfléchissants, reprit Nettleton avec lassitude.

– Ce sont bien des lunettes qui pendent au cou de l'ours, non ?

– Non. Elles ne pourraient servir, en aucun cas, à corriger ou à améliorer la vue.

– Pourtant, elles me donnent, à moi, l'impression d'être des lunettes.

– Votre Honneur, s'il vous plaît, réclamai-je.

– Objection retenue.

– Contestez-vous le fait qu'elles *ressemblent* à des lunettes ?

– Non, mais elles n'en sont *pas*. Ce n'est pas leur but.

– Toutefois, la conception de base est similaire à celle du magazine, vous me l'accordez ?

– Non, ce sont des conceptions complètement différentes.

– Vous savez, bien entendu, que Mlle Commins a soumis vos caractéristiques techniques avec sa demande de copyright ?

Il tente d'invalider le copyright, me dis-je.

– Oui, je suis au courant.

– Comment en avez-vous été informé ?

– Elle me l'a dit.

– Lui avez-vous précisé que les lunettes pour lesquelles elle souhaitait obtenir un droit de copyright, en tant que partie de son invention, n'étaient pas vraiment inédites ?

– Elles l'étaient !

– Lui avez-vous révélé qu'un concept semblable avait été déjà publié en 1987 ?

– Je n'en savais rien. Et de plus, il n'existe *aucune* similitude entre les deux concepts !

– Mais, il y a quelques instants, vous avez décrit les dessins publiés en mars 1987 comme étant des caractéristiques techniques pour l'utilisation de verres correcteurs dans le traitement du strabisme, c'est bien vrai ?

— Vous m'avez demandé de lire le titre de l'article...

— Mais vous avez reconnu, n'est-ce pas, que les lunettes avaient été précisément conçues dans ce but ?

— Oui, je l'ai reconnu.

— Et vous avez également reconnu que les vôtres, aussi, avaient été réalisées pour...

— Au sens large du terme, c'est ce que...

— Quoi qu'il en soit, vous étiez d'accord...

— Objection, Votre Honneur.

— Objection retenue. Veuillez conclure, maître Brackett.

— Dites-moi, docteur Nettleton, vous avez déclaré précédemment que Mlle Commins vous avait rendu visite au mois d'avril afin de vous soumettre les dessins inédits d'un ours qu'elle avait conçu.

— C'est cela même.

— Comment saviez-vous qu'ils étaient inédits ?

D'abord les lunettes et maintenant l'ours, me dis-je.

— Eh bien, elles les avaient signés, répondit Nettleton.

— Oui, mais comment saviez-vous que ce n'étaient pas des dessins issus de l'idée d'une autre personne ?

— Objection, Votre Honneur !

— Objection rejetée, maître Hope. Le témoin a précédemment décrit les dessins comme étant inédits. Veuillez répondre à la question, je vous prie.

— À vrai dire, j'ignorais d'où provenait son idée, je suis parti du principe que...

— De la même manière que vous lui avez dit...

— Objection !

— ... que les lunettes de vue étaient *votre* idée, alors qu'en fait...

— Objection, Votre Honneur !

— Alors qu'en fait, leur concept...

— Objection !

— ... avait déjà été publié des années...

— Votre Honneur, je proteste !

— Objection accordée, dit Santos.

— Le témoin est à vous.

Les trois fenêtres se trouvaient sur la façade est de l'immeuble, la plus reculée du parking. La vue donnait, de l'autre côté de la rue, sur un centre commercial, doté d'un petit supermarché, d'un vidéoclub, d'un lavomatic, d'un pressing et d'un bar. Deux apollons blonds et bronzés, qui ressemblaient à des fanas de plage dans leur chemise sans manches et leur short trop large, se tenaient devant le bar et attendaient peut-être qu'il ouvre. Une femme en maillot de bain et en sandales entra dans la laverie chargée d'un paquet de linge. Le soleil brillait encore et la lumière était éblouissante.

Warren regarda sa montre.

Allez, mettons-nous au travail, pensa-t-il.

Il retira les coussins du canapé, ouvrit le lit – aussi aisément qu'un enfant de cinq ans aurait pu le faire – avec l'espoir de le trouver correctement fait, mais tomba au contraire sur un enchevêtrement de draps, d'oreillers et de couvertures. Le lit dégageait une faible odeur de transpiration et de quelque chose d'autre qu'il ne parvenait pas à déterminer. Il tira les draps à la recherche d'un indice susceptible de confirmer ou non ce qu'il la soupçonnait de faire dans cet appartement, mais il ne trouva rien. Il ferma donc le lit, remit les coussins à leur place et jeta à nouveau un coup d'œil à travers la pièce.

Derrière lui, la lumière vive du soleil entrait à flots par les fenêtres.

Le climatiseur était éteint et il régnait une chaleur intenable. Une chemise de nuit avec un ourlet en dentelle gisait à terre près du divan ; maintenant, il savait au moins dans quelle tenue elle dormait. Il la ramassa, la tint dans ses grosses mains noires et l'observa avec attention. Puis, il la reposa sur le canapé mais se ressaisit en se disant qu'elle se rappellerait où elle l'avait abandonnée et la laissa tomber sur le sol, à l'endroit même où il l'avait trouvée. Il se mit à regarder par terre, sans rien apercevoir qui ait pu l'aider. Après en avoir ouvert portes et tiroirs, il fouilla sans succès dans la commode appuyée contre le mur de droite en entrant dans la pièce. Il examina également un meuble combiné qui faisait office de bibliothèque, de bar et de coin hi-fi – il s'agissait en fait d'étagères en bois noires montées sur un cadre en fer de couleur identique. Il y aperçut un lecteur de disques laser, un magnétophone mais pas de téléviseur, un autre mauvais signe. Il continuait à espérer contre toute attente qu'il se trompait. Une autre table ronde, en bois, plus grande que la précédente et dotée de deux chaises assorties à celles de la cuisine, était repliée dans un coin, à gauche de la porte d'entrée. Un téléphone, dont le fil conduisait à une prise dans le couloir, était posé dessus et un carnet d'adresses était ouvert à côté. Il tira une des chaises à lui et s'assit.

On en vint à la conclusion que c'était un réquisitoire où chacune des parties exposait sa version des faits sans fournir de preuve tangible.

À la demande de Lainie, j'avais tenté de démontrer que Joyeux l'ours loucheur était le résultat inédit de son seul travail, qu'elle avait conçu cet animal en peluche début avril, avait consulté un optométriste peu de temps après et avait obtenu les droits de copyright pour l'ours et ses accessoires en mai, époque à laquelle elle avait également déposé le nom comme marque. J'avais démontré que le strabisme et les lunettes correctrices faisaient partie intégrante des droits de propriété sur les dessins et modèles de l'ours. J'avais également invoqué le fait que l'idée de l'ours lui était venue en souvenir de sa propre détresse – je lui avais demandé à ce moment-là d'offrir son regard au juge Santos de manière à ce qu'il puisse constater la similitude entre les yeux de l'ours et les siens – et en souvenir d'un cantique appris lorsqu'elle était enfant, à Winfield dans l'Alabama.

Brackett avait expliqué que Brett Toland – natif, lui aussi, d'un État du Sud, le Tennessee – avait été inspiré par le même cantique et avait suggéré l'idée d'un ours loucheur à Lainie alors même qu'elle occupait un poste chez Toyland avec un contrat d'embauche stipulant que les fruits de son travail devenaient la propriété exclusive de la compagnie. Brackett avait prétendu que c'était Toland lui-même qui avait demandé à Lainie de lui dessiner un ours atteint de strabisme et qu'elle lui avait remis ces croquis en septembre de l'année précédente, trois mois avant de donner sa démission. L'ours qu'il envisageait de commercialiser à titre expérimental pour Noël s'appelait Joyau l'ours loucheur, et non Joyeux, car il ne souhaitait pas limiter exclusivement le marché aux familles de confession chrétienne, en réutilisant le cantique à l'origine de ce projet. Les lunettes de *son* ours ne comprenaient ni verres correcteurs, ni miroirs ; il s'agissait de verres en plastique transparents sur lesquels on avait peint des yeux qui ne louchaient pas. C'était l'argument de Brackett d'affirmer que Lainie avait aussi dessiné ces lunettes pour Toland et que le concept plus sophistiqué qu'elle avait, par la suite, acheté à Nettleton s'avérait être, en fait, le résultat amélioré de l'idée novatrice de Toland.

Il avait commis un vol.

Et elle aussi.

C'était la conclusion à laquelle on était arrivé.

Warren connaissait les noms de la plupart des personnes de Newport qu'elle aurait à contacter, mais il n'en trouva aucun dans son carnet d'adresses. Peut-être était-elle allée ailleurs, peut-être s'était-elle imaginé qu'on la remarquerait trop, elle la jolie femme blonde de race blanche, dans ce quartier noir de Calusa. Peut-être connaissait-elle un endroit où aller pour ce dont elle avait besoin, si elle en avait besoin, mais il pouvait se tromper. Il continua à feuilleter tranquillement le carnet, attentif aux noms qui auraient pu lui être familiers, mais il n'en trouva aucun, tant elle semblait avoir refait sa vie. Il referma le carnet. Jeta à nouveau un regard sur la pièce.

Elle ne s'attendait pas à ce que quelqu'un vienne fouiller chez elle, elle n'avait donc aucune raison d'avoir dissimulé quoi que ce soit dans des endroits aussi insolites que l'intérieur d'un abat-jour ou le dessous de la cuve des toilettes. Elle était seule avec son secret, si toutefois elle en avait un, car peut-être se trompait-il, peut-être n'y avait-il rien ici. Il aurait été le premier à l'admettre, à filer d'ici et à leur offrir, à tous les deux, un bon repas dans le meilleur restaurant de la ville. Mais il reconnaissait certains signes révélateurs.

La seule pièce qu'il n'avait pas encore contrôlée était la salle de bains.

Santos nous expliquait que ce n'était pas du ressort de la cour de déterminer si, oui ou non, le docteur Nettleton avait usurpé le concept de ses lunettes à la revue *Optique et Verres*. Ce que, d'ailleurs, il mettait en doute.

— En fait, je trouve l'ensemble de cet argument plutôt spécieux, ajouta-t-il, et je ne peux que le rejeter sommairement. Le devoir de cette cour est plutôt de déterminer si l'ours de Toyland dénommé Joyau est une copie de Joyeux, l'ours de Mlle Commins, et s'il y a, par conséquent, violation des droits de copyright. La cour doit ensuite déterminer si la similitude des noms des deux ours n'est pas susceptible de créer une confusion sur le marché, et ne constitue pas, en conséquence, une violation de marque déposée. Et enfin, en troisième chef d'accusation, la cour doit décider si les caractéristiques de conception de l'ours de Mlle Commins sont fondamentalement distinctives ou, tout au moins, si elles sont perçues comme étant différentes par les acheteurs, auquel cas l'ours devrait être protégé par les lois sur la propriété des dessins et modèles. Ce n'est pas une mince affaire, dit-il en lâchant un profond soupir. Je suis conscient que nous sommes déjà à la mi-septembre et que nous approchons de Noël. Mlle Commins a reçu les offres de deux sociétés de jouets importantes, et M. et Mme Toland sont extrêmement désireux de lancer la production de leur ours.

« Mais...

Il soupira encore, joignit les mains en signe de prière, puis scruta l'assemblée du regard à travers celles-ci.

— Je dois mûrement réfléchir, déclara-t-il. Avant d'enjoindre M. et Mme Toland de ne pas produire et vendre leur ours, il me faut être convaincu que la plainte de Mlle Commins est en tous points inattaquable. Je fais donc appel à votre patience. Je tâcherai de vous faire part de ma décision à la fin de la semaine prochaine. Ce qui nous mène au... Il consulta son agenda. Au vingt-deux. Si, pour quelque raison que ce soit, il m'était impossible de rendre un jugement à cette date, je serais habilité, conformément aux lois fédérales, à reporter ma décision de dix jours. Toutefois, je m'engage à vous la faire connaître d'ici là. Disons, au plus tard, le vingt-neuf. L'ordre d'assignation à résidence provisoire reste en vigueur jusqu'à cette date. Y a-t-il des questions ? Bien, dans ce cas, la séance est ajournée.

La salle de bains devait se trouver derrière cette porte fermée, de l'autre côté de la pièce. Warren laissa le carnet ouvert à la page où il l'avait trouvé, se leva, replaça la chaise sous la table et se dirigea vers la porte.

Il n'y trouva aucune surprise, pas de corps gisant dans la baignoire ou pendu au pommeau de la douche ou encore assis sur la lunette des toilettes un couteau planté dans le cœur. Rien de tout ça. Des collants séchaient sur la tringle du rideau de douche, deux paires blanches, la troisième jaune, il savait désormais ce qu'elle portait sous ses jupes. De toute évidence, pas de soutien-gorge. Un tube écrasé de dentifrice se trouvait sur le rebord du lavabo. Au moins continuait-elle à se laver les dents et à nettoyer ses sous-vêtements. Par habitude, il prit la boîte de Kleenex sur la cuve des toilettes, la posa à droite sur le lavabo, souleva le couvercle du réservoir d'eau pour vérifier si quelque chose y était collé, le remit en place et reposa la boîte de Kleenex dessus.

Il ouvrit l'armoire à pharmacie.

L'assortiment habituel de remèdes contre les maux de tête, de l'aspirine au Doliprane en passant par le PH8 et le Dafalgan. Des flacons et des tubes de crèmes à bronzer et de lotions diverses. Des médicaments délivrés sous ordonnance dans des fioles de plastique marron avec des étiquettes blanches. Plusieurs paquets de tampons et de serviettes hygiéniques. Quelques boîtes de cachets contre la grippe et d'antiallergiques. Une brosse à dents dans son étui d'origine. Un flacon d'Hextril. Une trousse de maquillage vide. Un coupe-ongles. Un paquet ouvert de fil dentaire. Plusieurs tubes de lait hydratant et de masque de beauté. Rien de ce qu'il recherchait. Il referma la porte-miroir. Il ouvrit celle en bois du placard qui se trouvait sous le lavabo pour y trouver une brosse à cabinet, des savonnettes Palmolive dans leur emballage – il l'imagina en train de se doucher –, des rouleaux de papier hygiénique empaquetés, une boîte de Kleenex neuve, un paquet de lessive. Il ferma la porte.

Un petit tapis bleu pâle à poils longs avait été posé devant les toilettes. Assorti à la poubelle en plastique bleu placée dans l'étroit espace entre le placard du lavabo et le W.-C. Il jeta un coup d'œil à l'intérieur de celle-ci. Il y avait un papier froissé de chewing-gum et plusieurs cotons démaquillants mouillés. Il ramassa la corbeille et en vida le contenu dans le lavabo. Et là, enfoui sous les détritus...

Bingo, il avait trouvé !

– Il va leur être favorable, j'en suis persuadée, dit Lainie.

Nous étions en train de prendre un déjeuner tardif dans un snack près du tribunal. L'endroit s'appelait Au New-Yorkais, bien que le goût des frites et des hot-dogs donnât l'impression qu'ils avaient été faits en Corée. Même la moutarde était mauvaise, une substance jaune canari recouvrait un morceau de la mixture brunâtre et granuleuse qui, de l'avis de Frank, mon associé, faisait la véritable saucisse de Francfort casher. En plus, on devait payer un supplément de cinquante cents pour obtenir de la choucroute, ce que Frank jugeait scandaleux. J'aurais aimé qu'il fût présent à ce moment-là. Il avait une manière d'expliquer la jurisprudence qui lui donnait des airs de juge de la Cour suprême. Frank excellait dans l'art d'affoler les clients. Toutefois...

– Je pense simplement qu'il a besoin d'un peu plus de temps, fis-je remarquer.

– Pourquoi ?

– Parce que ce n'est pas une décision facile à prendre. D'ailleurs, il nous en a fait part. Vous vous rappelez ce qu'il a dit ?

– Qu'est-ce qu'il a dit ?

– Il a dit : « La cour n'entend prendre aucune décision précipitée. » Ce sont ses propres mots. Il est conscient de ce qui est en jeu. Pour les deux parties.

– Rien n'est en jeu pour Toyland, répliqua Lainie. Pour eux, il s'agit simplement d'un autre produit. Ils le lanceront à temps pour Noël, si ça marche, et si ça ne marche pas, eh bien ils sortiront un *autre* jouet l'année prochaine et un *autre* après ça. Mais moi, c'est mon avenir que je suis en train de jouer. Si avec Joyeux j'arrive à...

– Je comprends, Lainie. Mais il n'y a aucune raison de...

– Non, je ne pense pas que vous...

– ... croire que Santos tranchera en faveur des Toland. Vraiment. Sa prudence n'a rien d'inhabituel. Il doit encore considérer certains facteurs, vous savez...

– Lesquels ?

– Eh bien, excepté le fait de décider s'il y a eu copie...

– Il ne pense pas que ce soit le cas. Il a dit...

– Je sais ce qu'il a dit.

– Il a dit qu'il devait être absolument convaincu que Joyeux a été vraiment copié.

– Oui, mais je pense qu'il sait...

– Comment pouvez-vous savoir ce qu'il...

– Il a rejeté cette hypothèse non fondée selon laquelle Nettleton aurait copié les lunettes, oui ou non ?

– Ça ne veut pas dire qu'il pense que leur foutu ours est une copie du mien.

– Peut-être pas encore.

– Peut-être jamais.

– Le fait est, Lainie, que, derrière tout cela, il y a plus qu'une simple histoire de copie.

– Ouais.

Elle piquait inconsolablement dans ses frites. Pour elle, Santos avait déjà décidé et l'affaire était close en sa défaveur. Un œil posé sur moi, l'autre se baladant ailleurs, elle plongea une frite dans le ketchup de son assiette. De fines gouttelettes de sueur perlaient sur son visage bronzé, le climatiseur du New-Yorkais provenait aussi, sans aucun doute, de Pyongyang. Elle porta la frite à sa bouche.

– Les conclusions qu'il va tirer la semaine prochaine...

– Il a annoncé la fin du mois.

– Il a proposé le vingt-neuf au plus tard. Et d'ici là, il aura très probablement établi si nous n'avons pas plus de chance de gagner dans le cas où l'affaire ferait l'objet d'un procès.

– Est-ce une possibilité ?

– Bien sûr. Il se peut, d'ailleurs, qu'il ordonne un procès.

– Adieu Noël ! s'exclama Lainie.

– Non pas du tout. S'il prend cette décision, il requerra probablement un procès sur-le-champ. Il connaît l'importance de Noël. Il l'a affirmé à plusieurs...

– Sur-le-champ, mais quand ? Un délai, aussi petit soit-il, risque de me mettre sur la touche pour Noël. Matthew, vous ne semblez pas comprendre combien c'est important pour moi.

– Si, je comprends.

– Non, vous ne comprenez pas, insista-t-elle, avant de poser sa fourchette et de me regarder, son œil droit se fixant un instant, puis recommençant à vagabonder.

Je l'imaginais à l'âge de quatre ans souffrant de sa première strabotomie. Puis d'une autre l'année suivante. L'échec des deux opérations. Lors de notre première rencontre, elle m'avait avoué avoir pleuré des nuits entières, en rêvant d'être comme les autres petites filles, même si elle avait été consciente qu'elle ne le serait jamais. On aurait dit qu'elle allait pleurer à nouveau. Je sais que Joyeux est un battant, dit-elle. Et je sais aussi que son heure de gloire est arrivée. Elle parlait de l'ours comme s'il s'était agi d'une personne en chair et en os. Pas l'année prochaine ou l'année suivante, mais maintenant. Pourquoi croyez-vous que Mattel et Ideal sont si intéressés ? Parce que je ne suis pas trop moche ? Elle était, en fait, assez belle. Ils savent que Joyeux se vendra à des millions d'exemplaires. Cet ours est mon avenir, Matthew. Cet ours est ma vie.

Et elle se mit à pleurer.

Je lui dis douter fortement que Santos ait déjà pris sa décision. Je lui expliquai que le juge considérerait d'autres aspects que simplement celui du plagiat. Par exemple, comme j'avais commencé à le lui dire quelques instants auparavant, Santos déterminerait si nous n'aurions pas plus de chance de gagner dans le cas où l'affaire ferait l'objet d'un procès. Qu'il évaluerait également si statuer en faveur des Toland serait très préjudiciable à Lainie...

– Ma vie en serait ruinée, dit-elle en sanglotant.

– ... ou si une seule indemnité pourrait réparer le tort causé.

– Je n'accepterai pas le moindre argent...

– Bien. Car si vous étiez disposée à accepter un dédommagement en espèces...

– Pour Joyeux ? Jamais.

– ... il n'y aurait plus aucune raison de leur interdire la production...

– Je vous ai déjà dit non. Il m'appartient.

Elle en parlait à nouveau comme s'il s'agissait d'une personne vivante et non d'un animal en peluche.

– Bien, dis-je.

– Ouais, bien. Qu'est-ce qu'il y a de si bien là-dedans ?

Elle s'essuya les yeux avec un mouchoir en papier. Elle me lança un regard par-dessus la table. Ses yeux verts étincelaient. Ils essayèrent de me fixer. Peine perdue. L'œil droit vagabondait. Bizarrement, j'eus envie de la prendre dans mes bras pour la réconforter, comme je l'aurais fait avec un enfant.

– Tout va s'arranger, finis-je par dire. Ne vous faites pas de souci, je vous en prie.

Elle fit un signe de tête affirmatif.

Le mercredi matin, la première nouvelle que j'appris sur Channel 8, la chaîne de télévision locale, fut que Brett Toland avait été tué par balle à bord de son yacht, tard la nuit précédente, et qu'une de ses anciennes employées, répondant au nom de Elaine Commins, avait été soupçonnée du meurtre et mise en garde à vue tôt dans la matinée.

2

Je hais la vue d'une femme en tenue de prisonnière.

Encore plus que chez un homme, ce vêtement semble lui ôter toute humanité. Lainie Commins portait, en ce mercredi matin, une blouse bleue sans forme sur laquelle étaient inscrits les mots PRISON DU COMTÉ DE CALUSA au-dessus d'une poche prévue au niveau de la poitrine. Des chaussettes de sport blanches. Des chaussures noires sans lacets. Pas de rouge à lèvres, pas de fard à paupières. Ils avaient confisqué la chevalière en forme de cœur et l'avaient consignée. Elle n'avait pu conserver que ses lunettes de vue. Tout ce qu'elle avait, sinon, sur elle, même ses sous-vêtements, appartenait au comté. On aurait dit que l'administration pénitentiaire lui avait confisqué jusqu'à son bronzage ; sous la lumière crue des néons du plafond, elle semblait pâle et, quelque part, défraîchie. Elle ne m'avait pas fait demander, mais j'étais là et elle paraissait contente de me voir.

— J'ai pensé que vous auriez peut-être besoin d'aide pour trouver un bon pénaliste, dis-je.

— Je veux que vous me représentiez, répondit-elle.

— Je vous le déconseille.

— Pourquoi donc ?

— Parce que j'ai perdu le seul procès criminel que j'aie jamais défendu.

— Je n'ai tué personne.

— J'aimerais que ce soit le cas. Mais...

– Et je suis très satisfaite de la manière dont vous avez mené l'affaire du copyright.

Je la regardai.

– Lainie, dis-je, la violation des droits de copyright n'a rien à voir avec un meurtre. Vous avez été accusée d'homicide volontaire, et en Floride...

– Je n'ai tué personne.

– ... c'est passible de la peine capitale.

– Oui, ils me l'ont dit.

– Qui vous l'a dit ?

– Les policiers qui m'ont arrêtée.

– Quand était-ce ?

– Après qu'ils m'ont arrêtée chez moi. Avant qu'ils ne commencent l'interrogatoire.

– Vous ont-ils informée de vos droits à ce moment-là ?

– Oui, aussi loin que je me souvienne.

– Vous ont-ils informée sur vos droits de faire appel à un avocat ?

– Oui, mais je ne pensais pas en avoir besoin. Tout cela était bien trop ridicule. Je pensais que la situation serait rapidement réglée. Je ne possède même pas d'arme. Ce n'était pas mon revolver. Je ne suis pas restée sur le bateau plus de...

– Vous étiez sur le bateau ?

– Oui.

– La nuit dernière ?

– Oui, mais pas très longtemps.

– Combien de temps ?

– Une demi-heure peut-être... Pas plus. Je n'ai pas tué Brett, j'ignorais même tout de sa mort jusqu'à ce qu'ils débarquent chez moi et qu'ils m'arrêtent. Matthew, je veux que mon avocat soit quelqu'un que je connaisse et en qui j'aie confiance, je veux que ce soit vous. Je vous en prie, aidez-moi. Je n'ai pas tué Brett Toland.

Je l'observai à nouveau. Derrière les lunettes, son œil droit avait recommencé à vagabonder. Je me demandai combien de fois cet œil rebelle avait servi à susciter la sympathie et la pitié d'autrui.

– Si je vous représentais..., commençai-je.

– Oh oui, Matthew... J'ai besoin de votre aide.

– ... il me faudrait quelqu'un d'autre au cabinet pour traiter les affaires en cours.

– C'est à vous de voir.

J'acquiesçai.

– Reprenons, dis-je. L'avez-vous tué ?

– Non, je ne l'ai pas tué.

J'inclinai à nouveau la tête pour lui signifier que je la croyais.

– Votre première comparution est prévue ce matin à onze heures, dis-je en regardant ma montre. Il nous reste une heure. Racontez-moi ce que vous faisiez sur ce bateau.

À vrai dire, j'étais profondément convaincu qu'elle commettait une erreur. J'excelle en la matière lorsqu'il faut recueillir des informations, c'est vrai, je suis un chien policier de première quand il s'agit de fourrer son nez quelque part, de refermer son étreinte sur ce qui a été trouvé et de ne plus rien lâcher avant les aveux. Mais je ne pense vraiment pas avoir la carrure requise pour une affaire criminelle. Ce n'est pas de la fausse modestie. Je ne crois simplement pas être taillé pour ça. Benny Weiss, connu comme le meilleur pénaliste de Calusa – et, tout bien considéré, peut-être même de Floride – m'avait révélé une fois ne jamais demander à une personne accusée de meurtre si elle l'avait commis ou non.

– Je me fiche de savoir si un client est coupable ou pas, m'avait-il dit. Mon seul objectif est de combattre l'accusation portée contre lui. Je lui explique ce dont l'autre partie dispose, ou ce dont elle croit disposer, et ensuite, ensemble, nous commençons à élaborer un plan d'attaque. Vous noterez, Matthew, que je n'ai pas parlé de défense. Pour moi, c'est d'une attaque qu'il s'agit, une attaque impitoyable contre des forces déterminées à priver mon client de sa liberté, qu'il soit le criminel ou non.

La manière dont, personnellement, je le vois, l'éthique professionnelle mise à part, éthique dont les critères garantissent à l'avocat le droit, mais non l'obligation, de se charger de la défense de quelqu'un, sans considérer sa propre opinion quant à la culpabilité ou à l'innocence de l'accusé, car on courrait alors le risque de ne pas offrir une défense appropriée à un innocent et, par là même, de

51

fiche en l'air tout notre système judiciaire, à condition que les jurés ne l'aient pas fait avant...

La manière, donc, dont je vois les choses, lorsque quelqu'un a commis un crime – ou un incendie volontaire, un vol à main armée, un viol, une agression, ou encore un des multiples délits considérés comme des affronts à la civilisation – c'est qu'il devrait être puni pour ce qu'il a fait. C'est une banalité du système pénal que de ne jamais trouver personne en prison coupable du crime pour lequel il a été enfermé. On ne trouve, non plus, aucun coupable dans une salle de tribunal. Tout simplement parce qu'un avocat y est passé avant. Le jour où j'entendrai un juge demander « Comment plaidez-vous ? » et un accusé répondre « Je plaide coupable, Votre Honneur », je crois bien que je retomberai dans le coma.

En attendant, je laisse volontiers à tous les pénalistes de ce monde le client qui a poignardé sa femme, tué sa mère, mis le feu à la maison de sa petite amie, empoisonné son poisson rouge ou pissé dans la boîte aux lettres de ses voisins.

En ce qui me concerne, je ne défendrai jamais quelqu'un que je crois coupable.

L'ami de Warren répondait au nom d'Amberjack[1] James.

Il avait hérité de ce nom moins en raison de la couleur de sa peau, semblable à celle du poisson, que parce qu'il avait attrapé la plus grosse carpe jamais pêchée dans les eaux de Calusa, une pièce de cinquante-cinq kilos qui, depuis, trônait, empaillée sur une plaque, dans le salon de la petite maison qu'il partageait avec une fille beaucoup plus noire que lui mais de la moitié de son âge et nettement plus jolie. Amberjack avait trente-sept ans. La fille venait d'en avoir dix-huit. Elle avait moins de la moitié de son âge, en fait. Elle préparait le déjeuner dans la cuisine pendant que Warren et Amberjack étaient assis sous la véranda à l'arrière de la maison ; ils observaient la rivière et le bateau que Warren espérait pouvoir emprunter.

---

1. Littéralement « carpe ambrée » (N.D.T.).

Le vrai nom d'Amberjack...

Le nom de baptême, ou plutôt celui dont on est affublé à la naissance – puisque, selon lui, personne n'est jamais né avec un nom tatoué sur le front ou sur le nombril –, est attribué par une autorité suprême.

Pour lui, l'autorité suprême s'était révélée être son papa et Harry James le prénom qu'il avait collé au pauvre petit Amberjack. C'était en l'honneur d'un trompettiste blanc qu'admirait le papa d'Amberjack, lui-même cornettiste. C'eût été, incontestablement, un hommage sans pareil si James n'avait pas également été leur nom de famille et que le bébé eût dû ainsi s'appeler Harry James James. Le papa cornettiste ne fut jamais un grand musicien mais, lorsqu'il mourut d'un cancer à soixante-deux ans, il laissa à la maman d'Amberjack un joli petit pactole et à Amberjack lui-même – outre un nom stupide – le hors-bord de dix mètres d'où il attrapa son poisson-trophée deux ans plus tard, abandonnant pour toujours, à cette occasion, le nom du trompettiste blanc auquel il n'avait, de toute façon, jamais répondu.

C'était ce bateau que Warren était venu emprunter.

– Qu'est-ce que tu comptes faire avec ? demanda Amberjack.

Les deux hommes buvaient de la Coors et mastiquaient bruyamment des amuse-gueules qu'ils tiraient d'un sachet de cellophane rouge et jaune, bien que, depuis la cuisine, Mercedes leur ait crié à deux reprises d'arrêter de grignoter pour ne pas avoir l'appétit coupé. La bière était fraîche et bonne, les amuse-gueules salés et croustillants. Une journée torride de plus à Calusa. Warren continuait à penser qu'il aurait fait meilleur sur le bateau d'Amberjack, au milieu des eaux. Celui-ci était amarré à un embarcadère en bois branlant qui donnait sur un canal étroit. Une couche verte s'étalait sur l'eau, peu profonde près de la rive. L'air était immobile.

– J'en ai juste besoin pendant quelques jours, dit Warren.

– Pour quoi faire ?

– Pour quelque chose.

– Quelque chose de légal ?

– Écoute, Am, j'ai une licence de détective privé.

– Parce que, i' faut que j'te dise, vieux, si t'as l'intention d'utiliser mon bateau pour rapporter de la came...

– Ça n'a rien à voir avec cela, Am.

– Alors réponds à ma question. Ce que tu as l'intention de faire avec mon bateau, c'est légal ou pas ?

– Bien sûr que c'est légal, répondit Warren en sachant pertinemment que ce qu'il avait dans la tête ne l'était pas au sens strict du terme. Même si personne ne l'aurait condamné pour ça. Mais le bateau appartenait à Am et il avait le droit, à ce titre, de le questionner sur ses intentions, tout comme Warren avait le droit de mentir quant à ses plans.

– Tu sais au moins gouverner un bateau ? demanda Amberjack.

– Bien sûr, fit Warren.

– Où est-ce que tu vas aller avec ?

– Au large du golfe.

– Jusqu'où, au large ?

– À quarante, cinquante kilomètres.

– Il vaudrait mieux pour toi que tu n'ailles pas plus loin, remarqua Amberjack. Il a un réservoir de quatre cents litres et consomme environ quarante litres par heure, alors prévois en fonction. Moi, en général, je sais que je peux faire deux cent quarante kilomètres avec un plein.

– Je ferai attention.

– Qu'est-ce qu'il y a dans le golfe ?

– J'ai pensé que je pourrais y pêcher.

– Je t'accompagnerai peut-être.

– J'ai besoin de solitude, Am.

– Tu y vas avec une femme ?

Warren sourit.

– J'en étais sûr, fit Amberjack en lui rendant son sourire. Sois quand même attentif aux risques d'ouragan. Il y a une bonne radio à bord, laisse-la branchée sur la première ou sur la troisième station et à la moindre alerte, tu rentres immédiatement, compris ?

– J't'ai déjà dit, je ferai attention.

– C'est pas une question d'attention. Tu te grouilles de faire demi-tour dès que tu entends un message de la gendarmerie maritime.

– D'accord.

– Tu sais, je suis attaché à ce petit bateau, se justifia Amberjack.

En Floride, ce que l'on désigne sous le terme de première comparution se tient habituellement devant un juge de la cour du comté le lendemain de l'arrestation. La Cour suprême de cet État avait décidé, depuis longtemps, qu'un individu, même accusé de crime, pouvait être mis en liberté sous caution. De plus, le jugement rendu voulait que l'on ne puisse refuser cette mise en liberté, à moins que les preuves du crime aient été « évidentes » ou qu'il y ait eu « forte » présomption. C'était donc mon boulot de solliciter une mise en liberté sous caution et d'argumenter de manière à ce qu'elle soit accordée. C'était le travail de l'avocat général de prouver que les preuves en sa possession étaient accablantes, qu'elles allaient inévitablement conduire à un verdict de culpabilité et qu'à ce titre, la mise en liberté ne pouvait être accordée. Et c'était la mission du juge de trancher. La décision n'appartenait qu'à lui. Et, dans ce cas précis, qu'à elle.

Le juge présidant la séance ce matin-là était une femme qui s'appelait Heather Grant, était âgée de quelque quarante ans et irrésistiblement attirante en noir, probablement parce que cette couleur sied si bien aux rousses. De manière générale, les avocats de sexe masculin préfèrent, quand il s'agit de femmes, les juges sans charme à celles qui sont mignonnes. Je ne m'en explique pas la raison ; personne dans la profession ne s'éternise sur les jambes d'un juge du sexe fort. Heather avait de belles jambes, une belle poitrine, des cheveux roux flamboyants, de superbes yeux foncés et, en plus, c'était une danseuse de talent, comme j'avais eu l'occasion de le découvrir lors des différents bals de charité qui se tenaient à Calusa. Mais c'était un des juges les plus durs du comté, tout particulièrement lorsque l'accusé était une femme.

Lainie Commins avait comparu devant la cour dans son uniforme démodé de détenue. Elle portait du rouge à lèvres, un trait de crayon noir et du fard à paupières, ce que ses geôliers lui avaient concédé aux vues de cette audience qui allait, pour le moins, déterminer sa mise en liberté immédiate. Le lendemain matin à neuf heures, un grand jury[1] déciderait si elle devait être accusée ou relaxée. Personnellement, j'étais convaincu que l'avocat général – dans ce cas, un avocat du nom de Peter Folger – la ferait accuser. Mais ce n'était pas une raison valable pour emprisonner Lainie pendant les six ou sept mois à venir ou pendant le temps qu'il faudrait, au regard d'un calendrier particulièrement chargé, avant que son cas ne soit cité à comparaître.

J'avais déclaré à Heather qu'en vertu de mes investigations à ce jour – ce qui s'avérait de la foutaise, dans la mesure où je m'étais cantonné à parler avec ma cliente –, je n'avais pas la moindre connaissance ni de témoins oculaires du meurtre, ni de preuves éloquentes, et étais par conséquent convaincu que l'accusation n'était pas fondée. Il n'existait aucune preuve flagrante, aucune forte présomption pour ne pas lui accorder la mise en liberté sous caution que la loi prévoyait. En outre, Mlle Commins n'avait jamais fait acte de violence et n'avait aucun motif apparent pour commettre ce crime – preuve en était qu'elle avait cherché à résoudre ses différends avec M. Toland devant une cour. En résumé, Lainie Commins ne constituait pas un danger pour la société mais était une citoyenne responsable, bien intégrée, qui comparaîtrait à toutes les audiences prévues. Je récitai ensuite le discours du « Let Freedom Ring[2] » et demandai sa relaxe une fois sa caution versée.

J'ai été pas mal du tout, me dis-je.

Folger, lui, la décrivit comme un monstre, expliquant à Heather qu'elle avait tiré à deux reprises à bout portant sur la victime, que cette femme au regard angélique n'était autre qu'une meurtrière insensible nourrissant une profonde haine contre Toland, que le fait de s'être précédemment illustrée en tant qu'imposteur et voleuse se révélait un motif suffisant pour commettre un crime, qu'il existait, au regard du procès vicié qui venait de se tenir, un réel danger qu'elle fuît la justice et que la relâcher sous caution constituerait également un danger pour les témoins de l'accusa-

---

1. Dans la juridiction américaine, jury décidant de la mise en accusation (N.D.T.).

2. Célèbre discours de Martin Luther King sur la liberté (N.D.T.).

tion, après quoi il entama un réquisitoire sur la nature particulièrement atroce du crime et sollicita respectueusement la dénégation de la mise en liberté.

Heather fixa la caution à cinq cent mille dollars, somme que, je l'en assurai immédiatement, la prévenue serait en mesure d'acquitter, puis, pour faire bonne mesure, je proposai de remettre à la cour l'acte de propriété de sa maison, son relevé d'impôts ainsi que son passeport.

Quoi que le grand jury décidât le lendemain, Lainie était, pour le moment, une femme libre.

Ma première réaction en ouvrant les yeux est de me demander où je suis.

À mes propos, pourtant peu originaux, l'infirmière du service des urgences réagit avec un empressement inhabituel. En se précipitant hors de la chambre aux cris de « Docteur ! Docteur ! », elle m'indique – comme tout premier indice – que je me trouve dans une infrastructure médicale. Je réalise peu après que je suis allongé sur le dos avec un grand nombre de tuyaux entrant et sortant de mes bras.

Quelqu'un se penche au-dessus du lit.

– Monsieur Hope ?

Il a une petite moustache noire et de petits yeux marron qu'attente et surprise maintiennent grands ouverts.

– Qui êtes-vous ? demandé-je. Où suis-je ?

– Je suis le docteur Spinaldo. Vous êtes au Good Samaritan Hospital. À Calusa, en Floride. Vous savez où cela se trouve ?

– J'ai mal à la tête, dis-je.

– Oui, je veux bien vous croire, fait-il remarquer. Vous rappelez-vous votre nom ?

– Qu'est-ce que cela veut dire ?

– Cela veut dire que nous sommes au Good Samaritan Hospital à...

– Oui bon, à Calusa en Floride. Mais qu'est-ce que tout cela veut dire ? répété-je, cette fois-ci avec plus de force. Pourquoi voulez-vous savoir si je me souviens de mon nom ?

– Vous avez été très fatigué, répond Spinaldo.

Son visage laisse à présent transparaître un sentiment proche de l'extase. Je m'attends à ce qu'il se mette à pleurer de joie d'une minute à l'autre. Subitement, il me devient sympathique. Et tout aussi subitement, je me souviens. Mais pas de chaque détail.

— On m'a tiré dessus ?

— Oui, dit-il.

— J'ai des douleurs au niveau du torse.

— Bien.

— Mes épaules aussi me font mal.

— Très bien.

Je ne comprends pas qu'il puisse trouver bien ou très bien le fait de tant souffrir. Je ne réalise pas qu'il est en train de me dire que je sens à nouveau les choses. Il est en train de me dire que je suis réveillé. Le problème est que je ne me souviens pas avoir dormi. Euphémisme de la semaine. Avoir dormi. On m'expliquera plus tard que, pendant l'opération, alors qu'ils essayaient frénétiquement de réparer les vaisseaux sanguins rompus dans ma poitrine, j'avais eu un arrêt cardiaque et...

En fait, mon cœur s'était arrêté de battre pendant cinq minutes et quarante secondes, et il en avait résulté un arrêt de la circulation sanguine vers le cerveau...

Il n'y avait plus eu d'afflux de sang vers le cerveau, vous comprenez ?

D'ailleurs, le sang n'avait plus circulé *nulle part* dans mon corps.

En deux mots, j'étais dans le coma depuis sept jours, onze heures et quinze minutes, après quoi – d'un bond puissant, n'oubliez pas – j'étais sorti de ce trou noir.

Un autre visage apparaît tout à coup au-dessus de moi.

Celui-là, je le connais.

Et je l'adore.

— Papa, murmure-t-elle.

Joanna.

Ma fille. Des yeux bleus pleins de larmes. Des cheveux blonds flottant au-dessus de mon lit.

— Oh, Papa.

Rien de plus, avant de me serrer dans ses bras.

Et l'infirmière, qui précédemment est partie chercher le docteur, l'avise de ne pas frapper contre le support auquel est accroché le sac en plastique renfermant ce fichu produit qui me coule goutte après goutte dans le bras. Je commence déjà à être grincheux, vous voyez. Je veux m'habiller et foutre le camp d'ici.

Toutefois, je reconnais à présent un autre visage. Celui-là aussi, je l'adore : Patricia est penchée au-dessus du lit et embrasse mon torse ; elle a les mêmes yeux bleus que ma fille, des yeux brillants et humides, les cheveux aussi blonds que ma fille. Je me rends compte que j'ai probablement un petit penchant pour les blondes aux yeux bleus.

Mais non, tout compte fait, mon ex-femme n'était-elle pas brune ?

Et la voici, *elle*, prête à emboîter le pas, l'unique et future Susan Hope, penchée au-dessus de moi, un sourire aux lèvres et murmurant un « Bienvenue à toi, Matthew » qui m'oblige à me demander où j'ai bien pu être, dans la mesure où personne ne m'a encore révélé mon coma et même si je commence à me rappeler vaguement un bar quelque part, oui c'est cela, j'attends quelqu'un dans un bar, je quitte l'endroit... et je ne me souviens plus de rien.

Subitement, je me sens épuisé.

La chambre devient alors trop bruyante, il y a trop de monde qui s'active autour de moi.

Je veux qu'ils sortent.

Je veux qu'on me rende mes vêtements.

Je veux rentrer à la maison.

J'ai envie de pleurer.

Je veux me rendormir.

Mais il faut d'abord que je pisse.

En cette radieuse journée d'avril commence quelque chose dans cette chambre.

Il s'agit d'une guérison.

D'un rétablissement.

Le paragraphe 905.17 des textes de loi établit clairement que « nul n'est autorisé à assister aux sessions du grand jury exceptés le témoin en audition, l'avocat général, les assistants désignés conformément au paragraphe 27.18, le greffier ou sténographe et l'interprète ».

Ce qui signifie qu'une audience du grand jury n'est en rien une confrontation des parties. Pas d'avocats de la défense, à ce moment-là. Pas de contre-interrogatoire des différents témoins. Seulement le procureur qui écoute d'une oreille distraite, tout en mastiquant bruyamment son sandwich au jambon. Ce qui veut dire encore que dans le cas où un accusé est appelé à la barre pour y faire une déposition sous serment, son avocat ne peut être présent dans la salle. D'où la raison pour laquelle, la plupart du temps, un bon avocat conseille à son client de décliner l'invitation à se présenter plutôt que de braver la tempête. C'est ce que j'expliquais à présent à Lainie ; elle acquiesça gravement et dit que cela lui paraissait injuste. Je lui fis remarquer qu'elle voulait plutôt dire « draconien ».

J'étais allé la chercher à la prison du comté après qu'elle avait revêtu ses vêtements de ville, le jeans, le tee-shirt et les sandales qu'elle avait passés à la hâte la nuit où la police était venue l'arrêter. Je la reconduisais à son domicile de North Apple Street car nous souhaitions approfondir la discussion entamée mais aussi parce qu'elle m'avait promis de me montrer la nouvelle peluche qu'elle était en train de dessiner lorsque Brett Toland lui avait téléphoné. J'étais impatient de voir ses dessins car son état d'esprit, ce soir-là, avait déterminé la suite des événements. L'important était qu'elle avait travaillé à quelque chose de nouveau. Elle envisageait d'aller de l'avant, faisait des plans pour l'avenir. Contrairement à son attitude sombre du déjeuner, au moment où elle était rentrée chez elle, elle s'était prise à penser que le juge Santos se prononcerait en notre faveur et ordonnerait l'injonction préliminaire que nous sollicitions. Elle n'avait aucune raison d'avoir souhaité la mort de Brett Toland. Elle ne pensait même plus à lui, lorsqu'il avait appelé dans la soirée.

Sa maison dans la North Apple Street ressemblait exactement à ce qu'elle avait décrit à la cour la veille au matin. Je garai ma voiture à l'ombre d'un arbre immense dont je ne trouvai pas le nom et levai les yeux pour m'assurer qu'il n'y avait pas d'oiseaux sur ses branches. Ma voiture était une Acura Legend bleu ardoise que

Patricia avait percutée de plein fouet peu avant notre première rencontre. Elle dit que je ne le lui pardonnerai jamais. C'est peut-être le cas. Rudyard Kipling écrivit un jour : « Une femme est simplement une femme mais un bon cigare est une drogue. » Je ne fume pas, mais j'aime cette voiture. Pas autant que j'aime Patricia. Mais je ne veux quand même pas que des oiseaux chient sur le capot et le toit de ma voiture.

Je suivis Lainie dans l'allée qui conduisait à l'ensemble de maisonnettes en parpaing, puis entrai chez elle. Elle me fit rapidement visiter, me demanda si je désirais boire quelque chose – il n'était que quinze heures trente et j'en conclus qu'elle me proposait une boisson non alcoolisée – et nous nous rendîmes dans l'atelier, chacun avec, à la main, un verre de limonade dans lequel flottaient des glaçons. J'avais l'impression d'être déjà venu dans cette maison, d'avoir déjà vu cet atelier. Elle appuya sur un interrupteur. Les néons s'allumèrent au-dessus de la table de dessin qu'elle avait décrite à l'audience, éclairant ses croquis de Kinky la tortue. Elle pointa le doigt sur la date qu'elle avait inscrite en bas, dans l'angle gauche de chaque dessin, juste sous sa signature. À moins qu'elle n'ait modifié ses annotations, les dessins avaient, effectivement, été réalisés la veille.

– Racontez-moi tout ce qu'il s'est passé la nuit dernière, demandai-je.

– De quand à quand ?

– De l'instant où Brett vous a téléphoné à celui où vous l'avez vu vivant pour la dernière fois.

Tout en l'écoutant, je réalise qu'elle serait un témoin sans pareil si jamais nous décidions de la faire comparaître. Ses lunettes ne corrigent en rien la divergence de son œil droit. Mais ce défaut oculaire lui confère un regard effarouché très attrayant. Elle doit d'ailleurs sa beauté à cet œil qui donne à son visage parfait ce regard fuyant si irrésistible.

Assise en jeans, tee-shirt et sandales sur un tabouret, les mains posées sur les genoux, elle m'explique qu'elle était dans l'atelier en train de travailler à ses esquisses lorsque le téléphone avait sonné...

– Quelle heure était-il ?

— Environ vingt et une heures.

— Comment le savez-vous ?

— Parce que plus tard, lorsque nous parlions du fait que j'aille là-bas...

Brett lui téléphone pour l'inviter sur son bateau.

— Pour quelle raison ? lui demande-t-elle.

— J'aimerais que nous passions un accord, explique-t-il.

— Pour cela, contactez mon avocat, réplique-t-elle.

— Je ne veux pas mêler les avocats à ça pour l'instant, Lainie.

— Brett, fait-elle remarquer, les avocats sont déjà mêlés à cette affaire.

— Oui, et c'est la raison pour laquelle nous avons tous ces problèmes, Lainie. Vous savez, Lainie, on devrait descendre tous les avocats. Je voudrais que nous réglions notre histoire nez à nez, juste vous et moi. Vous connaissez bien le monde des jouets, vous comprendrez la signification de ma proposition.

— Très bien, je vous écoute, déclare-t-elle.

— Pas au téléphone.

— Pourquoi pas ?

— Faites-moi confiance, Lainie, ma proposition...

— Vous faire confiance à vous, Brett ?

— Je suis conscient que nous avons eu des différends...

— Des différends ? Vous m'avez volé mon ours !

— Je veux bien reconnaître qu'il y a des similitudes entre votre création et la nôtre. Mais ce que je voudrais vous proposer...

— Proposez-le à Matthew Hope.

— Lainie, je vous assure que cela ne compromettra en aucun cas le procès. Ce n'est pas un coup monté. On a attiré votre attention, je crois, sur le fait que si l'argent, seul, pouvait réparer les dommages causés...

— Oubliez l'argent, Brett. Si vous souhaitez...

— Non, ce n'est pas un accord financier que je vous propose.

— Que proposez-vous alors ?

— Venez au bateau.

— Non. Téléphonez plutôt à Hope et faites-lui, à lui, votre proposition.

– Lainie, s'il vous plaît. En souvenir du bon vieux temps. Je vous en prie. Je vous assure que c'est une bonne solution. Vous ne serez pas déçue. Venez ici et parlons.

Elle hésite.

– C'est où « ici » ? demande-t-elle.

– Au yacht-club.

– Lequel ?

– Celui de Silver Creek. Vous y êtes déjà venue.

– Vous vous y trouvez déjà ?

– Je suis sur le bateau.

– Etta est avec vous ?

– Non, mais elle est informée de ce que j'entends vous proposer. Nous sommes en parfait accord sur ce point. Vous avez besoin de combien de temps pour venir ?

Elle regarde sa montre.

– Une heure ? Ça dépendra de la circulation.

– Je vous attends.

– Brett... ?

– Oui, Lainie ?

– Il vaudrait mieux que ce ne soit pas pour rien.

Elle me regarde à travers son verre de limonade. J'ai l'impression qu'elle devine ma désapprobation car elle ne pipe pas mot pendant un instant et, lorsqu'elle reprend la parole, c'est simplement pour m'expliquer ce qu'elle avait commencé à me dire tout à l'heure, qu'elle se souvient de l'heure à laquelle Brett a téléphoné, puisqu'elle a regardé sa montre pour évaluer combien de temps elle mettrait à s'habiller et...

– Ah oui, je réalise. Combien de temps avez-vous mis pour vous y rendre ?

– Vous pensez que je n'aurais pas dû y aller, n'est-ce pas ?

– Exactement. Pourquoi y êtes-vous allée ?

– En souvenir du bon vieux temps, répond-elle en haussant les épaules.

Les propos mot pour mot de Brett au téléphone.

– Nous avons travaillé ensemble pendant longtemps, ça compte vous savez. Et je pensais qu'il serait éventuellement prêt à proposer une solution à nos problèmes. Personne n'aime vraiment les procès, Matthew.

Par politesse, elle se garda d'ajouter : « Personne n'aime les avocats non plus. »

– À quelle heure êtes-vous partie pour le yacht-club ?

– Aux alentours de vingt-deux heures.

– Silver Creek ? Au croisement du fleuve et de la Polk Avenue ?

– Oui.

– Comment y êtes-vous allée ?

– En voiture.

– Quel type de voiture ?

– Une Geo blanche.

– Est-ce que quelqu'un connaît l'heure exacte de votre arrivée ?

– Heu oui, Brett.

– Pas vraiment un témoin sur lequel on puisse compter. Vous savez bien qu'il est mort.

– Je ne l'ai pas tué.

– Il n'en est pas moins mort.

– Arrêtez d'être aussi désagréable.

– Vous auriez dû vous en tenir à vos propos, Lainie. Vous lui aviez dit de s'adresser à moi. Pourquoi avez-vous changé d'avis ?

– Je vous l'ai déjà expliqué.

– Vous ne vous souveniez pas du « bon vieux temps » à ce point lorsque vous avez sollicité un procès sur les droits de copyright ?

– Oui, bon sang, d'accord. J'avais peur que nous perdions, vous comprenez ?

– Ce n'est pas ce que vous m'avez déclaré il y a dix minutes. Vous m'avez dit que vous aviez confiance...

– Je mentais. J'avais une trouille bleue. J'étais convaincue que Santos suggérerait aux Toland de poursuivre la production de leur ours.

– Alors, ça veut dire quoi tout ce travail sur Kinky ?

– J'y travaillais lorsque le téléphone a sonné. J'envisageais ça comme une solution de secours. Au cas où Santos aurait décidé contre moi.

– En d'autres termes, votre état d'esprit était tout sauf confiant, c'est bien cela ?

– De quel côté êtes-vous, Matthew ?

– Lainie, je ne peux pas vous venir en aide si vous me mentez.

– Je suis désolée.

Elle tient la tête baissée. Dans son jeans serré, dans son tee-shirt qu'elle porte sans soutien-gorge, on dirait une petite fille. Elle fixe à présent ses mains sur ses genoux. Un verre de limonade est posé sur la table à dessins, à côté des croquis « solution de secours » de sa nouvelle peluche.

– Très bien. Que s'est-il passé ensuite ?

Elle reste silencieuse pendant un moment. Elle continue à fixer ses mains du regard. Puis elle lâche un profond soupir et lève les yeux dans ma direction. Ses lèvres gourmandes sont entrouvertes. Je réalise que Patricia et moi n'avons plus fait l'amour depuis longtemps, mais je chasse cette pensée de mon esprit. Je comprends tout à coup que Lainie est consciente de l'attraction qu'elle exerce sur les hommes avec son strabisme. Je comprends aussi à cet instant que j'ai tout intérêt à faire attention.

– N'êtes-vous jamais monté à bord du *Toy Boat* ?

– Non.

– C'est un merveilleux « petit bateau », ainsi que l'appelle Brett, comme si c'était un simple canot alors qu'il s'agit en fait d'un navire de plaisance de trente mètres avec trois cabines de luxe magnifiquement décorées et une cabine d'équipage à l'avant...

Des éclairages de passages piétons illuminent le quai alors qu'un seul lampadaire éclaire le fin fond du parking où Lainie gare sa Geo. Elle a, à l'occasion de cette rencontre, une tenue décontractée et, en même temps, élégante, peut-être parce qu'elle connaît le bateau et qu'elle ne souhaite pas paraître intimidée par la grandeur toute de teck et de vernis de celui-ci, peut-être aussi parce qu'elle est persuadée que Brett va proposer une solution à leur problème, auquel cas elle veut avoir un air de fête lorsqu'ils déboucheront le champagne. Elle porte donc des Docksides bleues – elle n'est pas sans connaître les règles à respecter sur un bateau – avec un pantalon large en soie de la même couleur et une chemise de soie blanche à col marin, sur laquelle elle a jeté un foulard bleu imprimé de petites ancres rouges. Son rouge à lèvres est assorti à la monture rouge de ses lunettes. L'or de la bague en forme de cœur, à son petit doigt, fait écho à la blondeur de ses cheveux, qu'elle n'a pas attachés ce soir. Alors qu'elle descend de la voiture et se dirige vers le bateau des Toland, sa chevelure brille sous les éclats du réverbère. Elle se sent pleine d'espoir. Elle pense parfois que toute sa vie, depuis le moment où elle a réalisé que ses yeux étaient différents de ceux des autres petites filles, a été une longue bataille – mais cette fois-ci, un heureux dénouement semble en vue.

La lumière est allumée dans le salon.

Du bas de la passerelle, elle appelle :

– Il y a quelqu'un ?

Silence.

– Brett ? lance-t-elle.

– Lainie ? répond une voix avant qu'elle n'aperçoive Brett descendant la petite échelle qui mène à l'étage inférieur. Il porte un pantalon blanc en coton et un haut ample de la même matière, sans bouton et avec un col en V. Il appuie sur un interrupteur quelque part sur sa droite et la lumière jaillit dans le cockpit où elle se rend compte alors qu'un seau à glace, deux verres et plusieurs bouteilles d'alcool – dont elle n'arrive pas à lire les étiquettes – ont été disposés sur la table en teck.

– Montez à bord, dit-il. Je suis si content que vous vous soyez décidée à venir.

Elle s'est déjà trouvée tant de fois sur ce bateau, lors de cocktails, de dîners, de déjeuners informels et d'une sortie occasionnelle au large du golfe. Le salon du dessous est meublé de confortables canapés et d'une vitrine qui renferme un téléviseur, un magnétoscope et un lecteur de disques laser. La table de salle à manger peut accueillir facilement dix personnes et à chaque fois que Lainie a été invitée à un repas, elle était dressée avec des nappes damassées, de la porcelaine de chez Wedgwood et du cristal de chez Waterford. Le bateau a vraiment un aspect luxueux, avec ses tapis d'Orient recouvrant les sols en teck et ses gravures marines de Currier & Ives accrochées aux boiseries des cloisons.

Par le passé, elle se sentait plus à son aise dans le cockpit, à l'allure moins conventionelle, et elle est contente qu'il ait choisi cet endroit pour leur rencontre. Brett est pieds nus. Elle se souvient qu'il lui est déjà arrivé de demander à la femme d'un sénateur de bien vouloir retirer ses élégants escarpins par crainte qu'elle endommage ses précieux sols en teck.

— Je vous en prie, asseyez-vous, dit-il en indiquant d'un geste de la main l'une des banquettes recouvertes de coussins.

Elle se glisse derrière la table en teck et découvre, ce faisant, le nom des bouteilles qui y sont posées : Johnnie Walker Black, Canadian Club et Stolichnaya. Elle remarque également une petite coupe en porcelaine blanche contenant des rondelles de citron vert. Brett lui fait face, assis sur la banquette, de l'autre côté de la table.

— Que désirez-vous boire ? demande-t-il.

— Est-ce que vous avez du Perrier ?

— Oh, Lainie ! s'exclame-t-il en souriant. Je vous ai promis au téléphone que vous auriez une bonne raison d'arroser ça !

— Oui, nous verrons, répond-elle en lui retournant son sourire.

Brett est on ne peut plus charmant et, à dire vrai, il a atteint son but. À nouveau, elle se prend à souhaiter que ce soit réellement la fin de toute cette affaire.

— Un Perrier ? Vraiment ? demande-t-il.

— Vraiment, répond-elle. Un Perrier.

— Un Perrier donc, fait-il avant de se dégager de derrière la table et de descendre l'échelle d'un pied sûr. Elle l'entend farfouiller en bas. La cuisine est moderne et spacieuse, avec des surfaces en marbre, une cuisinière à quatre feux, un four, un micro-ondes, un broyeur de déchets, un congélateur et plusieurs réfrigérateurs dont elle a oublié la capacité totale ; n'a-t-il pas parlé un jour de vingt mètres cube ? Ou bien de vingt-cinq ? En tout cas, d'une grande contenance. Il cherche, à présent, dans l'un d'eux, la bouteille de Perrier qu'elle lui a demandée ; elle l'entend jurer au moment où quelque chose tombe par terre, puis des grognements lui proviennent, et finalement il réapparaît en haut de l'échelle une bouteille verte dans une main et une arme automatique noir bleuté dans l'autre.

Elle regarde le revolver.

– La semaine dernière, des types ont essayé de monter à bord, se justifie-t-il avant de le poser sur la table à côté de la coupe contenant les rondelles de citron vert.

– Qui ? demande-t-elle.

– Deux sans-papiers, répond-il.

Elle présume qu'il parle de Cubains.

– Que voulaient-ils ?

– Ils m'ont dit qu'ils cherchaient du travail. Ils voulaient savoir si j'embauchais. *Por favor*, vous avé bésoin dé main-d'œuvre, *señor* ? fait-il dans une mauvaise imitation. Il faut faire attention ces temps-ci. Trop de bateaux ont été attaqués.

– Des bateaux de plaisance ?

– Oui. Cela vous semble étrange ?

– Cette arme est chargée ?

– Bien sûr. Vous êtes certaine de ne pas vouloir une larme de vodka avec votre Perrier, demande-t-il en en remplissant un des verres.

– Non merci. Juste un peu de glace et une rondelle de citron, répond-elle.

Ses yeux d'artiste étudient le jeu des couleurs sur la table. Le vert de la bouteille de Perrier et des citrons, le blanc de la coupe en porcelaine, la couleur ambrée du whisky dans deux des bouteilles, l'étiquette noire du scotch faisant écho au bouchon noir de l'autre bouteille, l'étiquette rouge et noir sur la bouteille de vodka, le noir bleuté terne de l'arme automatique.

Brett se sert une bonne dose de Johnnie Walker avec des glaçons.

– À notre avenir, dit-il en faisant tinter son verre contre le sien.

Elle se rappelle que trinquer avec une boisson non alcoolisée porte malheur. Mais il est trop tard, ils ont trinqué, ils ont porté un toast. Toutefois, elle ne boit pas encore, dans l'espoir de mettre quelque distance entre ce toast malencontreux et l'acte lui-même, attendant d'abord qu'il avale une longue gorgée de scotch, puis patientant encore un bon moment, afin d'ôter la malédiction, avant de porter le verre à sa bouche.

– Bon, quelle est votre proposition ? demande-t-elle.

– Vous allez droit au but, fait-il remarquer.

– Droit au but, répète-t-elle.

– Ah, sacrée Lainie...

– Je vous écoute.

À première vue, sa proposition semble fantastique.

Il suggère qu'au lieu de mettre Toyland hors compétition par rapport à ceux susceptibles de manufacturer son ours à elle – Ideal ou Mattel, l'un des deux... Il est bien informé de tout ce qui se passe dans le domaine, et il sait que ces deux sociétés sont vivement intéressées...

– Ce qui, honnêtement, est merveilleux pour vous, Lainie, vous êtes si talentueuse et il est grand temps que vous soyez récompensée de ces dures années d'apprentissage.

Jugement de valeur qu'elle n'accepte pas vraiment, dans la mesure où elle a déjà produit une demi-douzaine de jouets qui ont été mis sur le marché et que ça n'a rien à voir avec de l'« apprentissage », merci de le noter au passage. Mais elle ne répond rien, elle se contente d'écouter, en sirotant son Perrier et en le regardant se resservir du scotch à l'autre bout de la table.

Il lui avoue être conscient qu'une surenchère puisse avoir lieu entre Ideal et Mattel, et que c'est la raison pour laquelle il souhaite d'ores et déjà lui faire une offre qu'elle jugera, il l'espère, satisfaisante. Ce qu'il propose...

Elle se penche dans l'expectative. Lorsqu'elle est stressée, son œil se met à vagabonder sans répit. Elle ressent les tiraillements du muscle raccourci lors de ses deux opérations. Une fois de plus, l'œil perd la bataille.

– Voici ce que nous avons l'intention de faire, Lainie. Toyland souhaite fabriquer votre ours, en utilisant votre concept protégé par copyright ainsi que le nom de votre marque déposée...

Lainie considère cela comme une victoire.

– ... et vous indemniser sous forme d'une avance substantielle sur des droits d'auteur plus que corrects...

– Qu'entendez-vous par « substantielle » et « plus que corrects » ?

– C'est à définir ensemble, Lainie. Je vous assure que personne n'essaye de se jouer de vous.

– Vous appellerez l'ours Joyeux ?

– Ainsi que vous l'avez appelé.

– Vous reprendrez mon concept ? Pour l'ours *et* les lunettes de vue ?

– En nous conformant strictement à vos caractéristiques techniques.

– Qu'est-ce qui se cache là-dessous ?

– Absolument rien. Je veux simplement m'épargner tout ce cinéma, Lainie.

Ce qui signifie qu'il croit Santos capable de décider contre lui.

– Écoutez, si vous estimez ma proposition honnête, vous pourriez peut-être demander à Matthew de contacter mon avocat...

Elle note au passage qu'il n'en parle pas comme d'un proche en le nommant par son prénom, Sidney, il le désigne désormais sous le terme « mon avocat » comme s'il était arrivé à la conclusion qu'ils ont définitivement perdu le procès...

– ... afin qu'ils puissent définir l'avance et les droits d'auteur à vous octroyer et préparer les transferts de copyright et de marque déposée. Qu'est-ce que vous en pensez ?

– Les transferts ?

– Oui. Toyland souhaiterait une cession complète de tous les droits concernant l'ours et son nom.

– Une cession complète ?

– Ce que toute autre société, j'en suis convaincu, requerrait.

– Une cession complète de tous les droits ?

– Une cession définitive, dit Brett.

– Définitive, répète-t-elle.

– Oui. Écoutez Lainie, je suis convaincu que ce n'est en rien une surprise pour vous. Si nous voulons que cet ours obtienne un certain succès, nous devons au préalable être sûrs d'avoir le droit irrévocable d'en assurer la production pendant toute la durée du copyright.

– Je pensais plutôt à un accord de licence.

– Un transfert, une cession, une licence, c'est la même chose.

– Je ne suis pas de cet avis.

– Personnellement, je suis convaincu que ni Ideal ni Mattel n'accepterait de signer un accord de licence restrictif.

– Eh bien moi, je n'en suis pas si sûre.

Elle ment. Jusqu'à présent, les deux sociétés n'ont pas abordé la question des droits de copyright.

– Bon, admettons. Il se produit toujours des choses curieuses dans la vie. Mais nous avons l'intention de vous faire bénéficier, pendant longtemps, des droits d'auteur et des droits subsidiaires pour...

– C'est quoi « pendant longtemps » ?

– Des clauses d'indexation devraient faire décoller la vente de l'ours. Cela signifie des primes en fonction du rendement atteint. Et un partage conséquent des droits subsidiaires...

– Comme par exemple ?

– Qui sait ? Une émission de télévision ? Un film ? Autre chose. Les pourcentages joueraient largement en votre faveur.

– Quel serait le contrôle que j'exercerais, Brett ?

– Nous garantirions la qualité du produit.

– Mais moi, quel contrôle aurais-je ?

– Vous n'êtes pas sans savoir, je crois, ce qu'incarne le logo Toyland. En plus, votre indemnité devrait être la garantie que nous atteindrons un rendement optimal.

Le discours lui semblait ambigu.

– En gros, qu'est-ce que vous en pensez ? demande Brett.

– Je ne suis pas convaincue. Il faut que j'en discute avec Matthew, répond-elle avant d'enlever ses lunettes et de se lever.

Brett pose alors une main sur son bras.

– Lainie, dit-il, j'aurais aimé que nous nous félicitions de cette décision.

– Non, je ne peux pas. Pas avant d'en avoir parlé à Matthew.

– Santos a promis d'avoir pris une décision d'ici le vingt-deux.

– Oui, et il fait tout son possible pour s'y tenir.

– En tout cas, il aura pris une décision à la fin du mois, c'est certain. Vous pouvez perdre, vous en êtes consciente.

– Alors pourquoi me proposez-vous cet arrangement ?

– Je veux que les choses redeviennent ce qu'elles étaient entre vous et notre société.

– Ce sera peut-être le cas. Laissez-moi d'abord parler à Matthew.

– Quand le ferez-vous ?

– J'essaierai de le joindre quand je serai rentrée.

– Vous me tiendrez au courant ?

– Dès que Matthew et moi en aurons discuté.

Il lui tend la main. Elle la prend. Ils se saluent. L'arme automatique repose sur la table, près de la coupe de rondelles de citron vert.

– C'est la dernière fois que je l'ai vu vivant, déclare-t-elle.

Warren était assis dans l'obscurité et attendait qu'elle rentre. Il ne s'agirait pas d'un enlèvement à proprement parler. Les lois de Floride définissaient le terme « enlèvement » ainsi : « séquestrer ou emprisonner secrètement une tierce personne en usant de la force et de la menace, contre sa volonté et sans pouvoir licite... »

Exactement ce que Warren avait prévu de faire.

« ... avec l'intention de... »

Et c'étaient là les mots clés.

« ... avec l'intention d'exiger une rançon, d'utiliser l'otage comme moyen de protection, de commettre ou de faciliter l'exécution de crimes, d'infliger des sévices ou de terroriser la victime ou toute autre personne, et d'entraver le déroulement de toute fonction gouvernementale ou politique. »

Rien de ce que Warren entendait faire.

Il ne s'agirait que d'un semblant d'emprisonnement, défini ainsi dans les statuts : « séquestrer ou emprisonner secrètement une tierce personne en usant de la force et de la menace, sans pouvoir licite et contre sa volonté... »

Et là était toute la différence :

« ... avec un *autre* objet que ceux cités dans le paragraphe 787.01 », soit le paragraphe sur l'enlèvement.

Devait s'ajouter à cela l'effraction qu'il avait commise en forçant une nouvelle fois illégalement la porte de son appartement, au moment où il l'avait vue sortir dans sa Chevy vert fané vers vingt-deux heures ce soir-là. Il était assis, à présent, à l'intérieur et pourrait entendre la clé à l'instant même où elle la glisserait dans la serrure. Il avait traîné une chaise de la cuisine et l'avait placée juste à côté de la porte, une bouteille encore fermée posée à ses pieds.

Quelque part à l'extérieur, les cloches d'une église sonnèrent l'heure.

Plongé dans le silence de l'appartement, il écoutait.

Vingt-trois heures.

Il regarda sa montre.

Il avait deux minutes d'avance.

Ou l'église avait deux minutes de retard.

Ou peut-être encore fallait-il deux minutes pour que les cloches sonnent les onze coups. Il se demanda alors si toutes les horloges du monde étaient précises. La seconde qu'une trotteuse mettait à atteindre le chiffre suivant sur le cadran n'était-elle pas déjà écoulée avant même l'action terminée ? Ou lorsqu'une montre digitale affichait 11 : 02 : 31, comme la sienne à ce moment précis, n'était-il pas 11 : 02 : 31 passées à l'instant où... Bref, il était déjà 11 : 02 : 32, 11 : 02 : 33, 11 : 02 : 34. Bon sang, les questions métaphysiques pouvaient vraiment rendre dingue.

Il entendit des pas dans le couloir qui conduisait aux appartements. Des talons hauts qui résonnaient sur le sol. Madame devait s'être mise sur son trente et un pour aller faire ses emplettes. Il se demanda où elle effectuait ses achats ces derniers temps.

Les bruits de pas s'arrêtèrent juste devant la porte.

Elle était arrivée à la maison.

Il ramassa la bouteille, souleva doucement la chaise du passage.

Et la reposa loin de la porte.

On introduisait, à présent, une clé dans la serrure.

Il décapsula la bouteille.

Fouilla dans sa poche.

La serrure tournait, les verrous tombaient.

Il se plaqua contre le mur à côté de la porte.

Rassembla ses forces.

La porte s'ouvrit. Elle la referma derrière elle. La verrouilla. Elle allait atteindre l'interrupteur...

LA NUIT DES NOUNOURS

– Salut, Toots, dit-il.
– Warren ? demanda-t-elle en se retournant vers lui.
Il lui colla alors un tampon imprégné de chloroforme sur le visage.

3

Elle ouvrit les yeux.

La pièce tanguait ; elle réalisa au bout d'un instant qu'elle se trouvait sur un bateau et que son poignet droit était relié par des menottes à quelque chose d'attaché au mur ou à la cloison, si vous préférez. Il faisait sombre dans l'espace en forme de V où elle était allongée sur le dos et elle déduisit qu'elle se trouvait à l'avant du bateau car l'endroit s'achevait en pointe. Elle sentait, sous son corps, comme un matelas en mousse ; elle était probablement dans une cabine.

Tout à coup, elle se souvint de Warren, debout dans l'obscurité, derrière la porte de son appartement et elle cria son nom avec force – « Warren ! » – telle une mère en colère ou une grande sœur hurlant à un enfant gâté-pourri de revenir près d'elle sur-le-champ, dans son intérêt. Mais personne ne vint et elle se demanda, subitement, si c'était bien Warren qui pilotait le bateau ou plutôt un pêcheur dont il aurait loué les services pour qu'elle soit emmenée au Mexique et livrée à la prostitution.

Le bateau se déplaçait, c'était certain ; il devait donc y avoir quelqu'un là-haut ou là-dehors, enfin à l'endroit où se trouvait la roue de gouvernail, si c'était ainsi qu'on appelait cette chose, elle n'avait pas trop l'habitude des bateaux. Elle approcha le poignet gauche de son visage et regarda, dans l'obscurité, le cadran lumineux de sa montre : deux heures dix, où diable pouvaient-ils bien être ?

« Warren ! » appela-t-elle sur le même ton impérieux, en entendant cette fois-ci un son depuis ce qu'elle supposait être l'arrière du bateau, ce qu'on appelait la poupe ou quelque chose comme ça. Elle perçut des bruits de pas descendant ce qu'elle imaginait être des marches, une échelle peut-être, puis venir dans sa direction. Elle s'était, entre temps, assise, sa minijupe relevée plutôt haut sur les cuisses, elle portait encore tous ses vêtements, avait-elle noté au passage, jusqu'à ses talons hauts.

La lumière jaillit.

Elle cligna des yeux pour s'en protéger.

Elle apercevait à présent un mur assez bas qui séparait le coin couchette de ce qui semblait être le coin salle à manger avec des banquettes en skaï disposées autour d'une table en formica, et un autre mur de la même taille érigé entre cette zone et une petite cuisine. Cela ressemblait à une partie, somme toute assez petite, du bateau, ce qu'on devait appeler, supposait-elle, une cabine. Warren la traversait, valsant de gauche à droite et contraint de baisser la tête pour éviter le plafond trop bas.

– Bon, qu'est-ce que ça veut dire ? demanda-t-elle.

– Quoi ?

– Pourquoi est-ce que je suis enchaînée au mur ? Où est-ce que tu as dégoté cette quincaillerie ? voulut-elle savoir en frappant sur la menotte attachée à son poignet.

– Au service de police de Saint Louis.

– Tu as encore les clés ?

– Oui, j'ai...

– Alors enlève-les-moi ! ordonna-t-elle en remuant à nouveau le poignet.

– Désolé, Toots.

– Très bien, d'abord il y a effraction, déclara-t-elle. À mon avis, t'en prends déjà pour une bonne quinzaine d'années. Ensuite, enlèvement...

– Détention arbitraire, corrigea-t-il.

– Merci. Avec ça, t'écopes de cinq années supplémentaires. Tu penses pas qu'il vaudrait mieux m'enlever tout de suite ces putains de menottes, faire demi-tour et me ramener chez moi pour qu'on oublie tout ?

– Non, répondit-il. Désolé.

– Encore une fois, Warren, qu'est-ce que ça veut dire ?

– Ça veut dire cure de désintoxication, dit-il.

À neuf heures du matin ce vendredi 15 septembre, le grand jury écouta les témoins que Pete Folger avait appelés à témoigner. À midi moins cinq, il fit connaître son verdict, contresigné par le porte-parole du groupe : il sollicitait du procureur une mise en accusation pour homicide volontaire.

Folger m'appela au bureau dix minutes plus tard. Il me déclara qu'il avait obtenu le verdict auquel il s'attendait, qu'il allait, à présent, demander que la mise en liberté sous caution ne soit pas accordée à ma cliente et qu'elle soit placée en détention provisoire. Il ajouta que, par simple mesure de politesse, un de ses employés taperait une liste nominative des témoins qui avaient comparu en ce jour, afin que je puisse moi-même les rencontrer au plus vite et que je sois, ensuite, en mesure de lui proposer un marché qui épargnerait une perte de temps à son cabinet et une note d'électricité conséquente à l'État.

J'appelai Lainie pour lui annoncer la mauvaise nouvelle et l'assurer que je continuerais à solliciter une mise en liberté sous caution, ainsi qu'il avait été décidé...

– Vous pensez que ça marchera ?

– Oui, j'en suis convaincu.

– Tant mieux, parce que j'ai été invitée à une fête, dit-elle. Tout à coup, je suis devenue une célébrité.

– Ne dites pas un mot sur cette affaire.

– Bien sûr que non.

– On va vous poser des questions. Répondez simplement que votre avocat vous a intimé le silence. Si on insiste, trouvez le moyen de vous esquiver.

– C'est ce que je ferai. Je vous remercie, Matthew.

– L'avocat général a déjà évoqué la possibilité d'un marché entre nous. C'est là un bon signe, à mon avis.

– Pourquoi un marché serait-il nécessaire ? demanda-t-elle.

– Certes, ça ne l'est pas.

– Je ne l'ai pas tué, reprit-elle.

– Je sais bien.
– Vous me croyez ?
– Oui, je vous crois. Où votre fête a-t-elle lieu ?
– Sur le yacht des Rosenberg, répondit-elle.
– Que le monde est petit... fis-je remarquer.

Elle l'avait entendu faire du bruit dans la cuisine depuis le matelas de mousse sans drap sur lequel elle était allongée, essayant de maintenir sa chemise le long de ses jambes, tout son corps poisseux de sel, elle détestait les bateaux, son bras droit tendu derrière la tête de manière inconfortable, attaché à ce qu'elle réalisait être une poignée en acier inoxydable fixée dans la cloison. En s'asseyant, elle put le voir debout devant la cuisinière à bâbord du bateau, à gauche de l'échelle. Des odeurs de cuisine se répandaient à travers l'embarcation.

Il finit par lui apporter des œufs brouillés, des saucisses grillées, des toasts et du café, le tout sur un plateau qu'il posa devant elle, sur la couchette.

Sa première question fut de savoir qui conduisait le bateau.

– Nous nous laissons dériver.

– On risque pas de heurter quelque chose ?

– On est à cinquante kilomètres au large de la côte. Il n'y a personne d'autre à part nous.

– Enlève-moi les menottes.

– Non, répondit-il.

– Comment veux-tu que je mange avec un bras enchaîné au mur ?

– Utilise la main gauche. Ou je peux te faire manger, si tu préfères.

– Je n'ai pas besoin de ton aide, déclara-t-elle en saisissant la fourchette de la main gauche avant de commencer à manger, assise en tailleur sur la couchette.

Il la regardait.

– Tu fais une grave erreur, tu sais, dit-elle.

– Ah, vraiment ?

– Oui, Warren. J'suis clean.

– Non, tu l'es pas, rétorqua-t-il.

– Écoute, je sais vraiment pas d'où tu tiens tes informations, mais je peux t'assurer que...

– J'ai trouvé des ampoules de crack dans la poubelle de ta salle de bains, expliqua-t-il.

– D'abord, pour quelle raison t'es-tu permis de visiter mon appartement ?

– Il faut croire que je connais les signes de dépendance à la cocaïne, Toots.

– Tu n'avais pas le droit.

– Je suis ton ami.

– Bien sûr, un ami qui m'enchaîne au mur.

– Tu resterais à bord sinon ?

– Warren, tu dois me laisser partir. Vraiment.

– Non.

– Warren, je n'ai besoin de personne pour me surveiller, je te remercie. Je suis une grande fille, tu sais.

– Oui, c'est ce que je croyais, moi aussi, Toots.

– Je ne me drogue plus, dit-elle. Tu crois que j'suis dingue ? C'étaient des échantillons de parfum. Ça ressemble...

– Bien sûr.

– ... à des ampoules de crack.

– Et celles que j'ai trouvées dans ton sac à main ?

– Je ne sais pas de quoi tu parles. Tu n'avais pas le droit de fouiller dans mon sac. Tu n'as pas le droit de faire tout ça. Qu'est-ce que tu as bien pu trouver dans mon sac qui te donne le droit de... ?

– Des ampoules de crack, Toots.

– Je t'ai déjà dit. Il s'agit d'échantillons de parfum...

– Avec du crack à l'intérieur.

– Tu te trompes.

– Non, Toots, je ne me trompe pas. Je sais à quoi ressemble le crack.

– Quelqu'un a dû...

– Et la pipe alors ?

– Y avait une pipe aussi ? Quelqu'un a dû me foutre tous ces trucs dans mon sac sans que j'm'en aperçoive. Les gens font des tas...

– Bien évidemment.

– ... de choses délirantes. Pour qu'on se sente mal. Ou minable. En tout cas, tu n'avais pas le droit. Quand est-ce que tu as fait ça ?

– Fait quoi ?

– Fouiller dans mon sac.

– La nuit dernière. Après que je t'ai amenée ici.

– Tu n'avais pas le droit de faire tout ça. C'est le bateau de qui, d'ailleurs ?

– D'un de mes amis.

– Me retenir prisonnière de cette manière. Vous n'en avez aucun droit. Il va avoir des problèmes lui aussi, tu sais.

– Personne n'a de problème à part toi, Toots. C'est la raison pour laquelle je suis là.

– Je n'ai pas besoin de toi, Warren. La seule chose dont j'ai besoin, c'est que tu...

– Non.

– Je ne me drogue pas. Je n'ai pas besoin d'ange gardien. Je n'ai pas besoin d'être surveillée. Je n'ai pas besoin que tu contrôles ce que je fais, Warren. Tout ce dont j'ai besoin, c'est que tu me retires ces putains de menottes !

– Non.

– Warren, je veux être seule et faire ce qu'il me plaît.

– Je ne te laisserai pas prendre du crack, Toots.

– Je ferai exactement ce qui...

– Non.

– Très bien, je vais me mettre à hurler alors.

– Vas-y, hurle.

– La gendarmerie maritime va venir.

– Il n'y a personne à part nous, dit-il.

Elle se mit à crier.

Le bateau de vingt-cinq mètres avait coûté environ quatre millions de dollars et était suffisamment grand pour y recevoir, sans qu'ils soient entassés, les deux douzaines d'hôtes qui parlaient et sirotaient leurs cocktails debout sur le pont arrière, alors que le soleil commençait à décliner sur le golfe du Mexique.

Le bateau s'appelait *Sea Sybil*, d'après le nom d'un de ses propriétaires, Sybil Rosenberg, dont l'époux était l'avocat David Rosenberg, associé principal de la société Rosenberg, Katlowitz et Frank, tous beaucoup plus fortunés que je ne l'étais moi-même. À Calusa, tout le monde savait combien son voisin gagnait. On trouvait un nombre impressionnant de personnes aisées dans ce paradis au bord de l'eau, dans cet Athènes du sud-ouest de la Floride. La plupart des capitaux provenait du Canada et du Middle West ; sans l'ombre d'un doute, parce que si l'on avait dessiné une ligne en zigzag allant de Toronto à La Havane, elle serait d'abord passée par Cleveland, Pittsburgh et Calusa.

Le hasard, ou peut-être le destin, avait voulu que Lainie et moi nous retrouvions sur le même bateau pour le même coucher de soleil. Le fait d'être en liberté sous caution pouvait, dans une petite ville, prendre l'allure d'un divertissement, même lorsque vous aviez été accusé d'avoir tué votre pauvre mère, votre pauvre père ou votre perruche. Je redoutais qu'elle soit, en tant que toute dernière star de Calusa accusée de meurtre, en proie à bien des questions dans les semaines et les mois à venir mais je savais que je ne pourrais pas la cloîtrer chez elle ou me trouver en sa compagnie à chaque occasion pour contrôler chacun de ses propos. Au centre de l'attention d'un cercle de curieux venus admirer le coucher de soleil depuis le côté du bateau réservé aux stars, tous désireux de savoir ce que l'on éprouvait lorsqu'on était accusé de meurtre, elle écarta avec succès toutes les tentatives de questions sur ce qui avait eu lieu à bord du yacht de Brett Toland.

Quant à moi, on continuait à me demander comment j'allais.

On continuait à me demander comment ça avait été.

Ce soir-là, je préférai mentir.

C'était là une manière de me divertir. Je le faisais déjà avant que l'on me tire dessus par une nuit sombre et calme. Je détestais les cocktails, particulièrement les cocktails au coucher du soleil, et encore plus les cocktails au coucher du soleil à bord d'un yacht. J'avais parfois le sentiment que les gens aisés qui avaient quitté des lieux épouvantables comme Minneapolis, Milwaukee ou

South Bend[1] s'étaient uniquement installés ici par amour des couchers de soleil.

– Je me suis retrouvé face à face avec Dieu, expliquai-je.

– À quoi ressemble-t-il ? demanda Aggie Pratt.

Bien des années auparavant, j'avais eu grand plaisir – si c'est là l'expression appropriée – à avoir une aventure extra-conjugale avec Aggie. En fait, Aggie avait été à l'origine de ma rupture avec Susan. Je ne me souviens pas avoir eu une très haute opinion de moi à cette époque, mais tout cela appartient au passé, entre temps, l'eau a coulé sous les ponts.

Aggie avait fini par divorcer de son mari Gerald et avait épousé un homme du nom de Louis Pratt qui publiait le *Calusa Herald-Tribune* ; j'avais toujours quelques difficultés à me rappeler qu'elle était aujourd'hui Mme Pratt. Je la trouvais en beauté ce soir-là et me demandais ce qui m'arrivait. Ses yeux sombres brillaient dans la lumière évanescente du soleil couchant. Un léger sourire se dessina sur sa bouche généreuse lorsque, en un trait d'humour, elle déclara que Dieu était une femme. Ses longs cheveux noirs (ceux d'Aggie, pas de Dieu) tombaient raides et brillants telle la chevelure de Cléopâtre, et elle portait une petite robe de cocktail noire et décolletée qui révélait des trésors dont je me souvenais avec tendresse quoique très vaguement.

Patricia Demming se tenait à mes côtés dans le cercle de personnes avides de savoir à quoi Dieu ressemblait. Je n'aurais pu dire, à l'expression de son visage, si elle était consciente ou pas que je les faisais marcher. Peut-être croyait-elle que le Tout-Puissant m'était apparu en songe une nuit où j'étais encore dans le cirage. Sa robe rouge – sa couleur préférée, d'ailleurs – était incroyablement courte si l'on considérait le fait qu'elle était supposée être l'assistante rangée et sérieuse d'un procureur. D'une beauté saisissante, dotée de formes généreuses et loin d'une salle de tribunal à ce moment-là, elle laissait deviner, derrière un corsage audacieux, encore plus de trésors que ceux dont j'avais un lointain souvenir. Mais où étiez-vous donc passé Joe DiMaggio ?

---

1. Villes du nord-est des États-Unis situées près des Grands Lacs et au climat particulièrement contrasté (N.D.T.).

– En fait, c'était un homme, improvisai-je, et il ressemblait à Joe DiMaggio.

Mon ex-femme Susan était également présente à bord du *Sea Sybil* – grand bateau, petite ville. Lorsque le soleil disparut dans le golfe, elle et le reste des invités poussèrent les cris admiratifs de circonstance. Elle portait, elle aussi, une robe de cocktail extrêmement courte, vert mousse, qui mettait en valeur de splendides jambes dont je me souvenais parfaitement, merci bien, même si je ne souhaitais pas qu'elle remarque mes regards nostalgiques. Le ciel vira tout à coup à un violet velouté très... sexy – mais que diable m'arrivait-il donc ?

– De quoi avez-vous parlé Dieu et toi ? demanda Aggie.

– De sexe, répliquai-je avant que mes yeux ne rencontrent ceux de Patricia, la seule qui ne riait pas de ma réponse.

– On pense encore au sexe quand on est dans le coma ? voulut savoir une femme du nom de Andrea Lang à laquelle Susan répondit, avec toute l'autorité d'une personne mariée pendant des années à celui visé par la question, « Matthew ne pense qu'à ça », remarque qui parut profondément déplaire à Patricia, au point qu'elle quitta le groupe pour rejoindre celui des satellites entourant Lainie. Après s'être ravisée – après tout, elle aussi était avocate et l'un de ses collègues avait déjà l'affaire en main –, elle se dirigea d'un pas nonchalant vers le bar et tendit son verre au serveur. Quelques instants plus tard, Lainie vint me rejoindre là où j'étais resté tout seul, car, croyez-moi, je m'y connais pour vider une pièce.

Elle portait une robe en rayonne courte, couleur pêche, avec de plongeants décolletés en V devant et derrière et d'amples plis créés par un lacet noué dans le dos. Des boucles d'oreilles en forme de gouttes ornées de tourmalines rouges. Comme d'habitude, la chevalière de l'époque victorienne à son auriculaire droit. Des sandales à talons hauts, ouvertes aux orteils et dont les lanières étaient rouges. Sa longue chevelure blonde tirée en arrière et tenue par une barrette décorée de petits coquillages. Des lunettes sans monture qui transformaient son air d'institutrice en un look beaucoup plus sophistiqué. Derrière celles-ci, son œil droit de travers.

– Quand vous attendez-vous à recevoir la liste des témoins ? demanda-t-elle.

– Demain matin.

– Et ensuite ?

– Nous verrons.

– Vous m'appellerez ?

– Je le ferai, promis-je.

Nous avions l'air de deux espions.

Elle ne pouvait pas admettre qu'elle était à nouveau accro.

Toots Kiley.

Oui, c'est bien mon nom, pensa-t-elle. La fille de James Kiley, qui lui avait donné ce nom glorieux d'après Toots Thielemans, le meilleur joueur d'harmonica au monde, croyez-le ou pas. Mais attention, Toots n'est pas un surnom, c'est un nom propre plein de fierté. Toots. Mais assez avec tout ça, se dit-elle. Putain, Toots, t'es vraiment qu'une toxico.

La drogue, c'était un flic qui lui en avait fait prendre la première fois, ç'avait été l'ironie du sort.

Et c'était le même flic qui avait continué à lui en faire prendre encore et toujours depuis, encore et toujours la même ironie du sort.

Sacré Rob Higgins, fierté du service de police de Calusa.

La première fois, il s'agissait de cocaïne. Assise en sa compagnie dans une voiture à Newtown, elle avait pris en filature une femme que son mari suspectait d'être infidèle mais qui, de l'avis de Rob, travaillait plutôt dans un bordel, sur lequel lui-même avait enquêté. « Ta cliente ne baise pas à l'occasion, avait-il confié à Toots, elle baise à plein temps. » Ils étaient donc là, assis dans une voiture face au bâtiment, peu après minuit en cette nuit de septembre, il y avait plus d'années qu'elle ne voulait se le rappeler, et ils avaient environ une heure à tuer avant que la vague suivante de MM. Dupont, précédant l'heure de la fermeture, ne déferle. Il lui avait demandé tout à coup si elle avait envie de se faire quelques lignes.

Bien entendu, Toots savait ce que cela signifiait, elle ne se demandait pas s'il parlait une langue inconnue, elle connaissait le sens des mots « se faire quelques lignes ». La seule surprise résidait dans le fait que c'était un flic qui lui proposait de sniffer un peu de coke. « Qu'est-ce que tu en dis ? » avait-il demandé. Il y avait, à l'époque, une First Lady bien attentionnée mais mal informée qui avait demandé aux enfants des ghettos de dire non à la drogue[1]. Toots n'était pas une enfant du ghetto. « Pourquoi pas ? » avait-elle répondu.

Une heure plus tard, à mille lieues du sol, elle avait flotté, accompagnée de Rob, à travers les escaliers du bordel et pris quelques jolies photos de la dame mariée qu'elle filait et qui ne portait, à presque deux heures du matin, rien d'autre que des bas noirs de chez Frederick's of Hollywood et des bottes de la même couleur réhaussées de dix centimètres de talons aiguilles. Par le plus grand des hasards, elle pratiquait une fellation sur un Noir qui mesurait au moins un mètre quatre-vingt-dix.

Il fallut deux ans à Toots pour se désintoxiquer.

Il lui fallut l'espace d'un instant pour replonger.

Elle tomba à nouveau sur Rob Higgins le jour où Matthew Hope sortait de l'hôpital. En cette journée ensoleillée de la fin mai, elle se trouvait dans la Good Samaritan Street lorqu'elle avait vu Matthew surgir à l'angle, dans sa chaise roulante, poussé par une infirmière. Patricia l'attendait dans sa voiture pour le ramener à la maison. Warren, le détective Bloom, Frank, l'associé de Matthew, et même son ex-femme Susan étaient présents pour lui souhaiter tous leurs vœux de prompt rétablissement et lui faire savoir qu'il pouvait compter sur eux si besoin était, bien qu'on eût cru que Patricia souhaitait voir Susan disparaître dans les eaux du golfe du Mexique pour ne plus jamais en entendre parler.

Warren avait rendez-vous pour le déjeuner avec l'une de ses connaissances de Saint Louis, qui se trouvait à Calusa pour quelques jours – il ne révéla jamais si cette personne était un homme ou une femme, un Blanc ou un Noir. Bloom, lui, devait retourner au commissariat central. Quant à Frank et sa femme

---

1. Campagne de lutte contre la drogue menée par Nancy Reagan pendant le second mandat de son époux et dont le slogan était « Just say no (Dites simplement non) » (N.D.T.).

Leona, ils n'étaient pas désireux de déjeuner avec une détective privée, dont les cheveux blonds, jusqu'alors frisés mais désormais longs et raides, dissimulaient l'un des yeux à la manière de Veronica Lake[1]. Toots se retrouva donc, l'air bête, sur le trottoir de l'hôpital à regarder tout le monde partir, avant de retourner à sa vieille Chevy verte et de se rendre au centre commercial de Calusa Square Mall dans l'espoir d'y trouver quelque chose à manger.

Et il se trouva que...

Vous savez, il arrive bien des choses dans la vie.

Il se trouva que le détective Rob Higgins – en congé ce jour-là, devait-elle apprendre plus tard – s'apprêtait à entrer dans un bar du nom de Frisky's, situé à un angle du centre commercial, au moment même où Toots descendait de sa voiture. Il l'aperçut, s'avança d'un pas nonchalant avec cet air suffisant qu'arborent les flics en civil affectés par ici, lui demanda comment elle allait et si elle voulait déjeuner et boire une bière avec lui. Elle lui répondit que c'était avec plaisir pour le repas mais qu'elle préférerait éviter la bière. Elle avait définitivement décroché, et en commençant par une bière, on passait ensuite à..., enfin il savait.

Il lui répondit qu'en ce qui le concernait, il était clean depuis le mois de janvier quand il avait brûlé deux doses de cette merde dans sa cheminée. Mais un verre de bière ne fait de mal à personne, ajouta-t-il.

– Ça risque de me faire du mal à moi, dit-elle.

– Bon, eh bien tu boiras du lait, fit-il en souriant. Allez viens, on va rattraper le temps perdu.

Elle ne savait toujours pas pour quelle raison elle avait accepté de déjeuner avec lui. Rétrospectivement, elle supposa que c'était parce que Warren ne lui avait pas proposé de se joindre à lui et à son ami de Saint Louis qui, tout bien réfléchi, devait être une femme, et peut-être même une Blanche. Notez bien, il n'y avait rien d'autre qu'une relation professionnelle entre elle et Warren.

Ou peut-être était-ce parce qu'elle avait ressenti comme un sentiment d'exclusion lorsque Matthew avait quitté l'hôpital dans la

---

1. Actrice américaine des années cinquante (N.D.T.).

voiture de Patricia, un Matthew si maigre et si pâle, quelque part perdu dans le fauteuil du passager, tous ses amis partant dans des directions opposées, laissant Toots sur le bord du trottoir, seule avec sa solitude, la pire des choses pour un drogué.

« Pourquoi donc ? » se demanda-t-elle. Mais après tout, pourquoi pas ? On lui avait bien fait comprendre qu'un drogué restait *toujours* un drogué et que, par conséquent, elle devait faire gaffe. Mais d'une certaine manière, elle fit temporairement abstraction de cet avertissement pour accepter l'invitation de Rob à déjeuner dans cet endroit appelé Frisky's, à l'allure de bar, avec des odeurs de bar et peuplé, à midi et demie, d'une faune qui, d'après les observations de Toots, s'adonnait sans façon à la boisson.

Ils s'installèrent dans un renfoncement au fond du local et commandèrent, tous les deux, un hamburger et des frites, accompagnés, pour Rob, d'une bière et, pour Toots, d'un Coca-Cola. Rob entama la conversation sur Matthew Hope, c'était plutôt moche qu'on lui ait tiré dessus et qu'il se soit retrouvé dans le coma pendant une semaine ou dix jours, enfin il ne savait pas exactement. Toots lui dit qu'il n'avait été hospitalisé que pendant huit jours et que tout allait désormais beaucoup mieux, même s'il avait fallu du temps pour que la plaie causée par la balle cicatrise et pour qu'il reprenne des forces – enfin, c'était quand même un coma, quoi ! « Bien sûr », répondit Rob. « D'ailleurs, poursuivit-elle, ils sont allés le chercher aujourd'hui à l'hôpital et il avait l'air en pleine forme », un mensonge de première puisque son père, à côté, aurait fait plus jeune, elle le revoyait assis près de Patricia, comme s'il était ratatiné et... vieilli.

Rob lui dit ensuite qu'il était au courant de tout le bon boulot qu'elle avait accompli depuis sa cure de désintoxication, il était franchement très fier d'elle, il savait qu'elle avait travaillé avec Warren Chambers, un brave type, c'était bien eux deux qui avaient résolu l'affaire de la tentative de meurtre sur Hope, n'est-ce pas ?

– Oui, enfin, Morrie Bloom travaillait également sur cette affaire, rectifia Toots qui ne souhaitait pas se voir attribuer tout le mérite de ce succès. Et en fait, c'est le travail de recherche effectué préalablement par Matthew qui nous a menés dans la bonne direction. C'était presque comme s'il avait supervisé l'affaire depuis son lit d'hôpital.

Pour une raison qu'elle n'arrivait pas à définir, elle trouvait Rob très attrayant. Peut-être parce qu'il avait perdu cinq à dix kilos et était parvenu à ce qu'il appelait une « remise en forme », peut-être parce qu'il avait passé la plupart de ses week-ends à bord de son bateau et qu'il avait un beau bronzage...

– Tu aimes le bateau ? demanda-t-il. On pourrait peut-être passer un week-end sur le mien, si tu aimes le bateau.

– Oui, j'aime bien, mentit-elle.

Elle trouvait les bateaux superbes depuis le rivage mais beaucoup moins attrayants lorsqu'on était dessus. Pourtant, l'idée de passer un week-end en mer avec Rob la séduisait, même si elle aurait été incapable d'expliquer pourquoi. Il était aussi coiffé différemment. À l'époque où ils s'étaient rendus ensemble dans ce bordel, ses cheveux châtains étaient coupés en brosse et lui donnaient un look de flic plutôt plouc mais, depuis, il les portait plus longs dans le cou et sur le front, ce qui lui conférait, avec son regard bleu clair, l'air d'un petit garçon. Elle n'avait jamais remarqué auparavant le bleu saisissant de ses yeux.

Elle ne réalisait pas que Rob lui paraissait aussi attirant, en cette journée de fin mai où elle se sentait particulièrement vulnérable et seule, parce qu'il avait été son fournisseur à l'époque où elle avait commencé à toucher à la cocaïne. Il avait été sa source d'approvisionnement. Il avait été celui qui, très élégamment, lui avait fait connaître la dame blanche et plus tard – lorsque sa seule préoccupation dans la vie avait été de sniffer de la cocaïne – celui qui lui avait appris à sortir pour s'en procurer et lui avait présenté les types qui l'aideraient à gagner de l'argent pour payer cette coke dont elle avait tant besoin. Il était devenu son mentor et son guide, son sauveur et son salut. Elle ne réalisait pas qu'au fond d'elle-même, Rob Higgins serait à jamais assimilé à la neige, la C, la coco, la schnouff, la colombine, la fée blanche, la naphte, le talc, la dynamite et tous les autres charmants petits surnoms euphémiques qu'il lui avait enseignés pour désigner une drogue capable de libérer l'esprit, que vous la sniffiez ou que vous la fumiez. Elle ne réalisait pas qu'être proche de Rob signifiait être proche de la poudre blanche qui avait décidé de sa vie pendant plus de deux ans. Elle ne réalisait pas que Rob serait à jamais associé à ces fortes sensations d'extase ressenties lorsqu'elle consommait de la coke.

– Tu aurais envie de venir voir le bateau un jour ? demanda-t-il.

– Oui, pourquoi pas, fit-elle.

Pour se rendre à l'hôpital, elle avait revêtu une petite robe en coton couleur kaki dont les pans étaient ouverts sur le devant à la manière d'un sarong, et elle pouvait deviner, d'après ses regards, qu'il aimait la façon dont ses jambes et sa poitrine étaient mises en valeur. Jamais elle ne réalisa qu'elle pouvait se trouver en danger. Jamais non plus elle ne réalisa que Rob Higgins *était* la cocaïne.

En levant les yeux vers elle comme si l'idée venait de le traverser, il proposa : « Pourquoi pas maintenant ? »

Pendant le trajet qui les conduisait au port de plaisance, il commença à parler du nombre de consommateurs de crack qu'on avait arrêtés dernièrement à Calusa – cette putain de merde est une épidémie, avait-il déclaré, et pas seulement dans le coin, tu sais, partout aux États-Unis. C'était parce qu'on n'avait pas besoin de sniffer le crack comme on le faisait avec la cocaïne, le crack, on le fumait et ça le rendait plus attrayant aux yeux des gens, en particulier des adolescents, qui pensaient que fumer faisait distingué et était signe de prestige. Mais fumer signifiait aussi qu'on décollait en moins de dix secondes, contre quelques minutes avec la came, parce que la drogue passait directement des poumons au cerveau.

– Bien qu'il y ait des gens qui affirment qu'ils ne deviennent pas dépendants grâce au bicarbonate de soude qu'ils utilisent lorsqu'ils prennent cette drogue.

– Qu'est-ce que le bicarbonate de soude vient faire là-dedans ?

– Tu me demandes ? C'est le bicarbonate de soude qui produit ce crépitement lorsqu'on fume. C'est pour ça qu'on l'appelle le crack[1].

---

1. Le verbe *to crack* signifie, entre autres, « se fêler », « se craqueler ». Proche de *to crackle* qui, lui, signifie « pétiller », « crépiter » (N.D.T.).

– Bon d'accord, mais qu'est-ce que le bicarbonate de soude a à voir avec l'accoutumance ?

– On dit qu'il empêche de devenir dépendant, répondit Rob.

– Qui ça « on » ?

– Les drogués, lança-t-il en riant.

– C'est de la foutaise, dit Toots. Le crack, c'est de la cocaïne qu'on fume et on devient dépendant de la coke, un point c'est tout.

– Oui, enfin, pas physiquement.

– Non, pas physiquement. Mais...

– Enfin, on en sait tous les deux quelque chose, l'interrompit-il.

– On en sait tous les deux quelque chose, répéta-t-elle avant d'incliner la tête en signe d'acquiescement et de sourire à l'idée qu'ils s'en étaient, tous les deux, tirés.

– Ces tarés qui prennent du crack te racontent des tas d'histoires complètement délirantes, tu sais, poursuivit Rob. Comme ce gars que nous avons ramassé mardi dernier lors d'une perquisition et qui nous a raconté que Freud était un cocaïnomane réputé, tu te rends compte ?

– Ah bon ?

– Oui. Et que Freud avait écrit quelque chose comme des rapports médicaux où il expliquait comment la coke pouvait soigner l'indigestion et la dépendance à la morphine, comment elle pouvait être utilisée en traitement contre l'asthme ou pour stimuler le désir. Enfin bref, nous sommes arrivés, conclut-il.

À peine étaient-ils montés à bord qu'il se rua sur elle.

Ses mains glissèrent sous la petite robe de coton, elle perçut son érection lorsqu'il l'attira à lui et pensa : « Dis-donc, je croyais que tu voulais me faire voir ton bateau », mais elle ne fit rien pour l'arrêter, elle se serra au contraire contre lui, et après l'avoir enlacé de ses bras, elle répondit à son premier baiser et frotta le bas de son corps à son membre viril. Ils se laissèrent tomber sur une des couchettes à l'avant du bateau, dans un petit espace aussi étroit que pouvait l'être une grotte, puis il fit glisser ses collants le long de ses cuisses jusqu'aux genoux et la tira violemment à lui. Elle se demanda depuis combien de temps personne ne l'avait touchée à cet endroit. Apparemment sobriété et célibat allaient de pair. Rob avait posé les mains sur ses fesses pour mieux la serrer, il était en elle, à présent, et la maintenait fortement contre lui, elle, l'étreignait, prête à le rejoindre.

Il lui montra la pipe de crack alors qu'elle était encore allongée nue sur le lit. Il s'était levé avant elle, nu aussi, uniformément bronzé à l'exception de son cul et de sa queue dont l'érection commençait à décroître. Elle mit un moment à porter son regard sur la pipe en verre qu'il tenait dans les mains. Il s'assit, toujours nu, à côté d'elle sur le lit.

— Tu veux voir comment ça marche ? demanda-t-il.

— Je sais très bien comment ça marche, répondit-elle en laissant entendre qu'elle n'avait pas besoin de démonstration.

Bon sang de bon sang, ils étaient tous les deux clean. Mais peut-être faisait-il simplement allusion au principe et proposait-il une démonstration de comment cela *aurait* fonctionné si on *avait* mis du crack à l'intérieur, parce qu'elle ne pouvait pas s'imaginer qu'il eût du crack en sa possession, sur ce charmant bateau où ils venaient juste de s'envoyer en l'air. Non, pour elle, il avait rapporté la pipe d'une descente, quelque part à Newtown, un petit souvenir de guerre, pour ainsi dire. Elle ne s'attendait absolument pas à ce qu'il ouvre un des placards et qu'il en sorte un petit sachet rempli d'ampoules en plastique ressemblant, comme deux gouttes d'eau, à des échantillons de parfum. Mais ces dernières contenaient une matière cristalline. Elles contenaient du crack.

— Où est-ce que tu as eu ça ? demanda-t-elle.

— Tu sais, on ramasse des trucs à droite et gauche. Laisse-moi te montrer.

— Rob..., commença-t-elle, mais il lui coupa la parole : « La meilleure défonce que t'aies jamais eue, Toots. »

Assez pour que son cœur battit soudain à tout rompre, qu'elle en redevienne toute humide, comme s'il s'agissait des prémices de l'amour, alors que ce n'était, en fait, rien d'autre que l'appel de la cocaïne.

Pour l'heure, quatre mois plus tard, à nouveau à des kilomètres de la côte, elle était enchaînée à la cloison d'un autre bateau et sentait poindre les premiers tiraillements d'un désir grandissant qui, elle n'était pas sans le savoir, allait la tenailler pendant les jours et les nuits à venir.

Je continuais à penser au film *Annie Hall*[1], dans lequel Woody Allen et Diane Keaton apparaissaient simultanément, sur un écran divisé en deux, en train de parler à leur psychiatre respectif. Ces derniers leur posaient la même question : « À quel rythme faites-vous l'amour ? ». Lui répondait : « Presque jamais », et elle : « Tout le temps ! » Ou quelque chose dans le genre, car c'était un vieux film dont je n'avais que de vagues souvenirs.

Patricia voulait savoir ce que j'avais sous-entendu par ma remarque sur Dieu.

— C'était une plaisanterie. En réalité, nous n'avons pas parlé de sexe.

— De quoi avez-vous parlé alors ?

— Il était curieux de savoir comment j'aimais la cuisson de mon steak.

Patricia ne releva pas.

— Il me semble, dit-elle, qu'évoquer le thème du sexe en présence de Susan équivaut à une provocation.

— Ce n'est pas moi qui ai entamé la conversation là-dessus. C'est Andrea Lang.

— C'est toi qui as commencé à parler de sexe.

— Oui, mais c'est bien Andrea Lang qui a demandé si on pensait au sexe lorsqu'on était dans le coma.

— Bref, un cercle vicieux, fit remarquer Patricia. En tout cas, une introduction qui a permis à Susan de pondre son petit témoignage d'experte en la matière. Et qu'est-ce qu'il y a entre toi et la pétasse qui bigle ?

— C'est une cliente, répondis-je. Tu le sais bien. Il est hors de question d'en parler.

L'arrangement professionnel que Patricia et moi avions passé – contrairement à nos arrangements personnels, tels que nous les

---

1. Comédie américaine en couleurs, réalisée en 1976 par Woody Allen (N.D.T.).

avions pris depuis ma convalescence – était de ne discuter aucune des affaires criminelles sur lesquelles je travaillais. Ceci afin d'éviter tout délit d'ingérence entre le cabinet d'avocats Summerville et Hope et le bureau du procureur. Dans la mesure où Patricia était une des figures éminentes de l'équipe en charge des poursuites judiciaires dirigée par Skye Bannister et comme mon cabinet traitait plutôt un grand nombre d'affaires non criminelles, nous pouvions habituellement évoquer beaucoup de choses dans le jargon du métier.

Mais ce soir, ce n'était rien de tout cela.

– Entre parenthèses, elle devrait vraiment arrêter de porter des robes aussi courtes.

– Lainie ?

– Susan. Et elle devrait arrêter de se faire appeler par ton fichu nom.

– C'est aussi le sien de fichu nom.

– Elle n'a pas de nom de jeune fille, peut-être ?

– Ça fait bien longtemps qu'elle n'est plus une jeune fille.

– Et alors, elle n'a jamais eu un nom de jeune fille ?

– Si, Susan Fitch, répondis-je.

– Bon, alors pourquoi ne le reprend-elle pas ? Qu'est-ce qu'elle a à rester collée comme ça à toi ?

– Je n'avais pas remarqué qu'elle me collait.

– Elle est venue à l'hôpital tous les jours.

– Je ne le savais pas.

– Même après que tu as repris connaissance. Surtout après. Et ce soir, Monsieur lui donne tout le loisir de se faire remarquer.

– Andrea lui a donné tout le loisir.

– C'est toi qui as commencé. Je suis même surprise qu'elle ne t'ait pas mis la main à la braguette.

– Andrea ? Elle me connaît à peine.

– Tu me diras, peut-être que tu aurais apprécié.

– En tout cas, ça m'aurait permis de raconter quelque chose à Dieu, répliquai-je en regrettant immédiatement mes paroles.

– Qu'est-ce que ça veut dire ? demanda Patricia.

– Rien, répondis-je. Allez viens, allons nous coucher.

Nous étions dans la chambre située au deuxième étage de sa maison à Fatback Key, là même où nous avions consommé notre romance à peine née, la lune brillant dans le ciel étoilé, cette nuit d'automne qui, désormais, paraissait si lointaine. Nous avions fait l'amour plusieurs fois et à chacune de nos étreintes, nous nous étions surpris, nous avions éprouvé cet enchantement et cette reconnaissance pour l'autre. Ce soir, Patricia portait une nuisette blanche en dentelle et moi, le bas d'un pyjama, des atours susceptibles de nous réserver une réédition de la nuit passionnée que nous avions vécue sous un clair de lune de septembre, voilà bien longtemps. Mais si cette soirée avait été un film, on n'aurait probablement pas intitulé cette scène « Tu le fais suffisamment ces derniers temps ? ».

Je commençai à expliquer à Patricia qu'à chaque instant depuis le jour où elle m'avait ramené de l'hôpital...

Ô combien petit, triste et désespéré je m'étais senti en cette journée ensoleillée de la fin mai, combien pitoyable, combien faible, dépendant et incapable de me débrouiller j'avais été ; non, la silhouette blême assise près de Patricia n'était pas Matthew Hope mais un imposteur qui lui avait dérobé sa place.

Elle ne pouvait pas savoir que, allongé à ses côtés cette nuit-là, j'avais pleuré silencieusement, redoutant de ne jamais recouvrer mes forces, maudissant Dieu de m'avoir mis sur le chemin de ces deux balles trop rapides pour moi, convaincu de rester invalide, d'être un homme qui, même s'il était revenu d'un coma, ne serait plus jamais le même, un homme qui, au contraire, inspirerait la pitié, peut-être même le mépris, un homme qui ne serait plus un homme.

– À chaque instant depuis ce jour, commençai-je, et elle m'interrompit par un « Oui ? »

– À chaque instant depuis ce jour..., repris-je, et elle attendait.

– J'ai espéré..., et elle me regardait. Puis je finis par dire : « Je suis très fatigué, Patricia. Ne pourrions-nous pas reparler de tout cela une autre fois ? »

Nous nous couchâmes. Nous étions allongés l'un à côté de l'autre dans le silence et l'obscurité, enfin presque, car la lune brillait de tous ses feux. J'étais torse nu et Patricia dévoilait de

longues et douces jambes entièrement dénudées jusqu'à son intimité. Je me dis que si j'essayais de lui faire l'amour, elle fuirait à
nouveau de peur que je ne me brise en mille morceaux.

Je voulais l'assurer que ce ne serait pas le cas.

Je voulais l'assurer que j'allais bien désormais.

Vraiment.

Nous étions allongés en silence sous la lueur de la lune.

Enfin, Patricia lâcha un soupir et lança : « Je déteste cette
salope ! » Quelques instants plus tard, nous nous endormions.

4

– Excepté celui d'Etta Toland, demandai-je, reconnaissez-vous un autre des noms figurant sur cette liste ?

Nous étions assis dans le jardin situé à l'arrière de la maison de Lainie. Il était dix heures en ce samedi matin et je venais de lui tendre la liste des témoins que Pete Folger avait déposée en personne à mon cabinet vers neuf heures. Je n'avais pas bien dormi la nuit précédente. Patricia non plus, d'ailleurs. Folger était tout sourires lorsqu'il m'avait suggéré de demander à ma cliente s'il ne valait pas mieux plaider l'homicide involontaire et en prendre pour trente ans plutôt que de risquer la chaise électrique sous l'inculpation d'homicide volontaire. Il voulait classer cette affaire le plus tôt possible, s'était-il justifié. Je me demandais pourquoi.

Lainie, ce matin-là, ne portait pas de lunettes.

Elle avait les cheveux ébouriffés par une nuit de sommeil, n'était pas maquillée et portait un kimono à fleurs, blanc et rouge, long jusqu'aux genoux et noué à la taille. Assise à l'ombre d'un poivrier, elle avalait un café noir en louchant sur le document que je venais de lui remettre. Elle avait la bague en forme de cœur à son auriculaire ; je me demandais si elle dormait avec. Elle tenait les jambes croisées. Une courte chemise de nuit du même motif floral dépassait de son kimono remonté haut sur les cuisses. Elle agitait le pied sans relâche.

– Je ne connais aucune de ces personnes, déclara-t-elle. Qui sont-elles ?

– Les témoins qui ont déposé devant le grand jury.

– Qu'ont-ils dit ?

– Eh bien, nous n'en savons encore rien. Mais toutefois suffisamment pour que vous soyez inculpée.

– A-t-il encore d'autres témoins ?

– Si ce n'est pas encore le cas, ça le sera lors du procès. Mais il ne dévoilera leurs noms que lorsque je demanderai qu'on me communique les pièces du dossier.

– Et vous les demanderez quand ?

– D'ici deux à trois mois.

– Quand rencontrerez-vous les personnes inscrites sur cette liste ?

– Je vais déjà passer des coups de fil aujourd'hui. Et avec un peu de chance, je pourrai commencer à les voir lundi.

– Pour prendre leur déposition ?

– Non. Juste de manière informelle. S'ils sont disposés à me parler. Dans le cas contraire, oui, je serai obligé de les assigner à comparaître et de leur faire subir un interrogatoire sous serment. Voyez-vous...

Lainie leva les yeux de la liste. Un rayon de soleil s'échappa du feuillage derrière sa tête et se déplaça de manière incertaine sur sa chevelure blonde. Elle me jeta un regard rempli d'attente. L'œil vagabond lui donnait l'apparence mélancolique d'une enfant abandonnée.

– Voyez-vous, Folger continue à espérer que nous plaiderons coupable.

– Pourquoi devrions-nous ?

– Il espère qu'après m'être entretenu avec ces personnes, quelles qu'elles soient...

– Oui enfin, qui sont-elles ? C'est ce que j'aimerais bien savoir, moi.

– Je n'en ai pas la moindre idée. En tout cas, il espère que nous reconnaîtrons la validité de ses arguments et que nous nous conformerons à sa proposition.

– Homicide involontaire.

– Oui. Involontaire signifie sans préméditation.

– J'aurais tout bonnement tué Brett sur un coup de tête, c'est ça ?

– Heu oui. Pour un homicide involontaire, c'est ce qui devrait s'être produit.

– Sous le feu de la passion, n'est-ce pas ?

– Non, pas exactement. Vous utilisez là un terme évoqué dans le paragraphe sur les homicides excusables. Dans votre cas, cela ne serait pas recevable.

– D'autant plus que je ne l'ai pas tué.

– Je le sais.

– Alors pourquoi faudrait-il que je croupisse trente ans en prison ?

– Oui enfin, au maximum trente ans.

– Pour quelque chose que je n'ai pas fait.

– Je n'en discute pas.

– Encore un peu de café ? demanda-t-elle.

– S'il vous plaît.

Elle se pencha pour me servir. Je la regardai.

– Votre amie était-elle en colère ?

– Pardon ?

– L'autre soir. Elle semblait en colère.

– Heu... non. En colère à propos de quoi ?

– Du fait que vous et moi ayons discuté, dit-elle en haussant les épaules.

Le kimono glissa légèrement dévoilant l'étroite bretelle de sa chemise de nuit. Elle le rajusta immédiatement, posa la cafetière et me regarda depuis l'autre côté de la table.

– Elle était en colère ? demanda-t-elle.

– Non.

– On m'a dit qu'elle était procureur.

– C'est juste. Un très bon procureur de surcroît.

– Vous lui parlez de moi ?

– Jamais.

– J'espère. Du lait ?

– Oui, merci.

Elle me servit. Je continuais à l'observer.

– Du sucre ?

– Un.

Elle fit glisser le sucrier dans ma direction.

– Pourquoi était-elle en colère ?

– Ça n'avait rien à voir avec vous.

– Avec qui alors ?

– Je préférerais ne pas en parler.

– Elle était donc bien en colère ?

– Je l'ai déjà dit...

– Vous préféreriez ne pas en parler.

– C'est cela.

Elle recommençait à agiter le pied. À sourire et à agiter le pied.

– Voyez-vous, je détesterais passer sur la chaise électrique simplement parce que...

– Écoutez, je ferai tout mon possible pour que...

– Simplement parce que mon avocat couche avec quelqu'un, m'interrompit-elle, et lui livre mes secrets quand ils sont au lit. Le sourcil dressé au-dessus de l'œil droit. Un léger sourire au coin de la bouche.

– Je ne connais pas tous vos secrets, fis-je remarquer.

– Si vous saviez, dit-elle.

– Je n'ai pas envie de les connaître.

– Mais vous couchez avec elle, c'est bien cela ?

– Lainie...

– Vous couchez avec elle ?

– Lainie, si ma relation privée avec Patricia Demming devait porter atteinte, de quelque manière que ce soit, à mon travail d'avocat dans la présente affaire, je m'en retirerais sans plus tarder.

– Votre travail d'avocat dans la présente affaire, répéta-t-elle, toujours le sourire aux lèvres.

– Exactement. Et si vous pensez que je ne vous représente pas correctement...

– Mais je n'ai jamais dit cela, fit-elle remarquer.

– À la bonne heure. Je suis bien heureux de vous l'entendre dire.

– Entre parenthèses, demanda-t-elle, tout ce qui se passe entre nous est strictement confidentiel, n'est-ce pas ?

– Oui, répondis-je.

De quels secrets pouvait-elle bien parler ?

– C'est bien cela, strictement confidentiel ? répéta-t-elle.
– Oui, confirmai-je.

Le nom du vigile était Bartholomew[1] Harrod.

Un jury aurait immédiatement donné sa caution à tous les propos de ce bon vieux Bart. Tout bonnement parce que quelqu'un
portant le nom d'un des douze apôtres ne pouvait être soupçonné
de mensonge. Quoique Judas Iscariote, peut-être pas. De nos
jours, on trouve des jurés féminins, mais quand j'étais jeune, seuls
les hommes pouvaient être membres d'un jury. Imaginez celui-ci
composé d'un André, d'un Barthélemy, d'au moins deux Jacques,
d'un Jean, d'un Jude, d'un Matthias, d'un Philippe, d'un Pierre,
d'un Simon, d'un Thomas ou même – je le dis en toute modestie –
d'un Matthieu[2] et vous auriez un jury de douze membres, tous
loyaux et braves. N'oublions pas Paul qui, ayant déclaré avoir vu
Jésus ressuscité, fut immédiatement élevé au rang d'apôtre et plus
tard à celui de saint.

Mais il n'y avait pas de jury pour écouter ce que Bartholomew
Harrod déclarait en ce samedi encore ensoleillé du 16 septembre, à
quatorze heures. Harrod, Andrew Holmes, celui qui, dans mon
cabinet, était le plus disposé à reprendre l'affaire Commins au cas
où je l'abandonnerais, et moi-même étions assis en plein air autour
d'une table basse dont le plateau rond était en plastique et les pieds
en fer forgé peint de vert. Nous étions trois, tous loyaux et braves,
même s'il ne fallait pas compter sur nos noms d'apôtres.

J'avais appelé Harrod tout de suite après avoir quitté la maison
de Lainie. Je lui avais expliqué que je défendais Mlle Commins et
que j'avais eu son nom par l'intermédiaire du procureur, Peter Folger, qu'il n'était pas sans connaître, qui m'avait suggéré de le rencontrer le plus rapidement possible. J'avais dit à Harry que s'il
acceptait de venir à mon cabinet ou de me rencontrer ailleurs, nous
pourrions discuter de manière informelle de ses déclarations au
grand jury, ce qui nous épargnerait ultérieurement un contre-inter-

---

1. En français, « Barthélemy » (N.D.T.).
2. En anglais, « Matthew » (N.D.T.).

rogatoire ; un mensonge éhonté dont l'avantage était de convaincre certains témoins réticents.

Ce qui marchait encore mieux était d'aborder les gens sur le thème « Merveilleuse Amérique », dont le principe de base était qu'aux États-Unis, tout un chacun avait le droit à un procès équitable. Dans l'intérêt de la justice – que M. Harrod souhaiterait fort probablement voir de son côté si jamais, Dieu l'en préserve, il se retrouvait dans une situation identique –, dans l'intérêt de la liberté et de la justice pour tous, donc, j'étais convaincu qu'il serait désireux de faire connaître à la défense la façon dont le grand jury en était arrivé à ses conclusions, ce en quoi, dans un esprit de justice et d'équité, son témoignage s'avérerait d'une grande aide.

Je lui fis remarquer qu'il n'aurait pas besoin de prêter serment pour cet entretien, que tout se déroulerait de manière très informelle, même si je souhaitais être autorisé à enregistrer ses propos afin de pouvoir m'y référer plus tard. C'était un autre mensonge, bien que moins gros, mais aucun de nous deux n'avait prêté serment au début de cette conversation téléphonique. J'avais besoin de l'enregistrement comme référence au cas où nous lui demanderions, à la barre et sous serment, de répéter tout ce qu'il avait pu dire lors de notre discussion informelle. C'était la raison pour laquelle j'avais demandé à Andrew Holmes, le nouvel associé du cabinet Summerville et Hope, de se joindre à moi pour le rencontrer.

J'aurais préféré envoyer l'un de mes deux détectives, Warren Chambers ou Toots Kiley, pour interroger et enregistrer Harrod. Toutefois, mes appels au bureau et au domicile de Warren étaient tombés sur la même annonce expliquant qu'il serait absent durant toute la semaine ; quant au répondeur de Toots, il déclarait seulement qu'elle était « absente pour le moment » et invitait les gens à laisser un message après le bip sonore. Ce qui signifiait que je ne pourrais pas les envoyer faire le gros du travail de leur côté et attester ensuite de l'authenticité et de l'origine de la cassette. Ce qui signifiait encore que j'avais besoin d'un témoin pour l'enregistrement.

Peut-être vous demandez-vous pourquoi.

Parce qu'en ayant en charge la défense de Lainie, si j'appelais Bartholomew à la barre des témoins et commençais à l'interroger sur des dépositions préalablement enregistrées, il pourrait tout à fait répondre : « Je n'ai jamais dit cela. » Auquel cas, je lui ferais entendre la cassette pour lui rafraîchir la mémoire. Mais supposez qu'il déclare alors : « Ce n'est pas ma voix sur cette cassette », qui serait en mesure d'attester le contraire ? En vertu des règles de discipline – auxquelles nous nous référons dans le métier sous le sigle DR 5-101 – un avocat ne peut être appelé à la barre des témoins. Folger n'aurait alors aucun mal à demander, ainsi que l'avait fait un jour le duc de Bourbon[1] en s'adressant à un modeste messager : « Mais qui donc a mesuré le sol ? »

D'où la présence d'Andrew Holmes.

Quel que soit celui de nous deux qui se chargerait de cette affaire, l'autre pourrait attester des conditions de l'enregistrement.

Le magnétophone était posé au centre de la table basse.

Nous étions, tous les trois, assis dans d'inconfortables fauteuils au revêtement d'un vert passé. Nous nous trouvions dans le jardin à l'arrière du mobile home de Harrod, dans un parc bondé de ces habitations roulantes et situé juste après Timucuan Point Road.

Dans l'État de Floride, leurs propriétaires ne payent d'impôts ni à l'État, ni à la ville, ni au comté. Il leur suffit d'acquérir un permis conformément à l'article 8 de la Constitution de l'État de Floride – dénommé « Finance et impôts » – qui stipule que « les véhicules à moteur, les bateaux, les avions, les caravanes, les véhicules tractant des caravanes, les mobile homes et tout engin ainsi défini par la loi doivent être soumis à une redevance dont le montant et l'objet seront préalablement établis par les autorités mais ne sont soumis à aucun impôt sur la valeur ».

Le permis, en vertu du chapitre 320-08 de l'article intitulé « Permis de véhicules à moteur », coûte vingt dollars pour un mobile home n'excédant pas dix mètres de long, vingt-cinq dollars pour un mobile home de dix à quinze mètres et passe directement à cinquante dollars pour un mobile home de plus de vingt mètres

---

1. Protagoniste de la pièce *Henri V* écrite en 1598 par Shakespeare (N.D.T.).

de long. Même lorsque les pneus en ont été retirés, qu'ils reposent sur des fondations, qu'on y a installé l'eau et l'électricité, ils restent considérés comme des habitations « mobiles » aussi longtemps qu'ils ne sont pas « fixés en permanence » au sol.

Ce qui dérange de nombreux habitants de Calusa, c'est que les propriétaires de ces mobile homes soient habilités à voter alors qu'ils ne payent pas d'impôts. Aux yeux de nombreuses personnes résidant à Calusa, ces monstres d'aluminium franchement laids sont une plaie dans le paysage, d'autant plus qu'ils longent les bords du fleuve, où leurs occupants ont acquis des droits de propriété bien avant que l'on ne se doute de la valeur du terrain.

Harrod jouissait pleinement de ce statut privilégié. Il jouissait pleinement de son petit jardin clôturé et de la distance le séparant de la Cottonmouth River, qui serpentait dans le dédale de métal alors que le soleil se reflétait sur les eaux étincelantes. Il semblait également apprécier tout autant l'attention portée sur lui, cet après-midi-là, par deux avocats en costume-cravate, un magnétophone prêt à enregistrer ses propos pour la postérité.

C'était un homme dans la soixantaine bien avancée, aux yeux bleus et aux cheveux blancs quelque peu grisonnants qui, à l'image de tant de personnes âgées vivant ici, sur les côtes de sable blanc du golfe, avait pris sa retraite dix ans auparavant pour en arriver à la seule conclusion que l'inertie était synonyme de mort. J'avais lu quelque part que lorsque le neveu de George Burns[1] avait annoncé à ce dernier vouloir prendre sa retraite, Burns lui avait demandé : « Et qu'est-ce que tu vas faire toute la journée ? », ce à quoi le neveu avait répondu : « Je passerai mon temps à jouer au golf. » Burns avait réfléchi pendant un moment, puis avait répliqué : « Lou, jouer au golf n'est intéressant que lorsqu'on a autre chose à faire. »

Harrod avait pris un boulot de vigile.

Ce qui expliquait sa présence mardi soir dernier lorsque Lainie Commins avait garé sa voiture sur le parking du yacht-club de Silver Creek peu avant vingt-deux heures.

---

1. Acteur comique américain (N.D.T.).

— Comment saviez-vous l'heure qu'il était ? demandai-je.

— Laissez-moi seulement contrôler si ça enregistre correctement, dit Andrew avant d'appuyer sur le bouton « stop », puis sur le bouton « rewind » et de repasser les mots d'introduction de Harrod. Andrew portait un costume dans les tons ocre. Sa cravate verte était assortie au revêtement fané des fauteuils sur lesquels nous étions assis. Âgé de vingt-neuf ans, il avait des cheveux frisés plutôt foncés, des yeux marron, un nez aquilin courbé comme le bec d'un aigle et une bouche androgyne, ce qui signifiait à la fois des caractéristiques masculines et féminines, avec une fine lèvre supérieure et une lèvre inférieure qui faisait la moue. Des lunettes de vue cerclées d'une monture noire lui donnaient un air d'écolier studieux, ce qui lui seyait parfaitement dans la mesure où il avait été l'éditeur de la *Revue des lois* à l'université du Michigan et où il était sorti troisième de sa promotion.

— ... peu avant vingt-deux heures, disait la voix de Harrod.

— Comment saviez-vous l'heure qu'il était ? demandait ma voix.

— O.K., fit Andrew en appuyant simultanément sur les boutons « record » et « play ».

— J'ai regardé ma montre, répondit Harrod.

— Pour quelle raison ?

— Le restaurant termine son service à vingt-trois heures trente. Je me demandais qui pouvait bien arriver aussi tard.

— Décrivez-moi où vous étiez.

— Dans la cabine à l'entrée du club. Je suis assis là, à contrôler les voitures qui entrent. Les gens à pied aussi, parfois.

— Y a-t-il une barrière ?

— Non, je me contente de les faire ralentir, puis je leur fais signe d'entrer ou de reculer et de faire demi-tour.

— Y a-t-il une lumière dans la cabine ?

— Oui.

— Était-elle allumée mardi soir dernier ?

— Oui, elle l'était.

— Dites-moi ce que vous avez vu peu avant vingt-deux heures ce soir-là ?

— Une Geo blanche se dirigeant vers la cabine, une femme à son volant.

— Pouvez-vous décrire cette femme ?

— Il s'agissait de Lainie Commins.

— Vous connaissiez déjà Lainie Commins à ce moment ?

— Non.

— Alors comment... ?

— Je lui ai demandé son nom et elle m'a répondu qu'elle s'appelait Lainie Commins et qu'elle avait rendez-vous avec M. Toland. Brett Toland. Celui qui a été tué ce soir-là.

— Elle vous a donné son nom et celui de M. Toland ?

— Oui. C'est ce qu'on fait d'habitude. Lorsqu'on a rendez-vous avec quelqu'un au restaurant ou qu'on monte sur l'un des bateaux. Parfois, ils donnent des cocktails à bord et ils invitent cinquante à soixante personnes ; c'est difficile de garder le contrôle de la situation. À dire vrai, je n'ai pas vraiment le moyen de contrôler auprès de celui qui reçoit. Je surveille juste un peu les invités pour m'assurer qu'ils vont bien là où ils disent, au restaurant ou sur l'un des bateaux.

— Qu'a fait la femme qui prétendait être Lainie Commins... ?

— Oh, c'était bien Lainie Commins, j'en suis sûr. Je l'ai vue depuis, j'ai identifié sa photo lors de l'audience plus exactement. C'était bien elle, pour sûr.

— À quoi ressemblait-elle ?

— Des cheveux blonds, des lunettes, elle portait un tee-shirt blanc avec un foulard bleu qui avait comme des ancres dessinées dessus.

— De quelle couleur ?

— Je vous l'ai déjà dit. Bleu.

— Non, je voulais dire les ancres.

— Ah. Rouges.

— Portait-elle un pantalon ou une jupe ?

— Je ne sais pas. Je ne pouvais pas voir, elle était à l'intérieur de la voiture.

— Où a-t-elle garé la voiture ?

— Près du lampadaire tout au fond du parking.

— L'avez-vous vue en sortir ?

– Oui, mais je ne me souviens pas si elle portait un pantalon ou une jupe.

– Mais vous la regardiez.

– Oui. Pour m'assurer qu'elle se rendait bien au bateau de Toland comme elle l'avait dit.

– Comment était-elle coiffée ?

– Qu'est-ce que vous voulez dire ?

– Les cheveux défaits ? Relevés ? Noués dans le cou ?

– Ah. Défaits.

– Mais vous n'avez pas remarqué si elle portait un pantalon ou une jupe.

– Non, je n'ai pas remarqué.

– Vous la regardiez lorsqu'elle est descendue de voiture...

– Oui.

– Qu'a-t-elle fait alors ?

– Elle est montée sur le trottoir qui longe le quai et s'est mise en quête du bateau de Toland. *Toy Boat*, c'est son nom.

– Vous avez observé Mlle Commins pendant tout ce temps ?

– Pendant tout ce temps.

– A-t-elle trouvé le bateau ?

– Oui. Elle s'est arrêtée devant la passerelle, elle a regardé vers le bateau, puis elle a crié : « Il y a quelqu'un ? », vous savez comme une question, parce qu'elle ne voyait personne sur le pont.

– Vous pouviez voir tout cela depuis votre cabine ?

– Oui.

– À quelle distance du bateau vous trouviez-vous ?

– À quinze ou vingt mètres.

– La cabine était éclairée, il faisait noir dehors, mais vous pouviez voir...

– Il y avait de la lumière le long du quai. Et dans le salon. Je pouvais la voir comme en plein jour.

– Mais vous n'avez pas remarqué si elle portait un pantalon ou une jupe.

– Non, je n'ai pas remarqué. Je ne suis pas un fana des jambes, se justifia-t-il en souriant. Je souris aussi. Andrew également.

– Que s'est-il passé ensuite ?

– Elle a crié le prénom de M. Toland. Encore une fois comme une question : « Brett ? ». Il est sorti du salon et elle est montée à bord.

– Et ensuite ?

– J'en sais rien. Dès que j'ai vu qu'on l'attendait, je suis retourné à mes affaires.

– C'est-à-dire ?

– Regarder la télévision. J'ai une petite télévision dans la cabine, je la regarde quand c'est calme.

– Vous étiez en train de regarder quoi ?

– *Dateline*[1].

– Quelle heure était-il à ce moment-là ?

– Oh, vingt-deux heures dix. Vingt-deux heures quinze, peut-être ?

– Avez-vous aperçu Mlle Commins au moment où elle a quitté le bateau ?

– Non, je ne l'ai pas vue.

– Vous ne pourriez donc pas dire si *Dateline* était terminé lorsqu'elle a quitté le bateau, n'est-ce pas ?

– Ça finit à vingt-trois heures, c'est une émission d'une heure. Le restaurant ferme à vingt-trois heures trente, à l'heure où je rentre chez moi. C'est le veilleur de nuit qui prend la relève.

– Il est assis dans la cabine, lui aussi ?

– Non, il contrôle les quais, le restaurant, tout le coin quoi. Il n'y a plus de véhicules qui entrent ni qui sortent, une fois le restaurant fermé.

– Vous ne vous rappelez pas avoir vu Mlle Commins descendre du bateau vers vingt-deux heures trente ?

– Non.

– Vous ne vous rappelez pas l'avoir vue sortir du parking quelques minutes après ?

– Non plus.

– Comment cela se fait-il ? Vous étiez assis dans la cabine...

---

1. Émission télévisée diffusée sur la chaîne américaine NBC (N.D.T.).

– Je n'ai vu personne descendre de ce bateau à vingt-deux heures trente, affirma Harrod. Et je n'ai pas vu non plus la Geo blanche quitter le parking à cette heure.

– *Vous étiez sur le bateau ?*
– *Oui.*
– *La nuit dernière ?*
– *Oui, mais pas très longtemps.*
– *Combien de temps ?*
– *Une demi-heure peut-être... Pas plus.*

– Merci, M. Harrod, dis-je. Nous vous sommes reconnaissants du temps que vous nous avez accordé.

« Bonjour, vous êtes en communication avec le bureau de Warren Chambers, détective. Absent pour toute la semaine, je vous remercie de laisser un message afin que je vous contacte dès mon retour. »
Aucune indication de la date à laquelle Warren avait enregistré le message.
Annonce identique sur le répondeur de son domicile.
J'essayai à nouveau chez Toots.
« Bonjour, je suis absente pour le moment mais si vous laissez un message après le bip sonore, je vous contacterai dès que possible. Merci. Au revoir. »
Ce qui nous obligeait, Andrew et moi, à maintenir notre rendez-vous de seize heures avec un homme dont le nom était Charles Werner.

Lorsque vous êtes dans la police, vous voyez toutes sortes de choses, vous rencontrez toutes sortes de gens. Vous prenez en compte le coup de fil d'un couple en pleine dispute, vous vous rendez sur les lieux et là, vous trouvez le type en caleçon, la bonne femme sans rien d'autre que ses collants, lui hurlant qu'elle l'a visé en plein visage avec du maïs chaud, elle gueulant que son mari n'est qu'un connard, vous voyez vraiment toutes sortes de choses. C'est un peu comme si un officier de police n'était plus un être humain à partir de l'instant où il a revêtu l'uniforme. Il n'est plus rien que l'uniforme, on ne considère pas le reste. La femme n'éprouve aucune honte à être vue en petite tenue, une femme obèse dont la poitrine tombe sur le ventre, car à ses yeux, vous n'êtes pas un être humain, vous êtes juste le flic venu constater une querelle conjugale, vous n'êtes qu'un pion anonyme du système, vous êtes de la police.

Vous pouvez aussi tomber sur un mort qui baigne dans son sang en pleine rue avec des gens qui crient et pleurent autour de lui ; vous leur dites de s'écarter, de rentrer chez eux, qu'il n'y a rien à voir, allez, circulez. Vous, vous n'êtes pas un être humain au même titre qu'eux, vous êtes de la police. Et vous n'êtes pas supposé être dérangé par la flaque de sang sur laquelle s'agglutinent des paquets de mouches ou par la cervelle qui a éclaboussé l'aile de la voiture ou encore par le fait que le gosse allongé, le crâne fendu, soit à peine âgé de quatorze ans, non, vous n'êtes qu'un flic venu rétablir l'ordre.

Un flic, c'est ce qu'était à nouveau Warren Chambers au beau milieu du golfe, à bord du bateau d'Amberjack. Le flic venu constater le petit problème de dépendance aux drogues qu'avait Toots Kiley, le flic venu rétablir l'ordre. Il importait donc peu qu'il lui faille la détacher, la conduire à l'avant du bateau et attendre devant la porte qu'elle ait fini de pisser. Cela n'était pas plus embarrassant que de se retrouver devant une grosse en collants, il était le flic venu rétablir l'ordre, le flic qui lui ferait suivre une cure de désintoxication. Il n'y avait donc personne derrière cette porte en train de pisser, personne devant en train d'attendre. La femme à l'intérieur des lieux d'aisance était invisible, le flic de l'autre côté de la porte était anonyme.

— Je ne sais toujours pas comment on tire cette putain de chasse, s'exclama Toots de derrière la porte.

— Tu as terminé ?

— Oui, j'ai terminé.

— Ouvre la porte. Je vais te remontrer.

Elle ouvrit la porte. Elle se tenait près du lavabo dans le petit compartiment. Elle se lava les mains pendant qu'il lui expliquait encore une fois le fonctionnement de la chasse d'eau, explications auxquelles, de toute manière, elle n'accordait aucune attention. Le système ne fonctionnait pas correctement ; en fait, il n'avait jamais été sur un bateau avec des chiottes aussi mal foutues. Il lui fallut actionner la pompe pendant un bon moment avant que la cuvette ne se remplisse d'eau. Toots s'essuyait les mains dans une serviette en papier qu'elle s'apprêtait à jeter dans les toilettes s'il ne l'avait pas fusillée du regard. Elle en fit donc une boulette et l'envoya dans le lavabo. Il la ramassa, ouvrit la porte sous le lavabo, jeta la serviette dans une corbeille en métal fixée à la paroi intérieure de la porte, referma cette dernière et sortit les menottes de la poche de son coupe-vent.

— C'est bon, dit-elle, on n'en a pas besoin.

— Je ne veux pas prendre le risque d'être assommé.

— Ça m'avancerait à quoi ? Je suis incapable de gouverner un bateau.

— On sait jamais.

— Écoute, Warr, j'suis pas une hors-la-loi.

— Pas encore.

— J'suis pas une camée. Tu te trompes. Tu me vois grimper au plafond, peut-être ?

— Non, mais attachée à la cloison par contre.

— Tu me vois en manque ?

— Là n'est pas la question, Toots.

— Ce crack que t'as trouvé, c'était simplement quelqu'un qui essayait de me mettre dans l'embarras, c'est tout.

— Bien évidemment.

— Allez, laisse-moi monter sur le pont prendre un peu d'air frais. Tu me laisses enchaînée au mur comme si j'étais un animal. Je vais devenir folle.

— Je n'ai aucune envie que tu plonges par-dessus bord.

— Pourquoi le ferais-je ?

— Tu as déjà essayé de renoncer à la drogue, Toots. Tu sais exactement de quoi tu es capable dans ces moments-là.

— Je ne sais pas nager. Pourquoi voudrais-tu que je plonge par-dessus bord ?

— C'est trop risqué.

— Non, pas du tout. Combien de fois dois-je te répéter que je suis...

— Tu te sens comment en ce moment ?

— Très bien. Pourquoi ? De quoi ai-je l'air ?

Elle mit les mains sur les hanches, redressa la tête telle un mannequin, lui montra son profil et prit une profonde inspiration. Elle portait la même minijupe noire que le mardi soir où il l'avait enlevée à son domicile, tout aussi froissée à présent que son léger chemisier jaune. Ses jambes étaient nues, elle avait laissé ses chaussures noires à talons hauts près du mur auquel elle était enchaînée avant d'aller aux toilettes.

— Tu as l'air bien, répondit-il.

— Alors laisse-moi monter, s'il te plaît.

Il la regarda de plus près.

Elle ne paraissait pas aller trop mal, si l'on considérait qu'elle ne s'était plus défoncée depuis jeudi. Il ignorait si elle était passée se shooter quelque part avant de rentrer à la maison avec son ravitaillement, les dix méga-ampoules qu'il avait trouvées dans son sac, chacune contenant quatre gros cristaux. Mais ça aurait été tard dans la soirée de jeudi, vers vingt-deux, vingt-trois heures, et nous étions déjà samedi peu après quinze heures, ce qui faisait environ quarante heures depuis qu'elle avait fumé sa dernière pipe. Il lui restait huit heures avant d'atteindre deux jours complets de captivité et elle ne montrait aucun des signes auxquels il s'attendait. Soit elle jouait la comédie à merveille, soit elle disait la...

Non, pensa-t-il, ne te fais pas avoir.

C'est Tootsie la toxico et je suis de la police.

— Je t'en prie, Warren, supplia-t-elle. Juste quelques minutes. Respirer un peu d'air frais.

— Juste quelques minutes, concéda-t-il.

Elle avait deux raisons de vouloir monter sur le pont.

La première était de continuer à l'abuser, à lui faire croire qu'elle était saine de corps et d'esprit, qu'elle était tout simplement une vieille amie désireuse de prendre un bol d'air frais ; regarde-moi bien, tu trouves vraiment que je ressemble à quelqu'un en manque ? On pourrait me donner le bon Dieu sans confession. Elle ne voulait surtout pas lui dévoiler ce qu'elle éprouvait vraiment à cet instant précis. Car si elle arrivait à le convaincre qu'elle était tout à fait clean, que tout cela n'était qu'une regrettable erreur, elle pourrait aussi le persuader de faire demi-tour et de la ramener au royaume du crack. Si seulement elle arrivait à le convaincre qu'elle était bien la gentille petite fille d'à côté, respirant à pleins poumons cet air pur à des milliers de kilomètres de la côte, au milieu de nulle part, si seulement elle parvenait à lui cacher combien elle était en manque à présent, combien tout son corps en demandait, combien elle n'en dormait plus la nuit, combien ses moindres pensées étaient hantées par le crack, si seulement elle arrivait à lui dissimuler ce qu'elle ressentait, appuyée sur le bastingage, le regard perdu entre le ciel bleu clair et les flots bleu dur, tâchant de paraître calme et détendue, et de donner une image digne d'elle malgré sa jupe et son chemisier froissés et son esprit obnubilé par le crack.

Il ne fallait pas plus de dix secondes.

Deux tuyaux en verre étaient enfoncés dans le réceptacle de la pipe. Il suffisait d'y introduire la boulette de crack par le plus long des deux et de la chauffer avec un réchaud jusqu'à ce qu'elle fonde en une espèce de liquide marron. Il fallait ensuite aspirer par le plus court des tuyaux comme si l'on prenait dans sa bouche la langue d'un amant ; on embrassait ce bon vieux crack, un petit nuage blanc tourbillonnait dans le réceptacle de la pipe et une sensation de doux suicide montait au cerveau dans les dix secondes, on grimpait alors sur les plus hauts sommets, on se défonçait, on s'explosait la tête !

Ah, ce premier flash, cet incomparable rush ! quand on tire des bouffées de la pipe-matrice, quand on aspire à la source ; ah, cette défonce ! quel bonheur, quelle extase, vas-y, baise-moi, crack, vas-y, fais-moi l'amour, sois mon amant, fais-moi rire à gorge déployée, rends-moi forte et puissante, rends-moi heureuse, heureuse, heureuse, fais-moi jouir, j'suis tellement bien avec toi !

Elle n'en pouvait plus de le désirer.

Il fallait que ce soit maintenant.

À l'instant même.

Mais non, elle devait rester Shirley Temple accoudée au bastingage, la chevelure blonde emportée par le vent. Elle se souvint qu'elle avait déjà taillé une pipe à un Japonais pour avoir les vingt dollars qui lui permettraient de se procurer du crack. Il lui avait répété qu'il aimait le « bronze » et elle avait cru qu'il parlait du métal, avant de réaliser qu'il désignait ainsi les filles aux cheveux blonds. Tout ce qu'elle avait bien pu faire pour du crack, toutes les conneries qu'elle avait pu manigancer... À présent, elle aurait sucé tous les Japs de la terre pour qu'on lui rende la pipe et les doses achetées mardi dernier, ça lui avait coûté cent cinquante dollars, il n'avait quand même pas tout jeté par-dessus bord, au moins ? Seul un fou l'aurait fait, non, il n'était pas fou.

Allez, laisse-le d'abord croire que l'adorable gourde est en train de humer le bon air marin et qu'elle ne nourrit aucune mauvaise pensée à propos de drogues en tous genres. De la cocaïne ? qu'est-ce que c'est ? Du crack ? Jamais entendu parler. J'sais pas ce que c'est, m'sieur, j'suis une brave fille du cœur de l'Amérique en train de respirer le bon air de l'Océan. Moi, une camée ? Oh mon Dieu, non. Moi, une accro au crack ? Jamais. Je n'sais même pas ce que ça veut dire.

Laissons-le penser que je suis clean, désintoxiquée. Laissons-le penser qu'il s'est trompé, que c'est seulement quelqu'un qui a essayé de me compromettre et de me faire coffrer, en dissimulant ces trucs dans la poubelle de ma salle de bains et dans mon sac pour faire croire que j'ai replongé, alors que je ne sais même pas où je pourrais me fournir.

Et puis ensuite, trouvons où il a planqué la marchandise qu'il m'a piquée mardi soir.

Elle doit être quelque part à bord, il ne peut pas l'avoir balancée, n'est-ce pas ?

Espèce de salaud, pensa-t-elle, dis-moi que tu l'as pas balancée.

Elle était convaincue qu'il l'avait gardée. Certains imbéciles bien attentionnés ne réalisaient pas dans quel état de désespoir on pouvait se retrouver quand on était forcé de commencer une cure. Alors ils gardaient un peu de came avec eux pour le cas où vous auriez disjoncté, juste un tout petit peu pour calmer le jeu des fois où vous vous aviseriez de faire chier le monde. Juste pour que vous ne soyez plus en état de manque, vous comprenez ? Et ensuite, ils vous sevraient pendant une plus longue période, avant de vous permettre à nouveau un petit shoot, tels de fidèles conseillers désireux de vous aider à traverser la terrible épreuve de la désintoxication sans jamais réaliser qu'un sevrage reste un sevrage et que la cocaïne n'est en rien un moyen de se désintoxiquer.

Mais lui avait été flic, il s'y connaissait suffisamment bien pour savoir que sevrer un consommateur de crack était peine perdue ; il avait bossé dans des services de la police de Saint Louis qui auraient pu vous faire dresser les cheveux sur la tête. Pourquoi aurait-il pris le risque de garder quoi que ce soit ? La gendarmerie maritime aurait pu arrêter le bateau, trouver les dix ampoules et la pipe, et puis Warren Chambers et la jolie petite blonde qu'il avait enchaînée au mur. Belle histoire, Colombo, vous aidez la poulette à se désintoxiquer, alors expliquez-nous ce que vous faites avec tout ce matos ? Non, il n'avait sans aucun doute rien conservé.

Mais peut-être que...

Peut-être qu'à tout hasard, il avait éprouvé de l'indulgence pour quelqu'un d'aussi sévèrement touché, d'aussi dépendant, et il existait peut-être une chance sur un million qu'il ait conserver un peu de drogue pour apaiser sa douleur lorsqu'elle serait trop forte, et peut-être, si seulement elle arrivait à le persuader de lui laisser un peu de liberté sur le bateau...

Putain, elle n'allait pas plonger par-dessus bord.

Ou l'assommer.

Ou faire quelque autre geste insensé.

Si seulement elle avait pu aller et venir, vous comprenez, être en liberté plutôt qu'enchaînée au mur, putain de cloison, alors peut-être aurait-elle trouvé la came et...

— Allons-y, dit-il.

— Quoi ?

— C'est l'heure de redescendre.

Elle aurait voulu le frapper.

Au lieu de cela, elle lui adressa un éclatant sourire et un « D'accord, c'est toi qui décides », avant de tendre sa main droite pour qu'il lui passe les menottes.

5

Charles Nicholas Werner habitait une maison de style espagnol comme il en avait été construit à Calusa au début des années trente, peu après que la région avait été redécouverte par un employé des chemins de fer répondant au nom de Abner Worthington Hopper. Avant cette date, la croissance de la population avait plus ou moins stagné, passant de 840 habitants en 1910 à seulement 2 149 une décennie plus tard. Avec l'arrivée de Hopper, Calusa était devenue une ville digne de ce nom, comptant plus de 8 000 habitants, et était apparue sur les cartes comme une destination de vacances. Hopper avait commencé par bâtir face au golfe son propre manoir de style hispanique, avant de construire un hôtel où lui et sa femme recevaient, en hiver, leurs très nombreux invités. Le manoir avait été transformé en musée, l'hôtel était une ruine et ses abords avaient été clôturés par mesure de sécurité.

Le musée possédait une collection d'art baroque plutôt modeste dont Calusa s'enorgueillissait outre mesure, mais lorsqu'on s'autoproclamait Athènes du sud-ouest de la Floride, il fallait bien se vanter de richesses culturelles, aussi mineures fussent-elles. Des sociétés de restauration promettaient sans cesse de remettre à neuf l'hôtel qui, au cours des six dernières décennies, avait d'abord été luxueux, puis confortable, avant de perdre son éclat puis de devenir franchement décrépit. On racontait depuis peu qu'il allait être entièrement rasé et remplacé par un centre commercial. *Sic transit gloria mundi.*

Des deux côtés de l'étroit canal qui coulait derrière elle, la demeure de Werner était la seule construction avec une hacienda. Des murs roses en stuc et un toit de tuiles vernissées orange, des fenêtres en arc prétendues d'influence sarrazine ainsi que des arêtes et minarets à l'aspect exotique nous accueillirent, Andrew et moi, alors que nous arrivions du portail en acajou de l'entrée près duquel j'avais garé ma voiture. De nombreux bateaux naviguaient sur les eaux du canal. C'était le début du week-end – il était exactement seize heures en ce samedi après-midi – et l'on notait une certaine activité sur les canaux, les propriétaires de bateaux reluquant parfois, depuis leur embarcation, les somptueuses propriétés. Une sonnette en fer forgé travaillée pour ressembler à une rose noire éclose était fixée au montant droit de la porte. Andrew en pressa le bouton blanc. Nous entendîmes des pas approcher.

Malgré la richesse de certains à Calusa, on trouve de moins en moins d'employés de maison et rencontrer l'une d'elles en tenue de servante est aussi rare qu'apercevoir une panthère sauvage. Celle qui nous ouvrit la porte avait, selon mes estimations, une vingtaine d'années. C'était une superbe Noire qui portait une tenue de la même couleur que sa peau, assortie d'une petite coiffe, d'un col et d'un tablier blancs. Nous lui expliquâmes qui nous étions et qui nous désirions voir et elle répondit : « *Pasen, por favor. Le diré que están aquí.* » Je me demandai si elle avait un permis de travail.

Nous nous trouvions dans une entrée damée de carreaux bleus et longée de colonnes mauresques. Derrière, au centre de la maison, on apercevait un cloître fleuri à outrance. Un soleil de fin d'après-midi transperçait les colonnes immobiles. On pouvait entendre les pas feutrés de la servante. Dehors sur le canal, le bruit d'un bateau à moteur vint rompre le silence pesant.

Werner, tout juste vêtu d'un short et de sandales, se hâta du fond de la maison jusqu'à nous. C'était un homme court sur pattes, aux allures de gnome, qui nourrissait une forte ressemblance avec Yoda[1] : ses jambes étaient quelque peu arquées, sa peau cramoisie

---

1. Personnage extraterrestre du film *La Guerre des étoiles* (N.D.T.).

par le soleil, il avait des yeux bleus pétillants et une frange de cheveux blancs encerclait sa tête. Il nous serra la main avec fermeté. Il affirma se réjouir de pouvoir nous aider et nous conduisit à l'arrière de la demeure, où une piscine scintillait sous le soleil.

Je remarquai pour la première fois son léger accent du Sud lorsqu'il demanda si nous désirions boire quelque chose : « Un whisky, messieurs ? Une bière ? Du thé glacé ? » Mais nous lui répondîmes que nous ne voulions pas le retenir trop longtemps et préférions nous mettre sans plus tarder au travail, tout en installant le magnétophone sur un cube de plastique blanc assez bas et en prenant place dans de coûteux fauteuils de jardin de chez Brown Jordan. Le bateau, qui peu avant avait pénétré sur le canal, rebroussait à présent chemin en direction de la côte. Un panneau suspendu au-dessus du cours d'eau signalait « zone de navigation interdite ». Nous attendîmes qu'il ait disparu pour mettre le magnétophone en marche.

Werner nous répéta les propos qu'il avait tenus au grand jury. À vingt-deux heures quarante-cinq ce mardi soir, il avait ramené son sloop – une embarcation de huit mètres – à l'aide du moteur et d'un projecteur qui lui éclairait la voie jusqu'à son emplacement dans le port. Le yacht-club en comptait soixante. Pour ce faire, il était passé devant le *Toy Boat* dont le cockpit était éclairé et y avait aperçu un homme et une femme, tous les deux blonds, assis à une table, un verre à la main. Il avait reconnu Brett Toland, qu'il connaissait déjà du club.

— Avez-vous reconnu la femme ? demandai-je.

— Je ne l'avais jamais vue auparavant, répondit Werner.

Je persistais à essayer de deviner l'origine de son accent. Il pouvait s'agir de la Caroline du Nord.

— Avez-vous revu cette femme depuis ?

— Oui, bien sûr, fit-il. On m'a montré sa photo à l'audience avec le grand jury.

— Simplement une photo ? demandai-je. N'y en avait-il pas... ?

— On m'a montré au moins une douzaine de photos différentes. J'ai reconnu la sienne.

— Vous l'avez donc identifiée à partir d'une photographie.

— C'est bien cela.

– Pouvez-vous me dire à présent de qui il s'agissait ?

– Il s'agissait de la femme accusée du meurtre de Brett Toland, Lainie Commins.

– Vous disiez que votre moteur fonctionnait lorsque vous êtes rentré au port.

– Tout à fait.

– À quelle vitesse alliez-vous ?

– À vitesse réduite.

– Et vous disiez que votre projecteur était allumé ?

– Oui, exactement.

– Dirigé en direction du bateau de Toland ?

– Non, bien sûr que non, dirigé vers l'eau.

– À l'avant du bateau ?

– Complètement à l'avant lorsque je suis arrivé au niveau de la balise du port, puis orienté vers l'embarcadère dès que je me suis rapproché.

– Y avait-il beaucoup de lumière dans le cockpit de Toland ?

– Suffisamment pour voir qui y était assis.

– Deux personnes aux cheveux blonds, avez-vous déclaré. Un homme et une femme.

– Brett Toland et Mlle Commins, oui, de toute évidence.

– Vous les avez vus sans aucune difficulté ?

– Comme en plein jour. Ils étaient assis en train de boire quelque chose.

– Vous leur avez adressé la parole ?

– Non.

– Vous les avez salués d'une manière ou d'une autre ?

– Non.

– Vous ne leur avez rien dit ?

– Non. J'étais occupé à rentrer mon bateau au port. Il fallait regarder l'eau, regarder le quai.

– Et eux ne vous ont rien dit ?

– Non plus.

– Votre emplacement se trouve-t-il à côté de celui de Toland ?

– Oh, non. Il est beaucoup plus loin dans la rangée.

– À combien de bateaux environ ?

– Oh, je dirais six ou sept.

– Pouviez-vous encore voir le bateau des Toland une fois que vous l'aviez dépassé ?

– J'aurais pu si je m'étais retourné, mais je ne l'ai pas fait. Je rentrais mon bateau de nuit, avec un seul projecteur pour m'indiquer la voie. J'ai gardé les yeux sur l'eau en permanence.

– Vous dites qu'il était environ vingt-deux heures quarante-cinq, c'est bien cela ?

– Vingt-deux heures quarante-cinq à la seconde près.

– Comment pouvez-vous l'affirmer ?

– J'ai l'heure sur mon tableau de bord.

– Avec un cadran lumineux ?

– Tout à fait.

– Et elle indiquait vingt-deux heures quarante-cinq ?

– Presque.

– C'est une horloge à affichage numérique ?

– Non, c'est ce qu'on appelle une horloge à lecture analogique. À aiguilles, si vous préférez. Des aiguilles noires sur un cadran blanc.

– Alors comment pouvez-vous être si sûr... ?

– La petite aiguille était presque sur le onze et la grande presque sur le neuf. Il était donc *presque* vingt-deux heures quarante-cinq.

– Vous avez regardé l'heure alors que vous passiez devant le bateau de Toland ?

– Oui. Et elle indiquait presque vingt-deux heures quarante-cinq.

– Vous avez levé les yeux de l'eau... ?

– L'espace d'un instant.

– ... pour regarder l'heure.

– Oui, c'est ça.

– Pour quelle raison ?

– Je suppose que je voulais savoir l'heure qu'il était.

– Et pourquoi vouliez-vous savoir l'heure qu'il était ?

– Je voulais connaître l'heure de mon retour.

– L'eau était-elle sombre ?

– Pas à l'endroit où la lumière brillait.

– Mais vous avez levé les yeux de l'eau...

– L'espace d'un instant.

– ... pour regarder l'heure.

– Oui, tout à fait.

Ce petit jeu commençait à l'ennuyer, j'en étais conscient. Je lui avais annoncé au téléphone « un petit entretien informel » et voilà que je l'abordais tel Sherman[1] pénétrant dans Atlanta. Il n'appréciait pas le moins du monde. Toutefois, c'était un homme du Sud, un gentleman, j'étais son hôte et il avait accepté de me parler ; par conséquent, il continuerait à répondre à mes questions.

– Donc, lorsque vous déclarez ne jamais avoir quitté l'eau du regard, vous avez en fait...

– L'espace d'un instant, je vous ai dit.

– Pour regarder l'heure.

– Oui.

– Aurait-il pu être plus tôt que vingt-deux heures quarante-cinq lorsque vous avez regardé... ?

– Non.

– Aurait-il pu être vingt-deux heures vingt-cinq par exemple ?

– Non, il n'aurait pas pu être plus tôt qu'environ vingt-deux heures quarante-cinq.

– Et c'est à cette heure-là que vous avez dépassé, moteur en marche...

– C'est bien cela.

– ... le bateau des Toland... À quel emplacement se trouve-t-il d'ailleurs, vous le savez ?

– Non, je n'en sais rien.

– Vous avez regardé l'heure alors que vous dépassiez le bateau des Toland et vous vous êtes remis immédiatement à surveiller l'eau ?

– Exact. Je rentrais le bateau.

– À quel emplacement ?

– Au numéro douze. C'est mon emplacement réservé.

– À six ou sept bateaux de celui des Toland, c'est bien cela ?

---

1. Général américain (Lancaster, Ohio, 1820 – New York, 1891) qui remporta, notamment, les victoires de Vicksburg et d'Atlanta (N.D.T.).

– Tout à fait.

– Avez-vous regardé à nouveau l'heure, une fois arrivé à l'emplacement ?

– Non, je n'en ai pas le souvenir.

– Avez-vous regardé l'heure lorsque vous avez coupé le moteur ?

– Non.

– Avant de manœuvrer le gouvernail ?

– Non.

– Avant d'accoster ?

– Non plus.

– Vous ne vouliez pas connaître l'heure de votre retour ?

– Je la connaissais déjà, répondit sèchement Werner en se levant pour mettre fin à l'entretien. Il était presque vingt-deux heures quarante-cinq.

Depuis mon domicile, j'appelai les deux témoins suivants sur la liste de Folger, un homme et une femme du nom de Jerry et Brenda Bannerman qui habitaient à West Palm Beach. Ils acceptaient volontiers de nous rencontrer le lendemain, Andrew et moi, du moment que nous ne voyions pas d'inconvénient à venir sur leur bateau. Nous convînmes d'un rendez-vous à leur yacht-club vers douze heures trente, ce qui nous obligerait à nous lever tôt et à rouler à travers la Floride pendant trois ou quatre heures.

Etta Toland ne se montra pas particulièrement courtoise.

Bien que nous nous connaissions déjà avant le procès sur la violation des droits de Joyeux, au téléphone, elle m'appela « monsieur Hope » et me fit savoir dans un premier temps qu'elle n'était pas disposée à faire un enregistrement informel de sa déposition auprès du grand jury. Toutefois, c'était avec « plaisir » qu'elle viendrait dès le lundi matin à mon cabinet pour témoigner sous serment, car elle avait l'intention – ainsi qu'elle le fit remarquer avec beaucoup de classe – de « voir ma putain de cliente bouffer les pissenlits par la racine ».

Je lui proposai de la rencontrer à dix heures.

– Très bien, à dix heures lundi matin, monsieur Hope.

Je la remerciai de son amabilité avant qu'elle ne raccroche sans même me dire au revoir.

Je regardai ma montre.

Il était bientôt dix-huit heures et j'étais censé passer prendre Patricia à dix-neuf heures.

Pendant tout le dîner ce soir-là, je me demandai pour quelle raison Patricia ne désirait plus faire l'amour. J'imaginais que cela était lié à la peur de me perdre. Baiser avec moi et mon cerveau se figerait à nouveau. Baiser avec moi et je resterais dans le coma jusqu'à la fin de mes jours, un état que certains m'avaient peut-être souhaité, mais pas Patricia, non, certainement pas Patricia, elle m'aimait trop pour cela. Mais elle avait également aimé un certain Mark Loeb, et je crois bien qu'il avait pesé lourd dans la balance. Mark était l'un des associés du cabinet pour lequel elle travaillait à l'époque – Carter, Rifkin, Lieber et Loeb. Elle avait alors trente et un ans, cinq ans s'étaient écoulés depuis, et lui quarante-deux. Ils avaient fêté l'anniversaire de Mark à peine un mois plus tôt. Le 15 octobre. La date d'anniversaire de plusieurs grands hommes[1].

Ils avaient vécu ensemble pendant presque deux ans, dans un petit appartement de la Bleecker Street dans le Village[2]. C'était son appartement à lui, elle y avait emménagé par la suite. Elle habitait, avant cela, dans la 89e Rue près de Lexington Avenue, assez loin en métro du cabinet. Son appartement à lui était plus agréable et plus proche de leur travail. À l'époque, y vivre ensemble leur avait semblé être une bonne décision. D'ailleurs, tout à l'époque leur avait semblé être une bonne décision, ils s'aimaient tellement.

Il était de confession israélite, et ça avait été l'ironie du sort que ce soit lui qui insiste pour aller voir l'arbre de Noël installé sur la

---

1. Entre autres, John Kenneth Galbraith, économiste américain (1908), Arthur Sclessinger Jr. (1917) ou Jim Palmer (1945) (N.D.T.).

2. Quartier de New York (N.D.T.).

Rockefeller Plaza[1]. Il n'avait jamais eu de sapin ni dans son enfance ni pendant ses années de mariage avec une femme de sa religion, qui l'avait quitté – après cinq ans de tourments et d'angoisse, comme elle disait – peu avant Noël, mais il s'agissait là d'une coïncidence. Pour lui, cette période était celle de la fuite, du départ pour Saint Barth ou pour la baie de Caneel dans les îles Vierges afin d'éviter cet insistant déferlement de festivités chrétiennes qui lui donnait l'impression d'être un exclu dans sa propre ville et, d'une certaine manière, de ne pas être... américain.

Car New York était sa ville, vous comprenez, il y était né, il y avait grandi et ne l'avait quittée qu'à une seule occasion pour aller vivre ailleurs, et encore pas vraiment loin, à Larchmont, avec Monica, son ex-femme. Patricia l'avait rencontrée une fois, lors d'une fête. C'était trois ans après leur divorce. Mark ne s'attendait pas à la trouver là et, en faisant les présentations, il avait paru profondément gêné. Monica était une grande et belle brune et à côté d'elle, Patricia s'était sentie plutôt godiche. Lui s'était excusé après coup. Ils ne seraient jamais venus s'il avait su, etc. etc. Plus tard dans l'appartement de Patricia – ils n'habitaient pas encore ensemble à ce moment-là – ça avait été comme si en la revoyant... en revoyant Monica... il avait compris combien il aimait Patricia.

À cette même époque, le cabinet plaidait un cas important, une grosse affaire de fraude fiscale qui aurait pu envoyer le client en prison pour le restant de ses jours et l'obliger à payer une amende de plusieurs millions de dollars. Cette année-là, le 11 décembre tomba un vendredi, le jour même où le procès s'achevait par un acquittement de leur client. Tous les associés, accompagnés de leur épouse, sortirent donc fêter leur victoire, après quoi Mark suggéra qu'ils aillent admirer l'arbre de Noël de la Rockefeller Plaza. Personne n'était vraiment intéressé par cette proposition, à l'exception de Lee Carter, qui n'était pas juif, mais dont la femme prétexta un mal de tête, un euphémisme selon Mark pour « Rentrons

---

1. Cette place, située au pied du Rockefeller Center, près de la 5e Avenue, est transformée en patinoire et se retrouve richement décorée à l'occasion des fêtes de fin d'année (N.D.T.).

chez nous tirer un coup ». Patricia et Mark se retrouvèrent donc seuls à prendre un taxi pour le Rockefeller Center.

Il était déjà tard. Aucun d'eux ne savait jusqu'à quelle heure l'arbre était illuminé. Ils se doutaient bien, tous les deux, que le sapin ne resterait pas éclairé toute la nuit mais ils ignoraient quand précisément on l'éteignait. De toute manière, ni lui, ni elle ne faisait attention à l'heure qu'il était. Ils avaient remporté une belle victoire aujourd'hui, avaient passé une si bonne soirée, peut-être un peu trop arrosée au champagne. Il devait être vingt-trois heures trente, peut-être plus, lorsqu'ils montèrent dans un taxi en direction de la Rockefeller Plaza.

Il y avait encore des gens en train de patiner.

L'arbre de Noël était toujours illuminé.

Ils descendirent du taxi et se retrouvèrent sur le trottoir de la rue presque déserte, main dans la main, admirant le sapin. À leurs pieds, sur la patinoire aménagée en contrebas, des jeunes filles en minijupes exécutaient des figures compliquées et des vieillards, les mains dans le dos, avançaient à pas lents, tels des paquebots au milieu de l'océan. Autour de lui, le sapin géant illuminait de son éclairage multicolore l'air de la nuit.

Et puis soudain, toutes les lumières s'éteignirent.

Toutes les lumières de l'arbre.

La patinoire en contrebas demeura illuminée, un rectangle de lumière dans un paysage devenu subitement obscur. Il restait bien les lampadaires au coin des rues et quelques fenêtres éclairées au numéro 30 de la place mais, d'une minute à l'autre, tout avait brusquement sombré dans l'obscurité. Il y avait eu un ohhhh de déception lorsque la lumière avait disparu. Toutefois, les patineurs avaient poursuivi leurs esquisses sur la glace et les rares promeneurs s'étaient dispersés, certains traversant la place où quelques vitrines de magasins étaient encore éclairées, d'autres se dirigeant vers la 49e Rue, Patricia et Mark, eux, marchant – ou plutôt flânant, toujours main dans la main – en direction de la 50e Rue.

Les deux hommes qui les attaquèrent semblaient sortir de nulle part. Tous les deux étaient noirs, mais ils auraient pu tout aussi bien être blancs ; c'était Noël à New York et les agresseurs en cette période de l'année étaient de toutes les races et de toutes les religions. Ils en voulaient au vison. Au vison et au sac à main de Patricia, un sac de chez Judith Leiber, dont le fermoir ressemblait à une pièce de monnaie. L'un des deux la frappa à la tête pendant que l'autre lui arrachait le sac. Alors qu'elle allait tomber en avant, le premier la retint et entreprit de lui arracher le manteau en faisant sauter les boutons. Il était prêt à le lui enlever lorsque Mark lui décocha un coup de poing.

Il l'esquiva adroitement. C'était un type habitué aux combats de rue et Mark n'était qu'un avocat du quartier des affaires qui avait amené son amie admirer un arbre de Noël. Un Juif, de surcroît. L'ironie du sort. L'homme le frappa à deux reprises en plein visage et lorsque Mark s'écroula à terre, il se tourna vers Patricia, déterminé à lui piquer ce putain de manteau. L'autre type continua à frapper Mark à la tête. Patricia se mit à hurler. Elle enleva une de ses chaussures à talons hauts, se dirigea, en la brandissant telle un marteau, vers l'agresseur de Mark et le visa au visage et aux épaules avec le talon aiguille. Mais le type continua à frapper Mark de plus belle et la tête de ce dernier heurtait durement le sol à chaque coup. Le sang se répandait à présent sur le trottoir, elle dérapa presque dessus en tentant à nouveau de s'interposer. « Arrêtez ! hurla-t-elle. Arrêtez, arrêtez, arrêtez », mais il frappait toujours, toujours plus fort, jusqu'à ce que celui qui essayait d'arracher le manteau à Patricia jette un « Allez, on s'tire ! » et qu'à ce signal, ils disparaissent dans la nuit aussi vite qu'ils étaient apparus.

Elle avait encore le vison sur elle.

L'une des manches avait été déchirée au niveau de l'épaule.

Ils avaient pris le sac de chez Judith Leiber.

Mark Loeb était mort.

Un mois plus tard, elle entrait au cabinet du procureur.

J'imaginais qu'elle ne voulait pas que cette dramatique expérience se renouvelle.

Qu'elle ne voulait plus jamais perdre un homme qu'elle aimait.

Mais, Patricia...

– Quelque chose ne va pas ? demanda-t-elle en souriant avant de me tendre la main par-dessus la table.

– Non, tout va très bien, répondis-je.

Le toit de la Chrysler décapotable d'Andrew Holmes était baissé et le ciel était si bleu que j'avais envie d'y plonger à bras ouverts. De temps à autre, un gros nuage blanc passait au-dessus de nos têtes et cachait, l'espace d'un instant, la voiture de son ombre. C'était un dimanche matin radieux comme il y en a souvent en Floride et, tels des adolescents pendant les vacances de Pâques, nous nous dirigions vers Okeechobee par la nationale 70, puis vers West Palm Beach en passant par Indiantown, les vestes de nos costumes en crêpe posées sur la banquette arrière, nos cravates dénouées, le col de nos chemises déboutonné. Nous portions costumes et cravates car nous nous déplacions pour affaires. C'était la règle lorsque nous travaillions. Quand nous arrivâmes à bord du bateau de Jerry et Brenda Bannerman, un quinze mètres équipé pour la pêche en haute mer, ils portaient respectivement des shorts coupés dans un jeans et un bikini.

Jerry avait dans les quarante-cinq ans, il était bronzé et en pleine forme ; ses shorts dévoilaient des poignées d'amour et une marque blanche de maillot de bain. Sa femme Brenda ne devait pas encore avoir, à mon avis, quarante ans. C'était une brune toute en jambes qui, de plus, arborait une belle rangée de dents et dont les yeux bleus étaient assortis au bikini. Ils étaient en train de nettoyer le pont, lorsque nous arrivâmes au yacht-club, situé à environ un kilomètre de leur immeuble de West Palm Beach avec vue sur la mer.

Faisant disparaître immédiatement seaux et balais-brosses, ils nous proposèrent un léger repas et s'assirent en notre compagnie à la table du cockpit, sous une tente bleue, où nous entamâmes une charmante conversation comme de vieux amis, tout en dégustant la délicieuse salade de crevettes préparée par Brenda et en sirotant un thé glacé dans de grands verres avec des rondelles de citron. Jerry nous apprit que lui aussi était avocat. Brenda, elle, avait été secrétaire juridique avant leur mariage, un autre élément dérangeant. Trop d'expérience en la matière, me dis-je. Andrew m'avouerait plus tard qu'il avait pensé la même chose.

Ils nous racontèrent que trois ans auparavant, ils avaient acheté dans leur immeuble deux appartements à un prix intéressant et qu'ils avaient cassé les murs pour n'en faire qu'un grand avec vue sur l'Atlantique. Ils avaient acquis le *Banner Year*[1], ainsi qu'ils avaient baptisé leur bateau, après que la société de Jerry avait gagné un recours collectif en action et déclaré des primes de fin d'année exceptionnelles. Ils avaient parcouru toute la Floride avec, étaient même descendus jusqu'aux îles Bimini[2] un automne, mais c'était une autre histoire.

– Nous nous sommes retrouvés dans un ouragan, déclara Brenda.

– Et cette expérience nous a largement suffi, ajouta Jerry.

Brenda servit des petits gâteaux ornés de pépites de chocolat.

Elle versa encore un peu de thé glacé à la ronde.

Il était temps de se mettre au travail.

– Ainsi que je vous l'ai dit au téléphone, commençai-je, tout ce que nous désirons savoir...

– Bien sûr, venons-en aux faits, interrompit Jerry. Est-ce que le procureur vous a proposé un marché ?

– Il a laissé entendre que nous pourrions en conclure un après avoir entendu les témoins.

– Ça pourrait être une solution, souligna Jerry.

– Vous ne voyez pas d'inconvénient à ce que nous enregistrions cet entretien ? demanda Andrew.

– Bien sûr que non, répondit Jerry.

– Je déteste ma voix sur les enregistrements, fit remarquer Brenda en roulant les yeux. Elle s'était mise au soleil. Nous nous trouvions tous les trois sous la tente, mais elle était à présent assise dans notre dos, son visage et sa poitrine tombante tournés vers le soleil.

Andrew appuya simultanément sur les boutons « record » et « play ». La bande de la cassette commença à défiler.

– Ce que je pense qu'il essayait de faire, commença Jerry, c'était...

– De qui parlez-vous ? voulus-je savoir.

---

1. Littéralement, « année étendard » (N.D.T.).
2. Petites îles de l'océan Atlantique, se trouvant dans le détroit de Floride, à la latitude de Miami (N.D.T.).

– De Folger. Votre procureur. À part établir que nous avions entendu des coups de feu, bien sûr...

Cette nouvelle-là n'avait rien de très encourageant.

« ... il lui fallait déterminer une heure. Les questions qu'il m'a posées m'ont convaincu...

– Et moi aussi, ajouta Brenda.

– ... qu'il avait d'autres témoins ayant vu l'accusée sur le bateau avant que nous arrivions.

– Comment pouvez-vous l'affirmer ?

– Eh bien, par exemple, il voulait savoir si nous avions aperçu le vigile dans la cabine de l'entrée, alors je me suis dit...

– Moi aussi, fit Brenda.

– ... que le vigile avait une certaine importance. Et quelle importance aurait-il pu avoir si ce n'est celle de voir l'accusée monter sur le bateau d'où nous sont parvenus plus tard les coups de feu ?

Des coups de feu encore.

Des témoins de ces coups de feu.

– Il a également demandé..., commença Brenda.

– Folger, précisa Jerry.

– ... si nous avions vu un voilier rentrer dans le port en utilisant son moteur et se ranger dans l'emplacement numéro douze, d'après ce dont je me souviens...

– Douze, c'est bien cela, confirma Jerry. Tout cela avait probablement aussi un lien avec l'heure, je suppose.

– Celui ou celle qui était à bord du voilier doit avoir vu l'accusée avant que nous n'arrivions, ajouta Brenda.

– Folger essayait d'établir que l'accusée se trouvait bien à bord du yacht des Toland avant que nous n'entendions les coups de feu, expliqua Jerry.

Je me lançai.

– De quels coups de feu parlez-vous ? demandai-je.

– Eh bien, de coups de revolver, dit-il.

– Quelle heure était-il ?

– Aux alentours de vingt-trois heures quarante.

– Mardi soir, fit Brenda en hochant la tête.

– Mardi soir dernier. Le douze, précisa Jerry.

— À vingt-trois heures quarante, dit Brenda en inclinant à nouveau la tête.

— Ces détonations provenaient du bateau des Toland ?

— Oh oui.

— Oui.

— Que faisiez-vous à proximité de ce bateau ?

— Nous nous rendions à l'endroit où nous avions amarré le *Banner Year*.

— Nous passions là quelques nuits, expliqua Brenda.

— Et dormions à bord.

— Nous étions arrivés par le lac d'Okeechobee...

— Nous avions passé une nuit à Clewiston...

— Nous avions descendu le fleuve Caloosahatchee jusqu'à Punta Rosa...

— Puis avions longé la côte nord jusqu'à Calusa.

— Nous avons une carte de membre au yacht-club de Silver Creek.

— Nous sommes arrivés aux alentours de dix-neuf heures ce soir-là, précisa Brenda.

— Nous avons pris une douche à terre...

— Nous nous sommes faits beaux...

— Et puis nous sommes allés dîner vers vingt et une heures.

— Ils servent jusqu'à vingt-deux heures trente.

— Le restaurant ferme une heure plus tard.

— J'ai mangé un homard grillé délicieux, fit remarquer Brenda.

— Et moi un très bon rouget.

— Nous avons bu un excellent chardonnay.

— Et nous sommes retournés au bateau aux environs de vingt-trois heures trente, je dirais.

— Nous sommes rentrés tranquillement, précisa Brenda.

— Sans nous presser.

— Il n'y avait rien d'autre à faire qu'à aller se coucher.

Des voitures quittent le parking au moment où ils le traversent, après avoir quitté le restaurant. De tardifs dîneurs, comme eux, qui rentrent à la maison. En passant devant le quai où sont accostés les bateaux, leurs phares éblouissent Brenda et Jerry. Cette effervescence est de courte durée. Bientôt, le bruit des véhicules disparaît dans la tranquillité de cette nuit de septembre. On ne perçoit plus que le clapotis des vagues contre les pilots du quai et les bateaux. Ou le son irrégulier d'un hauban cognant contre un mât. Des bruits de port de plaisance. Des bruits que les gens de la mer adorent.

Le trottoir est éclairé de bornes lumineuses semblables à de gros champignons qui se reflètent sur les embarcations alignées le long du quai. Le bateau des Bannerman est amarré dans l'emplacement numéro trois. Ils se souviennent à présent que, ce soir-là, le *Toy Boat* était accosté à l'emplacement numéro cinq. Cela confirmerait les dires de Werner. Il nous avait annoncé avoir rangé son voilier dans l'emplacement numéro douze, à six ou sept bateaux de celui des Toland.

La lumière brille encore dans le cockpit lorsque les Bannerman, main dans la main, arrivent à proximité du luxueux yacht. Plus personne n'est assis à la table du cockpit, mais le salon est éclairé. Il leur a fallu environ dix minutes, à regarder les bateaux parqués, à en admirer certains et à en critiquer d'autres, pour parcourir le trajet depuis le restaurant jusqu'à cet endroit, à hauteur du bateau des Toland. Il est vingt-trois heures quarante lorsque...

— Nous avons entendu des coups de feu.

— Trois coups de revolver.

Je les regarde tous les deux. Peu de personnes savent reconnaître le bruit d'un coup de revolver. Ce n'est pas comme dans les films. Dans les films, même le plus petit calibre résonne tel un coup de mortier. Je ne suis pas un expert en la matière, mais je connais le bruit d'un Iver Johnson 22 millimètres quand on s'en sert à trois reprises depuis une voiture garée sur le bord du trottoir, la première balle m'ayant atteint à l'épaule, la seconde à la cage thoracique et la troisième Dieu seul sait où, puisqu'à ce moment-là je n'entendais plus rien, probablement parce que je m'étais mis tout à coup à perdre mon sang à flots, que j'avais hurlé de douleur et sombré dans un profond trou noir en m'écroulant sur le trottoir. Le bruit du revolver qui m'avait plongé dans un coma de huit jours n'avait été rien d'autre qu'un petit son insignifiant.

— À quoi ressemblait le bruit de ces coups de feu ? demandai-je en passant.

— Nous connaissons les armes, fit remarquer Jerry.

— Nous en possédons.

— Nous nous rendons sur un champ de tir tous les samedis.

— Nous savons à quoi ressemble le bruit d'un revolver.

— Ce n'était pas une pétarade.

— C'étaient des coups de revolver.

— Depuis le salon du yacht des Toland, dit Jerry.

— Trois coups, ajouta Brenda.

— Qu'avez-vous fait ? demanda Andrew.

— Que voulez-vous dire ?

— Eh bien, vous avez dit avoir entendu trois coups de feu...

— C'est exact.

— Alors qu'avez-vous fait ?

— Nous sommes rentrés au bateau nous coucher.

— Vous n'avez signalé ces coups de feu à personne ? demandai-je.

— Non, fit Jerry.

— Pourquoi donc ?

— Ça ne nous regardait pas.

— Quand êtes-vous venus témoigner ?

— Lorsque nous avons appris que cet homme avait été tué.

— Brett Toland.

— Nous avons immédiatement appelé le cabinet du procureur pour relater ce que nous savions.

— À savoir que vous aviez entendu trois coups de feu en provenance du bateau des Toland mardi soir dernier à vingt-trois heures quarante.

— Oui, c'est cela.

— Oui.

— Le procureur vous a-t-il demandé pour quelle raison vous n'aviez pas signalé ces coups de feu ?

— Oui, il nous l'a demandé.

— Et que lui avez-vous répondu ?

— Que nous n'étions pas désireux d'être confrontés à quelqu'un utilisant aussi facilement son arme.

— Y a-t-il un téléphone à bord de votre bateau ?

— Non, mais nous avons une radio.

– Pourquoi n'avez-vous pas utilisé la radio pour signaler... ?

– Nous ne voulions pas être impliqués.

– Mais vous l'êtes à présent. Vous êtes les témoins d'un...

– Ça n'a plus d'importance maintenant.

– Pour Lainie Commins, si. Si vous aviez signalé ces coups de feu lorsque vous les avez entendus, on aurait pu appréhender la personne qui...

– Nous n'avons fait aucune déclaration qui ait pu permettre d'établir un rapport entre ces détonations et Mlle Commins, déclara Jerry.

– Nous ne l'avons pas vue sur le bateau, comment aurions-nous pu l'impliquer de près ou de loin à cette histoire ? fit remarquer Brenda.

– À mon avis, ils ont quelqu'un qui a déclaré l'avoir vue à cet endroit au moment où nous avons entendu les coups de feu, s'exclama Jerry. C'est la raison pour laquelle il leur fallait établir une heure précise. Vous n'êtes pas de cet avis ?

– Oui. Mais si vous aviez signalé ces coups de revolver immédiatement...

– Non, nous ne pouvions pas, l'interrompit Jerry.

– Pourquoi donc ?

– Nous ne pouvions pas, répéta Brenda.

– Mais pourquoi ? insistai-je.

– Nous ne voulions pas prendre le risque que quelqu'un vienne fouiner.

– Fouiner ?

– Fouiner dans notre bateau.

Je les observai à nouveau.

– Pour quelle raison ? demandai-je.

– Éteignez ce truc, ordonna Jerry en désignant le magnétophone d'un geste de la tête.

Andrew appuya sur le bouton « stop ».

Jerry regarda sa femme.

Brenda lui fit signe de parler.

– Nous avions un peu de kif à bord, avoua Jerry.

– De la marijuana, expliqua Brenda aux deux vieux schnoques en costume de crêpe.

LA NUIT DES NOUNOURS

– Juste quelques grammes, précisa Jerry.
– Pour nous amuser un peu, fit Brenda.
– Nous étions en vacances.
– Seuls sur le bateau.
– Il y en avait juste assez pour notre usage personnel.
– Pas suffisamment pour faire du mal à qui que ce soit.
Sauf à Lainie Commins, pensai-je.

6

Etta Toland arriva au 333 de la Heron Street à dix heures précises ce lundi matin. Elle était vêtue de manière décontractée – avec dédain, dirait plus tard Frank, mon associé – d'un jeans, d'un ample chemisier couleur melon qui tombait en tunique, de sandales à talons hauts et d'une ceinture en cuir marron dont la boucle avait la forme d'une tête de lion. Ses cheveux noirs, longs jusqu'aux épaules, étaient retenus dans le dos par une barrette en cuivre. Elle n'avait pas de rouge à lèvres. Ses sombres yeux en amande étaient subtilement mis en valeur par un fard à paupières. De toute évidence, elle espérait quitter ces lieux le plus rapidement possible et retourner à des choses plus importantes.

C'était pour de vrai.

C'était sous serment.

Son avocat personnel, Sidney Brackett, était présent dans mon cabinet, de même qu'une femme représentant le procureur, probablement afin de protéger les droits d'Etta Toland, bien que les dépositions ne soient habituellement ni limitées dans le temps, ni prépondérantes dans le déroulement du procès et que personne ne procède à un contre-interrogatoire. Mais je m'attendais à une réaction immédiate de Brackett ou d'Helen Hampton, l'assistante du procureur, si jamais je demandais à Etta de révéler quoi que ce soit qui revête un aspect confidentiel – comme, par exemple, une conversation entre elle et son psychiatre, si toutefois elle en avait un. De toutes les manières, je n'avais pas l'intention de m'aventurer sur un terrain dangereux et Frank, mon associé, était là pour me rappeler à l'ordre au cas où je m'y risquerais.

Vous devez savoir que, d'après les gens, Frank et moi nous ressemblons, même si personnellement je n'ai jamais pu distinguer le moindre trait de ressemblance entre lui et moi. J'ai trente-huit ans et Frank quarante. Je mesure un mètre quatre-vingt-cinq et pèse quatre-vingt-douze kilos. Frank mesure un mètre quatre-vingt-deux et pèse quatre-vingts kilos. J'ai un visage maigre et long, que Frank désigne sous le nom de « gueule de renard ». Par contraste, il s'appelle « gueule de cochon ». On trouve aussi des « gueules de rhinocéros » ou encore des « gueules de tortue » dans son système de catégorisation. Je suis natif de Chicago, lui de New York. Nous avons tous les deux des cheveux noirs et des yeux marron, c'est vrai, et nous occupons tous les deux des bureaux d'angle dans le cabinet Summerville et Hope, mais c'est là tout ce que nous avons en commun.

Frank est devenu plus bienveillant à mon égard depuis que je suis sorti de mon coma et que je survis tel un légume.

En fait, tout le monde est devenu plus bienveillant à mon égard.

Et là est bien le problème.

Ni Frank, ni moi ne savions rien de ce qu'Etta Toland avait confié au grand jury. Comme pour la plupart des dépositions, nous étions en quête de faits ou, si vous préférez, nous partions à la pêche aux informations. Mais nous pouvions supposer, ainsi que l'avait fait l'avocat fumeur de shit Jerry Bannerman, que le procureur Peter Folger avait eu recours à Etta pour déterminer l'heure qui, inexorablement, aurait liée Lainie Commins au meurtre de Brett Toland. Dans la mesure où les Bannerman avaient affirmé avoir entendu des coups de feu à vingt-trois heures quarante le soir du 12 septembre, je considérai que c'était là un bon point de départ et demandai à Etta où elle se trouvait à cette heure.

— À la maison, répondit-elle. J'attendais l'appel de Brett.

— Votre époux devait vous téléphoner ?

— Oui.

— Saviez-vous où il était ?

— Oui, il était à bord du *Toy Boat*. Avec Lainie Commins.

— Pour quelle raison attendiez-vous son appel ?

– Il devait me dire comment ça s'était passé.

– Comment s'était passé quoi ?

– Son entretien avec Lainie. Il lui avait demandé de venir au bateau pour lui proposer une solution à notre problème.

– Par problème...

– J'entends son action en justice contre notre société.

– Pourriez-vous m'éclairer sur la nature de cette solution, madame Toland ?

– Il lui proposait de l'acheter.

– De l'acheter ?

– Il lui proposait une certaine somme d'argent si elle retirait sa plainte.

– Une somme d'argent, dis-je surpris.

– Oui. Cinq mille dollars.

– Vous voulez dire que votre mari a proposé à Mlle Commins... ?

– J'ignore si en fait il a eu le temps de lui faire cette offre. Il se peut qu'elle l'ait tué avant. Tout ce que je sais, c'est que je ne l'ai jamais revu après qu'il a quitté la maison, voyez-vous. Je ne lui ai jamais plus parlé non plus. Mais c'est ce qu'il prévoyait de faire. C'est ce dont nous étions convenus lui et moi.

– Vous étiez convenus de proposer cinq mille dollars à Mlle Commins pour qu'elle retire sa plainte ?

– Oui, c'est exact.

– Avez-vous avec votre époux évoqué d'autres possibilités ?

– Non. Enfin, nous avons parlé du prix, ça oui. Nous avons essayé de déterminer à partir de combien elle accepterait. Mais nous n'avons pas douté une minute qu'elle serait d'accord pour recevoir une compensation en espèces.

– Vous n'avez pas, par exemple, évoqué la possibilité de fabriquer vous-mêmes l'ours de Mlle Commins et...

– Non.

– ... et de l'indemniser sous forme d'une avance substantielle sur des droits d'auteur plus que corrects ?

– Pourquoi aurions-nous dû ? Elle a créé cet ours alors qu'elle travaillait pour nous. En fait, c'était l'idée de Brett. Et nous avons un témoin pour l'attester.

– Quel témoin ? demandai-je immédiatement. Vous n'aviez pas de témoin lors du...

– Brett ne s'en est souvenu que plus tard.

– Ne s'est souvenu de quoi ?

– Que Bobby Diaz était présent.

– Qui est Bobby Diaz ?

– Notre responsable de la conception. Il était présent.

– Présent où ?

– Dans le bureau de Brett. Lorsque mon mari a parlé pour la première fois de son idée à Lainie.

– Quand était-ce ?

– En septembre dernier.

– Et votre époux ne s'en est souvenu qu'après l'audience ?

– Oui. En fait, c'est ce qui l'a amené à inviter Lainie au bateau mardi soir dernier.

– Pour lui proposer une somme d'argent.

– Oui. Parce que désormais nous avions un témoin.

– En avez-vous informé votre avocat ?

– Nous en avions l'intention. Si Lainie avait rejeté notre offre.

– Donc, si j'ai bien compris, à vingt-trois heures quarante vous attendiez chez vous un appel de votre mari...

– C'est exact. Pour savoir si elle avait accepté l'offre ou pas.

– Vous pensiez qu'elle aurait pu accepter une telle offre ?

– Brett et moi étions persuadés que oui.

– Une offre de cinq mille dollars pour retirer...

– C'était notre ours, déclara tout bonnement Etta. Nous avons un témoin.

– Votre mari vous a-t-il appelée à un moment donné de la soirée ? demandai-je.

– Non, répondit Etta. Mon époux a été tué ce soir-là par Lainie Commins.

Je ne la repris pas.

– Avez-vous essayé de le joindre à un moment donné de la soirée ?

– Oui.

– Comment ?

– Par téléphone.

— Vous avez téléphoné au bateau ?

— Oui. Enfin, j'ai fait le numéro du portable. Il y en a un sur le bateau.

— À quelle heure avez-vous appelé le bateau ?

— À vingt-trois heures quarante-cinq peut-être ? Aux alentours en tout cas. J'étais prête à aller me coucher, en vérité. Et puis comme je n'avais pas eu de nouvelles de Brett, j'ai pensé qu'il avait pu se passer quelque chose. Alors j'ai appelé au bateau.

— Et alors ?

— On ne m'a pas répondu.

— Qu'avez-vous fait alors ?

— Je me suis habillée et suis partie au port.

— Pour quelle raison ?

— Ça ne ressemblait pas à Brett de ne pas téléphoner alors qu'il l'avait promis.

— Pensiez-vous que l'entretien pouvait s'être prolongé ?

— Je ne savais que penser.

— Combien de temps avez-vous mis pour arriver au port ?

— Dix, quinze minutes peut-être ?

— Pour être bien clair, dis-je, par « port », je suppose que vous entendez le yacht-club de Silver Creek.

— Oui.

— Là où se trouve votre bateau.

— Oui.

— À quelle heure y êtes-vous arrivée, madame Toland ?

— À minuit quinze.

— Comment savez-vous l'heure qu'il était ?

— J'ai regardé l'horloge du tableau de bord lorsque je suis arrivée à proximité du port.

— Pour quelle raison ?

— Je savais qu'il était tard, je suppose que je me demandais s'ils étaient encore sur le bateau en train de discuter l'offre. Enfin, je présume que je voulais tout simplement connaître l'heure qu'il était.

— L'horloge de votre voiture est-elle à affichage numérique ?

— Non, elle a des aiguilles.

— Donc vous ne pouvez pas dire *exactement* l'heure qu'il était, n'est-ce pas ?

— Peut-être une minute de plus, peut-être deux.

— Vous diriez minuit seize ? Minuit dix-sept ?

— Plutôt minuit seize.

— Vous avez dit précédemment que vous n'aviez plus eu de nouvelles de votre époux depuis qu'il avait quitté la maison.

— C'est exact.

— Quelle heure était-il ?

— Aux alentours de vingt heures.

— Savez-vous qu'il a contacté Mlle Commins à vingt et une heures ? Depuis le bateau ?

— Oui, c'est ce qu'il avait prévu de faire.

— Il ne l'a pas appelée de la maison, c'est bien cela ?

— Non. Il avait dit qu'il voulait l'appeler depuis le bateau.

— Pourquoi ?

— L'urgence de la situation. Il voulait lui dire qu'il était déjà au bateau, lui demander de l'y rejoindre et de discuter calmement d'une solution raisonnable.

— Il ne vous a pas demandé de l'accompagner ?

— Non, il ne voulait pas donner l'impression que nous faisions corps contre elle.

— Il a donc quitté la maison à vingt heures...

— Oui.

— Et il était minuit seize lorsque vous êtes arrivée au port...

— Oui, lorsque je suis arrivée au niveau des grands piliers en pierre à l'entrée du port.

— Qu'avez-vous fait ensuite ?

— J'ai tourné à droite devant le restaurant, à l'endroit où se trouve le rond-point, et je me suis dirigée vers le parking du yacht-club.

— Vous êtes passée devant la cabine à l'entrée du parking ?

— Oui.

— Y avait-il quelqu'un dans la cabine à cette heure ?

— Non.

— Est-ce que la cabine était éclairée ?

— Non. Écoutez, venons-en aux faits, d'accord ?

Frank fronça les sourcils.

Moi, j'étais plutôt surpris.

— En venir à quoi ? demandai-je.

— À votre cliente, répliqua-t-elle.

— Je suis désolé, ce...

— Elaine Commins, reprit-elle, Dans sa petite Geo blanche. Passant à toute bringue devant cette fameuse cabine et filant du parking.

Mon cœur se serra.

Je restai silencieux pendant un moment. Helen Hampton ne quittait pas le magnétophone du regard. Sidney Brackett était assis les bras croisés sur la poitrine.

— Vous venez de dire qu'il n'y avait pas de lumière à l'intérieur de...

— Il y avait de la lumière *dehors*.

— Où cela ?

— Des deux côtés de la cabine.

— Des lampadaires ?

— Puisque je vous dis que je l'ai vue.

— Même si...

— Je l'ai *vue* ! C'était Lainie. Elle m'est passée droit devant le nez alors qu'elle quittait le parking comme une folle. Et pour cause : elle venait tout juste de tuer mon mari !

— Saviez-vous qu'il était déjà mort à ce moment-là ?

C'était une question de Frank, mon associé, resté jusqu'alors silencieux.

— Non, je l'ignorais.

— Personne ne vous avait informée...

— Bien sûr que non !

— ... que votre mari était mort ?

— Non.

— Donc, vous n'aviez aucune raison de penser, même si vous avez aperçu Mlle Commins quitter le parking,...

— Écoutez, je l'ai vue, c'est tout...

— ... qu'elle avait tué votre mari, vous êtes d'accord ?

— Vous voulez dire, jusqu'à ce que je le découvre ?

Elle dit cela d'une voix toute douce, en regardant Frank droit dans les yeux. Non, reconnut-elle, je n'avais aucune raison d'imputer à une femme quittant précipitamment le lieu d'un crime ledit crime. Jusqu'à ce que, en fait, je découvre le crime. Mais nous y arrivons, chers maîtres. Continuez à poser vos questions imbéciles et nous arriverons tout doucement mais sûrement à mon époux Brett Toland abattu de deux balles dans la tête.

Bon gré mal gré, il nous fallut entendre cette remarque.

– Pouvez-vous nous raconter ce qu'il s'est passé ensuite ? demandai-je.

Ensuite, elle avait garé sa voiture face à l'emplacement numéro cinq, où était amarré le *Toy Boat*, elle était descendue de la voiture et avait grimpé la passerelle du bateau en appelant son mari car de la lumière brillait dans le salon et, à son avis, il pouvait s'y trouver, même si l'idée qu'il pouvait s'y trouver mort ne l'avait pas encore effleurée à ce moment.

Du large lui parvient le son d'une sirène de brume dans la nuit. L'échelle en bois craque sous son poids lorsqu'elle descend les quatre marches qui mènent au salon avec ses tapis d'Orient, ses canapés recouverts d'impression cachemire, ses vitrines et ses gravures marines de Currier & Ives. Elle traverse la pièce, passe devant une porte fermée à sa droite et se dirige dans le couloir en direction de la cabine de luxe principale.

Elle ne découvre pas son mari immédiatement.

Elle aperçoit, tout d'abord, une arme posée sur le lit.

Une forme noir bleuté sur le drap blanc.

Elle connaît ce revolver, c'est celui de son époux. Mais il lui semble étrange qu'il l'ait laissé là, à la vue de tous, et de plus...

Où est-il ?

– Brett ? appelle-t-elle.

Elle l'aperçoit à ce moment-là.

Allongé sur le tapis, à même le sol, derrière le lit.

Il est nu.

Une serviette blanche ouverte autour des hanches.

Son visage est maculé de sang.

Il en est recouvert.

Assez calmement...

Elle est surprise de ne pas avoir crié.

Assez calmement, elle prend le téléphone mobile posé sur l'un des meubles et compose le 911[1] pour signaler qu'elle vient de découvrir son époux assassiné à bord de leur yacht.

Sa montre affiche alors minuit vingt.

La police arrive sur les lieux cinq minutes plus tard.

Si quelqu'un à Calusa veut avoir la confirmation que le nombre des crimes est en pleine croissance, il lui suffit de téléphoner à ce qu'on appelait autrefois le commissariat central. La façade en vieilles briques ocre est toujours là, mais à la place des discrètes lettres qui signalaient la présence de forces de police à cette époque révolue où l'on savait faire preuve de modestie, on trouve aujourd'hui d'énormes lettres couleur de bronze informant le public, dans des termes peu exacts, qu'il se trouve au :

SIÈGE DES
FORCES DE POLICE
CALUSA

C'était une journée chaude et calme. Il semblait même y avoir moins de vent qu'habituellement au mois de septembre. J'avais toujours trouvé bizarre qu'ici l'année scolaire commence au mois d'août, à une période où l'on pouvait fondre rien qu'en sortant de son lit le matin. Septembre n'était pas non plus de la tarte. Étouffant était le meilleur qualificatif pour décrire ce mois, même si de légères brises parvenaient du golfe pendant la nuit. Il pleuvait beaucoup en septembre. On pouvait s'attendre à ce que la pluie rafraîchisse l'atmosphère, mais non, elle ne créait que de la vapeur qui s'échappait immédiatement des trottoirs. Les touristes connaissaient de la Floride la saison d'hiver, les résidents à l'année, eux, connaissaient la *vraie* Floride. Certains jours de septembre, lorsque la chaleur était accablante et moite, personne n'aurait été surpris de voir un alligator remonter Main Street.

---

1. Numéro d'urgence des services de police aux États-Unis (N.D.T.).

Septembre en Floride, c'était vraiment toute la Floride.

Il n'y avait pas d'alligator remontant Main Street en cette chaude matinée ensoleillée du 18 septembre. Je longeai les haies d'arbustes sur le trottoir jouxtant les bureaux de la police et jetai un coup d'œil, à mon habitude, à l'intérieur des très étroites fenêtres qui ressemblaient à des meurtrières sur un mur de fortification. Mais il n'y avait aucun tireur isolé derrière car elles avaient été conçues ainsi pour se protéger de la chaleur, pas pour tenir un siège. Là où autrefois on avait l'habitude d'entrer, par deux lourdes portes, dans un grand espace comprenant, en tout et pour tout, un bureau de réception derrière lequel était assise une jeune femme, on trouvait à présent un détecteur de métaux avec un agent de police en uniforme à la droite de l'appareil et un autre assis à une table derrière. Ce dernier contrôla mon attaché-case. Il me demanda également qui je désirais voir et appela le service afin de s'assurer qu'on m'attendait bien.

C'est là-haut que les vrais changements ont été opérés. Au troisième étage, le vieux pneumatique orange a disparu, victime des nouveaux systèmes de transmission. L'ancienne réception, à l'aspect quelque part si convivial, a été agrandie de quatre fois sa taille d'origine et transformée en un espace bruyant semblable à la salle de contrôle d'un navire de guerre, avec ses terminaux d'ordinateurs qui clignotent et qui font bip, ses téléphones qui sonnent, ses fonctionnaires, ses agents de police en uniforme et ses flics en civil, le tout dans une frénésie digne d'une série télévisée. Une rangée de quatre ascenseurs se trouve sur le mur de l'entrée. Les portes des trois autres murs, plus nombreuses que dans une comédie de boulevard, ne cessent de s'ouvrir et de se fermer, des gens entrent et sortent, certains les menottes aux poignets.

Là où autrefois il n'y avait pas l'utilité de ce qu'on appelait, dans les plus grandes villes, des cellules de détention, on a désormais une prétendue « unité de conditionnement » plutôt grande, dont le seul nom donne l'impression d'un centre de lavage de cerveaux. Mais Calusa la bien-pensante n'a jamais vraiment admis que la criminalité prolifère chez elle autant que dans le reste des États-Unis. Calusa préférerait penser que les malfaiteurs arrivant nuit et jour dans cette enceinte ne sont pas des « criminels » au

146

sens strict du terme mais plutôt des esprits égarés qui, d'une manière ou d'une autre, se sont mis la loi à dos et doivent être temporairement « conditionnés ».

Ce matin-là, l'unité de conditionnement comptait une demi-douzaine d'individus récemment arrêtés. Parmi eux se trouvait une Noire habillée d'un short en satin rose, d'un haut de bikini rouge et de chaussures à talons hauts de la même couleur. J'imaginais qu'elle avait été ramassée pour racolage sur la nationale 41, près de l'aéroport. Les cinq autres étaient des hommes, trois noirs, deux blancs. Le plus grand des Noirs était visiblement soûl et n'arrêtait pas de crier à ceux qui voulaient bien l'écouter qu'il n'était pas un Américain d'Afrique mais un Américain à part entière, comme tout un chacun né dans ce pays.

— Est-ce que j'ai l'air de boire du lait et du sang de chèvre ? Tu vois des mouches me bouffer les yeux ? J'emmerde l'Afrique ! me jeta-t-il alors que je passais. Tu m'entends ? J'emmerde l'Afrique !

Un des Blancs lui lança un « Ta gueule, connard ! » excédé et brandit son majeur à mon intention lorsqu'il comprit que je n'étais ni le détective, ni l'avocat, ni le procureur qu'il attendait. Personne, sinon, ne me prêta attention.

Je trouvai Morris Bloom dans son bureau au fond du couloir.

— Je vois que tu t'es dégotté un autre succès assuré, dit-il en souriant et en me tendant la main.

Je lui répondis que pour moi, Lainie Commins était innocente.

— Bien sûr, dit-il.

Je lui expliquai que Pete Folger m'avait déjà proposé un marché.

— Mais qu'est-ce qu'il peut bien avoir, Morrie ?

— Ça reste entre nous ?

— Il m'a suggéré de rencontrer les témoins qu'il a fait comparaître devant le grand jury.

— Oui, eh bien, j'en fais partie, reconnut Bloom.

— On peut parler ?

— Si tu n'enregistres pas.

— Comme tu veux.

— Merci.

Tout le monde tombe un jour sur des salauds qui vous tabassent et vous font peur. J'attends toujours que les deux miens réapparaissent pour leur rendre la monnaie de la pièce grâce aux enseignements de Bloom. Je suis convaincu qu'un de ces quatre, on se retrouvera et là, ils ne l'oublieront pas. Je peux vous dire une chose : je serai éternellement redevable à l'enquêteur Morris Bloom de ce qu'il m'a appris à faire. En deux mots, à tuer.

Les murs de son bureau racontaient assez bien l'histoire de sa vie. Sur une étagère, on apercevait un trophée de boxe gagné alors qu'il servait dans la marine. À l'un des murs étaient accrochées les premières pages, recouvertes d'une feuille de plastique, du *Daily News* de New York et du *Newsday* de Long Island, dont les titres faisaient état de l'audacieuse arrestation de gangsters à Mineola sur Long Island par un jeune officier de police répondant au nom de Morris Bloom. Sur un autre mur figuraient plusieurs photos sous verre de l'équipe qu'il avait par la suite dirigée dans le nord du pays ainsi qu'un compliment du chef des enquêteurs du comté de Nassau. Sur une autre étagère était posé un Snoopy que son fils, alors âgé de dix-neuf ans, lui avait offert quelques années auparavant à l'occasion de la fête des pères. On pouvait lire autour du cou du célèbre chien une inscription écrite à la main : « Au meilleur limier du monde. Affectueusement, Marc. » Une photo encadrée d'Arlene, sa femme, beauté souriante aux cheveux foncés et aux yeux sombres, trônait sur son bureau aux côtés d'une boîte de cigares cubains qu'il offrait toujours aux personnes de marque sans jamais les fumer lui-même.

C'était un homme costaud, d'un mètre quatre-vingt-cinq pour une centaine de kilos, suivant le nombre de pizzas qu'il avait mangées dans la semaine. Il attendait ma première question. Son visage laissait transpirer une ineffable tristesse, comme s'il avait été convaincu que je défendais une cause perdue d'avance. Mais quelque part, il avait toujours eu ce regard, accentué par des sourcils broussailleux et des yeux marron très expressifs, un handicap pour un flic. Les bras croisés sur la poitrine, il attendait. C'était un homme carré et au franc-parler. Je savais qu'avec lui, on irait droit au but.

— Etta Toland a déclaré que Cooper Rawles et toi avez été les premiers enquêteurs à vous rendre sur les lieux après que vos collègues ont constaté l'homicide.

— C'est exact, acquiesça Bloom.

— À quelle heure es-tu arrivé au bateau, Morrie ?

— À une heure moins vingt.

— Tu peux me dire ce que tu y as trouvé ?

— Un véhicule de patrouille garé sur le trottoir le long du quai. Je pense que c'était la voiture de Charlie, en tout cas, c'est ce qui figure dans le rapport. À côté, garée en épi de la même manière, il y avait la voiture d'un inspecteur de police. Coop et moi étions dans une berline de l'équipe, nous nous sommes rangés près de la bagnole de l'inspecteur. Son chauffeur était au volant à attendre. L'inspecteur s'appelle Brannigan, il dirige le secteur 3. Il m'a conduit à l'endroit où l'épouse de la victime...

— Etta Toland.

— Oui. Il m'a conduit là où elle était assise dans une sorte de petit endroit à découvert... Je ne m'y connais pas bien en bateau, Matthew, j'n'ai pas la moindre idée de comment on appelle ça. Bref, c'était un petit endroit à ciel ouvert avec une table et des banquettes, enfin quelque chose qui ressemblait à des banquettes.

— Tu veux parler du cockpit, dis-je.

— Je croyais que c'était dans les avions.

— Dans les bateaux aussi. Mais c'est pas la même chose.

— Quoi qu'il en soit, elle était assise toute seule, les mains sur les genoux, le regard fixe...

— La lumière était allumée, Morrie ?

— Pardon ?

— Dans le cockpit.

— Ah. Oui. Pourquoi cette question ?

— Comme ça. Vas-y, continue.

— Coop et moi, nous nous sommes approchés d'elle et il a commencé à lui poser des questions pendant que je prenais des notes. D'habitude, tu sais tout de suite qui du Blanc ou du Noir doit faire passer l'entretien. Dans ce cas, je n'avais pas l'impression que ça change quoi que ce soit. Donc, il lui a parlé et moi, j'ai écrit.

— Qu'est-ce qu'elle vous a dit ?

— Comment elle était arrivée au bateau vers minuit et quart, et avait trouvé son mari mort. Coop lui a demandé si elle avait touché quelque chose et elle a répondu que non, à part le téléphone. Coop a voulu savoir si elle avait appelé quelqu'un d'autre que la police et, là encore, elle a répondu que non. Ensuite, on est tous descendus jeter un coup d'œil.

— Mme Toland aussi ?

— Non, non, elle est restée en haut dans le cockpit. Je suis descendu avec Coop et le médecin légiste qui était arrivé entre-temps.

— Qu'avez-vous trouvé ?

— Un homme mort allongé sur le dos derrière le lit et maculé de sang. Il paraissait avoir pris deux balles en plein visage, dont l'une, selon le médecin, pouvait être la cause du décès. On a trouvé plus tard une autre balle perdue. Parce qu'on la *cherchait*, vois-tu. C'est simple, il y avait trois douilles de cartouche. On en a déduit que la troisième balle avait raté Toland, que c'était peut-être la première qu'elle avait tirée, que peut-être sa main tremblait ; enfin, j'en sais trop rien, il faudrait que tu lui demandes. Bref, par la suite, on a retiré une balle du mur derrière le lit, à côté de la porte de la salle de bains. Ta cliente a dû le viser à bout portant, c'était pas joli à voir en tout cas.

— Et laisser l'arme sur place, fis-je remarquer.

— Oui, sur le lit.

— Tu penses qu'elle l'aurait tué et qu'ensuite elle aurait laissé le revolver en évidence sur le lit ?

— Je ne fais que rapporter les faits, Matthew. C'est le procureur qui décide de ce qui peut convaincre le jury.

— À ton avis, Morrie, Folger pense que c'est un argument convaincant ?

— Eh bien, je suppose que non, puisqu'il t'a déjà proposé un marché.

— Le revolver sur le lit était-il l'arme du crime ?

— C'est ce que les experts en balistique affirment.

— Tu as un rapport ?

— Nous en avons eu un avant même de déclarer ta cliente coupable.

– Est-ce qu'on a testé l'arme ?

– Bien sûr.

– Quels ont été les résultats ?

– Les douilles et la balle que nous avons retrouvées à bord provenaient bien de l'arme automatique laissée sur le lit. Les balles qu'on a retirées de la tête de la victime provenaient, elles aussi, de ce revolver. C'est l'arme du crime, il n'y a aucun doute là-dessus, Matthew.

– Avez-vous trouvé la provenance du revolver ?

– Acheté par un certain Brett Toland.

– Hmm, hmm.

– Autre chose, Matthew.

– Oui, fis-je en soupirant.

– Nous avons mis ta cliente en garde à vue ce matin à sept heures. Conformément à notre code professionnel, nous l'avons...

– Vous l'avez amenée ici ?

– Oui.

– Vous l'avez interrogée ?

– Oui.

– Je présume, dans la mesure où elle était en garde à vue...

– Écoute Matthew, je connais mon boulot.

– Donc, elle a été informée de ses droits, n'est-ce pas ?

Bloom me jeta presque un regard menaçant.

– Très bien, très bien. Je me demandais seulement pour quelle raison elle ne m'avait pas appelé immédiatement. Pour mettre un terme à tout ça sur-le-champ.

– Elle a déclaré ne pas avoir besoin d'avocat, que tout cela était trop ridicule.

– Hmm, hmm.

– Elle a même accepté que nous relevions ses empreintes. À mon avis, tu n'es pas sans savoir que, d'après le code professionnel, nous n'avons besoin d'aucun accord pour relever des empreintes. Mais nous avons quand même sollicité le sien par politesse.

– Et elle était d'accord ?

– Elle prétendait être innocente.

– Elle l'est.

– Ils le sont tous, Matthew. Dans toute ma carrière, je n'ai jamais rencontré un seul meurtrier coupable.

– Mais elle, elle est innocente, Morrie.

– Alors pourquoi a-t-on retrouvé ses empreintes sur l'arme du crime ?

Je le regardai.

– L'empreinte de ses paumes ? demandai-je. L'empreinte de ses doigts ?

– Les deux.

– On ne peut toujours pas démontrer qu'elle était présente au moment du crime. Elle a quitté le bateau à vingt-deux heures trente. Elle était déjà couchée à...

– Pas d'après quatre témoins oculaires.

– Tous particulièrement fiables. La première est l'adorable épouse de Toland, le second se trouvait à bord d'un voilier rentrant au port dans l'obscurité et les deux derniers retournaient, éméchés, à leur bateau pour s'y rouler un joint.

– Tu ne peux pas dire ça, Matthew.

– C'est ce qu'ils m'ont avoué hier.

– Je pense que tu peux prouver...

– Le fait est, poursuivis-je sans le regarder, que Lainie Commins n'était pas sur le bateau lorsque le meurtre a eu lieu. Elle s'y est rendue à vingt-deux heures, a accepté un verre d'eau gazeuse, a écouté ce que Toland avait à lui dire, l'a avisé qu'elle en parlerait à son avocat, puis elle a quitté le bateau à vingt-deux heures trente, sans avoir bougé une seule fois du cockpit.

– Alors tu m'expliqueras ce que son foulard faisait en bas ?

– Quel foulard ?

– Un foulard de chez Gucci. Avec de petites ancres rouges sur un fond bleu.

– Où avez-vous trouvé... ?

– Dans la chambre principale. En bas.

– Tu ne sais pas si c'est le sien.

– Elle l'a identifié comme tel.

– Je n'en crois pas mes...

– C'est la raison pour laquelle nous avons appelé le procureur, Matthew.

Je secouai la tête de gauche à droite.

– C'est la raison pour laquelle nous l'avons fait accuser d'homicide volontaire.

Je secouais toujours la tête.

– Je suis navré, Matthew, conclut-il. Elle est coupable.

Non, pensais-je.

– Non ! m'exclamai-je.

Mais tout concourait à penser le contraire.

– Je ne l'ai pas tué, persistait Lainie.

– Lainie, commençai-je, vos empreintes ont été relevées sur l'arme.

Elle était assise dans le fauteuil derrière mon bureau. J'arpentais la pièce. Frank, mon associé, était appuyé, moitié assis, moitié debout, contre l'angle du même bureau, les mains dans les poches, les manches retroussées jusqu'aux coudes. Il portait des bretelles. Il ressemblait à Larry King[1] en train d'interviewer une célébrité – sauf que Larry King avait une gueule de renard. De plus, Lainie Commins, elle, n'était pas une célébrité. Pas encore, du moins. C'était plutôt une femme accusée d'homicide volontaire. À l'aide du pouce et de l'index de la main gauche, elle jouait avec sa chevalière. L'horloge à affichage numérique qui se trouvait sur mon bureau indiquait seize heures trois.

– Comment savez-vous qu'ils ont relevé mes empreintes ? demanda-t-elle.

– Folger a un rapport d'expertise médico-légale.

– C'est impossible. Ils vous mentent.

– Ils se doutaient bien que je le lirais.

– Et quand bien même.

– Comment vos empreintes se sont-elles retrouvées sur ce revolver ?

– Bon d'accord, lâcha-t-elle. Je vais vous expliquer.

Frank et moi la regardâmes en même temps.

----

1. Présentateur américain de talk-shows (N.D.T.).

– Je me rappelle maintenant l'avoir touché, avoua-t-elle. Lorsque j'ai demandé à Brett s'il était chargé. J'ai passé la main dessus. Enfin, je l'ai effleuré.

– Pourquoi ?

– Je l'ignore. Je n'avais jamais touché une arme de ma vie. Je suppose que je voulais savoir ce que ça faisait.

Frank fronça les sourcils.

– Lainie, fis-je remarquer, vous m'avez déclaré être arrivée au bateau peu avant vingt-deux heures et l'avoir quitté une demi-heure après.

– Oui, absolument. C'est exactement ce que j'ai fait.

– Folger a comme témoin le vigile qui vous a vue monter à bord peu après vingt-deux heures...

– C'est tout à fait exact...

– ... et il a aussi un autre témoin qui, en rentrant son voilier au port à vingt-deux heures quarante-cinq, vous a aperçus, Brett Toland et vous, en train de prendre un verre à la table du cockpit.

– Non, il se trompe en ce qui concerne l'heure. J'ai quitté le bateau à vingt-deux heures trente.

– Avez-vous vu ce voilier ?

– Oui, mais avant que je quitte le bateau.

– Étiez-vous encore sur le bateau à vingt-trois heures ?

– Non, j'étais rentrée à la maison.

– Folger a deux témoins qui ont entendu des coups de feu à vingt-trois heures quarante.

– J'étais déjà rentrée à cette heure-là.

– Des coups de feu provenant du salon. Trois au total.

– Je ne suis jamais descendue au salon. Brett et moi sommes restés assis dans le cockpit jusqu'à ce que je parte.

– Donc, vous n'auriez pas pu être en bas et tirer les coups de feu qu'ils ont entendus.

– Je n'aurais pu être nulle part sur le bateau. Pas à vingt-trois heures quarante. Je suis arrivée chez moi vers vingt-trois heures.

– Vos empreintes se trouvaient sur le revolver, lui rappela Frank.

– Je vous ai déjà expliqué comment elles y étaient arrivées.

— Et comment votre écharpe a-t-elle atterri dans la cabine principale ? demanda-t-il.

Sacré Frank. New-yorkais jusqu'au bout des ongles. Fonçant droit au but.

— J'ai déjà tout expliqué à la police, répondit-elle.

— Pour quelle raison ne m'en avez-vous jamais rien dit ? voulus-je savoir.

— Je vous ai dit que Brett demandait à tout le monde d'enlever leurs chaussures.

Je vis passer une lueur de désapprobation dans les yeux de Frank. Il savait, tout comme moi, mais apparemment pas comme Lainie, que le mot « tout le monde » était singulier et que par conséquent, elle aurait dû dire « ses chaussures » au lieu de « leurs chaussures ». Mais de toute manière, qu'est-ce que des chaussures pouvaient bien avoir à faire avec son écharpe ?

— Vous ne m'aviez pas dit qu'il vous avait demandé de vous déchausser, fis-je remarquer.

— Je vous ai dit qu'il demandait à tout le monde d'enlever leurs chaussures.

Deuxième édition.

— À cause de ses précieux sols en teck, ajouta-t-elle.

— Vous m'avez confié qu'il avait demandé à la femme d'un sénateur de retirer ses souliers. Vous n'avez jamais parlé de vous.

— Eh bien, j'ai dû oublier. Il m'a demandé de me déchausser.

— Comment auriez-vous pu oublier une chose à propos de laquelle la police vous a déjà interrogée ?

— Parce que je leur ai raconté en détail ce qui s'était passé et que j'ai cru qu'on en resterait là. Alors maintenant je vous le dis à *vous* : Brett m'a demandé de retirer mes chaussures et il les a descendues lorsqu'il est allé chercher la bouteille de Perrier.

— Le foulard aussi ? demanda Frank.

Lainie le regarda.

— Il a pris mes chaussures *et* mon foulard, oui, répliqua-t-elle.

— Pourquoi le foulard ? s'enquit Frank.

— Parce que je n'en avais pas besoin. Il faisait très doux ce soir-là.

— Donc il l'a descendu avec les chaussures.

– Oui.

– À quel moment vous a-t-il demandé de vous déchausser ? demandai-je.

– Lorsque je suis arrivée en haut de la passerelle.

– Il vous a demandé de les enlever...

– Oui.

– ... puis il vous les a prises et les a descendues.

– Non, pas immédiatement. Il les a descendues lorsqu'il est allé chercher la bouteille de Perrier.

– Vous a-t-il également demandé votre foulard ?

– Non, c'est moi qui le lui ai tendu car je n'en avais pas besoin.

– À quelle heure avez-vous quitté le bateau, Lainie ?

– Aux alentours de vingt-deux heures trente.

– Brett Toland vous a-t-il, à aucun moment, proposé une somme d'argent pour que vous retiriez votre plainte ?

– Non, jamais. Qui vous a affirmé une telle chose ?

– Vous connaissez un homme du nom de Bobby Diaz ?

– Bien sûr. Mais comment *lui* pourrait-il savoir ce que Brett m'a dit ?

– Était-il présent en septembre dernier à l'occasion d'une réunion, durant laquelle Brett Toland aurait mentionné l'idée de l'ours loucheur ?

– Jamais. Il n'y a jamais eu une telle réunion. L'idée de l'ours vient de moi.

– Et vous êtes bien certaine que Brett ne vous a pas proposé une compensation en espèces mardi soir dernier ?

– J'en suis convaincue.

– Et vous êtes tout aussi convaincue d'être partie du bateau à vingt-deux heures trente ?

– Oui.

– Vous avez quitté le parking à vingt-deux heures trente ?

– Oui.

– Ce qui veut dire qu'Etta Toland ne pourrait pas vous y avoir vue peu après minuit, n'est-ce pas ?

– Je vous l'ai déjà dit. J'étais à la maison en train de dormir.

– Vous êtes rentrée chez vous pieds nus ? demanda Frank.

– Non, j'ai remis mes chaussures avant de quitter le bateau.

– Vous êtes descendue les chercher ?

– Non, c'est Brett qui l'a fait. Je n'ai jamais été ailleurs que dans le cockpit.

– Mais il a oublié votre foulard, c'est cela ?

– En fait, aucun de nous deux n'y a pensé.

– Quand vous êtes-vous aperçue que vous l'aviez oublié sur le bateau ? demandai-je.

– Lorsque la police m'a posé des questions à ce sujet.

– Quelle heure était-il ?

– L'heure à laquelle ils sont venus chez moi.

– Vous dormiez à ce moment-là ?

– Oui.

– Quelle heure était-il ?

– Six heures du matin.

– Donc vous dormiez depuis... À quelle heure avez-vous dit être allée vous coucher ?

– Je ne l'ai pas dit. C'était aux alentours de vingt-trois heures trente.

– Vous aviez donc dormi six heures et demie lorsque la police est arrivée chez vous.

– Oui. Six, six et demie.

– Le foulard ne vous a pas manqué quand vous êtes rentrée ? demanda Frank.

– Il faut croire que non.

– Vous ne vous êtes pas aperçue que vous l'aviez oublié ?

– Non.

– Comment cela se fait-il ?

– Je crois que c'est parce que j'avais légèrement bu.

– Vous avez déclaré avoir bu du Perrier, dis-je.

– J'ai également bu un verre de vodka-tonic.

– Quand ?

– Une fois que Brett a eu fait sa proposition.

– Vous la jugiez recevable, c'est cela ? demanda Frank.

– Elle me paraissait fiable, effectivement. Je voulais m'en assurer auprès de Matthew, mais elle me paraissait fiable, oui.

– Toutefois, vous n'avez pas appelé Matthew une fois rentrée chez vous.

– Il était tard.

– Vingt-trois heures.

– Oui.

– Et vous étiez couchée à vingt-trois heures trente.

– Oui.

– Combien de verres avez-vous bu ? demandai-je. Sur le bateau, j'entends.

– Un seul. Enfin, peut-être un peu plus. Si je me rappelle bien, Brett l'a rempli une deuxième fois. Il y a reversé un peu de vodka.

– Vous ne m'avez rien dit de tout cela.

– Je n'y accordais pas d'importance.

– Y a-t-il autre chose que vous m'ayez caché ?

– Non, rien d'autre. Je ne l'ai pas tué. Et en passant, je croyais que vous étiez mes avocats.

– Nous sommes vos avocats, confirmai-je.

– Alors arrêtez de me hurler dessus !

– Lainie, mardi soir dernier, n'êtes-vous descendue à aucun moment à l'étage inférieur ?

– Non.

– Pas dans le salon...

– Non.

– Pas dans la cabine de luxe principale...

– Non, je vous l'ai déjà dit. Nous étions assis sur le pont, dans le cockpit, jusqu'à ce que je quitte le bateau.

– Sans votre foulard, ajouta Frank.

– Oui, sans mon foutu foulard ! lança-t-elle exaspérée.

– Quelqu'un vous a-t-il vue quitter le bateau ?

– Comment pourrais-je le savoir ?

– Avez-vous vu quelqu'un ?

– Oui, le type dans la cabine au moment où je suis sortie du parking.

– Lui prétend ne pas vous avoir vue.

– Alors c'est qu'il est aveugle. Je suis passée devant lui.

– Avez-vous aperçu quelqu'un d'autre ?

– Des gens sortant du restaurant.

– En connaissiez-vous certains ?

— Non. Enfin, je n'en suis pas sûre. J'arrivais juste au rond-point et il y avait des gens, c'est tout.

— Donc, reprenons. Vous êtes passée devant la cabine du vigile...

— Oui.

— Vous lui avez dit quelque chose ?

— Non.

— Est-ce que lui vous a adressé la parole ?

— Non.

— Il vous a fait un signe ou quelque chose ?

— Non.

— Et ensuite vous êtes arrivée aux abords du rond-point face au restaurant...

— Oui.

— Et vous avez vu ces gens en sortir...

— Oui.

— Ensuite que s'est-il passé ?

— Je me suis dirigée vers l'entrée du yacht-club, puis j'ai tourné à gauche dans... Mais attendez une seconde...

Nous attendîmes.

— Oui, ça y est, dit-elle.

— Quoi donc ?

— Je suis presque rentrée dans une voiture garée au bord de la route, déclara-t-elle.

— Quelle route ?

— Silver Creek. La voiture était garée à droite devant l'entrée. J'ai tourné à gauche en sortant et elle se trouvait juste derrière le pilier. J'ai du prendre le tournant trop serré. En tout cas, j'ai failli lui rentrer dedans.

— C'était quoi comme voiture ?

— Je ne me souviens pas. Il faisait nuit.

— De quelle couleur était-elle ?

— Je ne sais pas. Je n'y ai pas vraiment fait attention. Les phares étaient éteints, j'ai juste remarqué qu'il y avait un véhicule garé là, c'est tout.

— Y avait-il quelqu'un à l'intérieur ?

— Non, personne.

— Avez-vous relevé le numéro d'immatriculation ?

— Non. Il faisait trop nuit. J'allais tourner quand j'ai remarqué la voiture et réalisé qu'elle était bien proche. J'ai alors donné un coup de volant et j'ai continué mon chemin. Je ne me souviens pas exactement mais j'ai dû lancer un juron.

— Du style ?

— Connard ou espèce de con, quelque chose dans le genre.

— Mais puisqu'il n'y avait personne dans la voiture...

— Je sais, c'était une simple réaction.

— Il était vingt-deux heures trente, c'est bien cela ? demanda Frank.

— Oui. Vingt-deux heures trente. C'est bien cela.

— N'avez-vous vu personne passer à pied sur le parking à l'heure où vous en êtes sortie ?

Nous pensions tous les deux aux mêmes choses. D'abord, pourquoi aurait-on garé une voiture devant l'entrée du yacht-club alors qu'il y avait un parking quelques mètres plus loin ? Et puis, où pouvait bien se trouver le propriétaire du véhicule ? Les Bannerman avaient entendu des coups de feu à vingt-trois heures quarante. Si quelqu'un avait rôdé sur le parking environ une heure avant...

— Vous n'avez vu personne ? répétai-je.

— Personne, répondit Lainie.

7

Il se rappelait que Amberjack lui avait recommandé de faire attention aux conditions météorologiques. Warren n'avait pas l'intention, sur cette petite embarcation à cinquante kilomètres des côtes, d'être pris dans un ouragan. Il n'y avait pas beaucoup de passage par ici. À l'occasion, un bateau de pêche et, de temps à autre, un yacht au moteur puissant qui traçait au loin. À son avis, tous ces gens de la mer connaissaient la météo marine bien mieux que lui et tant qu'il n'y aurait personne dans le coin, il ne serait pas très rassuré. Dès qu'il apercevrait un bateau, il se mettrait à le suivre. En attendant, pour parer à un éventuel danger, il s'était mis à écouter les recommandations de la gendarmerie maritime à la radio.

À l'intérieur du bateau toutefois, une tornade d'un autre genre s'était déclenchée. Toots était devenue irascible, nerveuse et tremblante, des signes qu'il s'attendait à voir dans les vingt-quatre à trente-six heures suivant sa dernière défonce. Ces symptômes demeuraient toujours après le premier voyage que faisait un jour ou l'autre tout consommateur de crack. Elle avait surmonté cette dépendance totale pendant les trois premiers jours, elle avait surmonté l'insomnie et la fatigue et, à présent, elle hurlait à nouveau telle une hystérique ; la journée allait être une partie de plaisir. On était mardi matin et en supposant qu'elle ait pris du crack jeudi soir pour la dernière fois, on arrivait au quatrième jour et douze heures de sevrage. Il avait essayé de lui faire prendre son petit déjeuner dix minutes auparavant, mais elle lui avait arraché le plateau des

161

mains et avait envoyé valdinguer œufs et café sur les cloisons et le sol nickel d'Amberjack. Elle était dans cet état depuis la veille, en proie à des sautes d'humeur, calme pendant un instant et hurlant l'instant d'après.

Pour supporter cela, on avait envie de se remettre à fumer.

Elle s'inquiétait par-dessus tout de demeurer à jamais ainsi. Comme lorsqu'elle était petite, qu'elle faisait des grimaces et que sa mère la mettait en garde contre le risque de rester le visage déformé. Elle ne le supporterait pas. La dernière fois qu'elle s'était arrêtée, cela n'avait pas été aussi dur. Mais une fois de plus, la cocaïne et le crack n'étaient pas la même chose, enfin oui, c'était la même chose, enfin non, pas tout à fait ! Quoi qu'il en soit, elle ne pouvait s'imaginer rester ainsi, elle ne pourrait pas être éternellement sur ces montagnes russes qui l'envoyaient tour à tour dans les feux de l'enfer, puis au paradis, avant qu'elle ne replonge dans les cris et les larmes.

Auparavant, lorsqu'elle sniffait de la cocaïne, elle avait tout fait pour en avoir. Tout. Vraiment tout. Vous exigiez, elle exécutait. Bien monsieur, à vos ordres. Vous aussi, madame. Vous souhaitez que je vous broute la chatte, que je vous taille une pipe, vous voulez me jouir sur la gueule, dans le cul ? Comme vous voulez, tant que vous me donnez de la poudre ou de quoi m'en acheter.

Elle était persuadée qu'il en avait sur le bateau, planquée quelque part.

Il fallait qu'il lui en donne.

Il fallait le convaincre de lui en donner.

Par n'importe quel moyen.

Le type s'appelait Guthrie Lamb.

Il m'expliqua qu'il avait été pendant de longues années un détective privé de renom et qu'il avait ouvert son agence en 1952, lorsqu'il travaillait en dehors de New York. Il s'était installé ici voilà vingt ans, ce qui justifiait sa bonne santé pour ses soixante et quelques années.

Et de fait, il avait l'air en pleine forme.

J'ignorais à quoi il avait bien pu ressembler à l'époque où, à l'écouter, il avait été un célèbre détective privé. Mais c'était encore un homme grand et large d'épaules, à l'allure jeune et capable, selon moi, d'endurer des efforts physiques. En fait, si jamais j'avais dû me retrouver face à face avec mes deux agresseurs, cela ne m'aurait nullement dérangé d'avoir Guthrie Lamb à mes côtés – d'autant plus qu'il portait bien visiblement en bandoulière un revolver plutôt imposant. Il avait des yeux bleu pâle mais pourtant intenses à côté de ses cheveux et de ses sourcils d'un blanc immaculé. Il avait un sourire éclatant. Je me demandai s'il ne s'était pas fait refaire les dents.

Je l'avais appelé tôt dans la matinée car je n'arrivais à joindre ni Warren, ni Toots et que la dernière fois que j'avais mené l'enquête moi-même on m'avait tiré dessus. Il y avait trois autres agences de détectives en ville, mais pas une meilleure que les autres, et Benny Weiss m'avait vivement recommandé M. Lamb. Des rumeurs couraient qu'il avait changé de patronyme et que son nom d'origine était Giovanni Lambino ou Limbono ou Lumbini, bref quelque chose dans le genre. Mais qui cela regardait-il donc ? En tout cas, pas moi. Mon problème à moi, c'était d'arriver à savoir si quelqu'un au yacht-club de Silver Creek avait vu, mardi soir dernier, une voiture garée derrière le pilier, à droite du portail de l'entrée.

– Quel style de voiture ? me demanda Lamb.

– Je ne sais pas.

– Quelle couleur ?

– Ma cliente était incapable de le dire.

– L'entrée n'était pas éclairée ?

– Elle a déclaré qu'il faisait nuit.

– Vous y êtes-vous déjà rendu le soir ?

– Oui, mais je n'ai jamais fait attention.

– Très bien, je contrôlerai. Habituellement, sur des piliers il y a des éclairages.

– C'est un fait.

– Peut-être qu'une des ampoules était grillée.

– Peut-être.

– Enfin, nous verrons. À quelle heure est-elle supposée avoir vu la voiture ?

– Vingt-deux heures trente.

– Elle sortait du parking, vous disiez, et allait tourner à gauche...

– Oui.

– ... lorsqu'elle a remarqué la voiture garée et a donné un coup de volant pour l'éviter.

– C'est ce qu'elle m'a dit.

– Parfait. Je me charge de trouver si quelqu'un a vu quelque chose. En ce qui concerne mes honoraires ?

– Je suppose que ce sont les tarifs habituels.

– Et quels sont les tarifs habituels pour vous ?

– Quarante-cinq dollars de l'heure, plus les frais.

– Je prends habituellement cinquante dollars.

– C'est beaucoup.

– La compétence se paye, fit remarquer Lamb.

– Je paye Warren Chambers quarante-cinq dollars de l'heure et il excelle dans ce domaine.

– Je suis meilleur, répliqua Lamb avec un sourire fendu jusqu'aux oreilles.

Lorsqu'elle l'appela d'en bas, sa voix était si douce qu'il faillit ne pas l'entendre. Le bateau dérivait toujours plus, il n'avait pas jeté l'ancre ; de toute manière, il n'y avait rien à quoi se raccrocher, juste une immense étendue d'eau, où que l'on regarde. Une légère brise soufflait, on apercevait quelques moutons et, loin à l'horizon vers l'ouest, un bateau de pêche.

– Warren ?

C'était presque un soupir.

– Oui ?

– Tu peux venir, s'il te plaît ?

Il se dirigea vers l'échelle, descendit une marche, se courba et pénétra à l'intérieur du bateau. Elle était assise sur le bord de la couchette, la main passée dans les menottes attachées à la poignée sur sa droite, les jambes repliées, les chevilles croisées. Les chaussures à talons hauts assorties à la minijupe noire étaient par terre. Il descendit l'échelle.

– Je suis désolée, dit-elle.

– Y a pas de mal, répondit-il.

– J'aurais pas dû t'arracher ce plateau des mains.

– Écoute...

– Non vraiment, je m'déteste quand je suis comme ça, dit-elle en souriant. En plus, maintenant j'ai faim.

– Je vais te préparer quelque chose, proposa-t-il en se dirigeant vers la cuisinière.

– Si tu as des céréales, ça me suffit.

– Pas d'œuf ?

– Je crains de ne pas pouvoir le digérer.

– C'est pas un symptôme habituel ça.

– C'est le roulis du bateau.

– Ah.

– Je suis désolée de t'avoir menti, Warren.

– Ah bon, tu m'as menti ?

– Oui et tu le sais bien. Tu as raison, j'suis à nouveau accro. Enfin, j'étais. En tout cas, je sais que je te remercierai quand tout ça sera terminé.

– Pas la peine.

Il se tenait à présent devant le plan de travail à côté de la cuisinière et versait des corn-flakes dans un bol en plastique. Il ajouta du lait, trouva une cuillère à soupe dans le tiroir à couverts, posa le tout sur un plateau et l'apporta jusqu'à la couchette.

– Du café ? demanda-t-il. Je peux en réchauffer.

– Volontiers, fit-elle.

Il retourna vers la cuisinière, alluma le feu sous la cafetière. Une flamme bleue en lécha le fond. Le bateau tanguait doucement.

– C'est marrant quand même la façon dont ça vient, par vagues, remarqua-t-elle.

– Ça bouge un peu aujourd'hui, acquiesça-t-il.

– Non, je parlais du manque. On croit que c'est terminé et puis tout à coup, ça revient.

Elle enfourna une pleine cuillère de corn-flakes dans la bouche. Mâcha. Avala. Changea de position.

« Qu'est-ce que tu as fait de la marchandise ? demanda-t-elle.

– Les ampoules que j'ai trouvées dans ton appart ?

– Oui.

– Je les ai balancées.

– Non, tu n'as pas fait ça.

– Si, Toots.

– Quel gâchis !

– Pas à mes yeux.

– J'aimerais en prendre juste un p'tit peu, supplia-t-elle en le fixant du regard.

– Désolé, répondit-il. Tout est au fin fond de l'océan.

– Je ne te crois pas, Warren.

– Puisque je te le dis.

Elle changea à nouveau de position. Il réalisa tout à coup que ses jambes étaient nues. Elle avait enlevé ses collants. Il remarqua au même moment une boule de nylon couleur sable près de la cloison.

– Je me demande où je serais si j'étais une ampoule de crack, dit-elle. Tu ne jouais pas à ce jeu quand tu étais petit, Warren ?

– Non, je m'suis jamais demandé où je pourrais être si j'étais une ampoule de crack.

– Non, j'veux dire quand tu ne trouvais pas l'un de tes jouets ou de tes jeux. Tu ne te posais jamais la question : « Où est-ce que je serais si j'étais une voiture de pompiers ? Ou une poupée ? Ou un... ? »

– Je ne jouais pas à la poupée.

– Où donc pourrais-je bien être sur ce bateau ? s'exclama-t-elle en prenant la voix fluette d'une petite fille.

– Nulle part, dit-il. Tí serais nulle part sur ce bateau parce qu'y a pas de crack ici, rétorqua-t-il en imitant un ouvrier de plantation noir.

– On parie ? demanda-t-elle en souriant avant de bouger à nouveau et d'écarter les jambes, la jupe noire remontant un peu plus sur ses cuisses. Je parie que si je te demande gentiment, tu me diras où tu as caché le crack, Warren.

– Toots, tu perds ton temps.

– Ah bon, tu crois ? dit-elle en ouvrant grand les jambes à son intention. Tu en es bien sûr ?

– Toots...

– Parce que, tu sais, mon cœur, j'serais prête à faire n'importe quoi pour en avoir.

– Toots...

– N'importe quoi.

Leur regard se croisa.

Elle fit un signe de tête affirmatif.

– Pas comme ça, Toots, souffla-t-il avant de lui tourner le dos, de se diriger sans bruit vers l'échelle, de grimper les marches et de disparaître.

Elle fixait l'espace vide qu'il avait laissé derrière lui.

Quoi ? pensa-t-elle.

Quoi ?

Lorsqu'on pensait à une société du nom de Toyland[1], on s'attendait à trouver une route pavée de cubes jaunes conduisant à une maison en pain d'épice, au toit en sucres d'orge, aux poignées de porte en guimauve et aux fenêtres couleur menthe claire. On n'imaginait pas tomber sur une usine en brique surplombée d'un logo tridimensionnel et située, au bout de Weaver Road, dans une zone industrielle protégée de barrières anticycloniques. En pénétrant dans la maison en pain d'épice, on espérait découvrir un groupe de lutins barbus, juchés sur de hauts tabourets, coiffés de longs bonnets rouges et travaillant tout en sifflotant. En fait, on entrait dans une salle d'accueil avec une baie vitrée qui laissait pénétrer la lumière matinale du soleil et, en face, deux portes flanquant un bureau circulaire centré au milieu du mur. D'immenses cadres avec les photographies des jouets et jeux à succès de la société étaient accrochés aux deux autres murs. Parmi les jouets, on apercevait une grenouille verte vêtue d'une combinaison de plongée, un menaçant char d'assaut noir commandé par une petite poupée blonde casquée et une voiture de pompiers rouge dont le réservoir à eau envoyait, d'après la photo, un jet d'eau bien réel.

J'étais venu rencontrer l'homme qu'Etta Toland déclarait être témoin du vol commis par Lainie Commins, l'homme qui avait

---

1. Littéralement, « pays du jouet » (N.D.T.).

assisté à la fameuse réunion de septembre durant laquelle Brett Toland avait émis, pour la première fois, cette idée d'ours atteint de strabisme. Le bureau de Robert Ernesto Diaz se trouvait au bout d'un long couloir longé de portes peintes dans différentes couleurs pastel, ainsi qu'on pouvait s'y attendre dans une telle société. Etta avait désigné Diaz comme le responsable de la conception chez Toyland. En voyant son bureau, je compris mieux pourquoi.

Homme grand et élancé aux cheveux et à la moustache noirs, et aux yeux marron foncé, Diaz se tenait derrière un très grand bureau encombré de ce que j'imaginais être des maquettes de futurs jouets. Une rangée de fenêtres derrière lui diffusait la lumière du soleil sur un mur auquel était accroché, flanqué de deux reproductions d'œuvres de Picasso, un immense poster du *Dracula* de Francis Ford Coppola, à moins que ce n'ait été celui de Bram Stoker ou de quelque autre écrivain ou réalisateur de cinéma. Un catalogue de la société Toys "R" Us était ouvert sur le bureau à côté d'une horloge à affichage numérique qui indiquait 11 : 27, ainsi que deux ébauches en argile d'une svelte poupée aux formes plutôt généreuses...

– Notre tentative annuelle pour détrôner Barbie, expliqua Diaz avec un triste sourire.

... cinq maquettes de couleurs différentes d'un hélicoptère que je supposais capable de voler avec des piles et quatre mannequins en céramique peinte d'hommes et de femmes en tenue de cosmonautes qui, à mon goût, ressemblaient de près aux figurines de Mighty Morphin Power Rangers[1]. Mais j'avais *déjà* contre Toyland un procès pour violation des droits d'auteur, et c'était, dans un premier temps, suffisant.

– Toyland a déjà commencé à couper l'acier des hélicoptères, déclara-t-il, mais nous n'avons pas encore arrêté notre décision en ce qui concerne la couleur. Laquelle préférez-vous ?

Diaz remarqua mon air perplexe et m'expliqua immédiatement ce qu'il entendait par « couper l'acier des hélicoptères ».

– Nous fabriquons les modèles que nous allons utiliser pendant les années à venir, du moins je l'espère, dit-il. L'hélicoptère est ma

---

1. Personnages d'un dessin animé américain (N.D.T.).

création. On l'a baptisé Hurlu Berlu et le pilote est une poupée blonde comme celle du tank Tinka, que vous avez peut-être aperçu sur le mur de l'accueil et qui nous a valu un franc succès pour les fêtes de Noël, il y a trois ans. J'en suis également le créateur. Les enfants adorent les poupées blondes. Même les enfants noirs. Pour l'hélico, on a investi six cent mille dollars, sans compter les quatre cent mille dépensés par le service de recherche et de développement... dans l'espoir que ça volera à Noël prochain. Ça représente un investissement d'un million. Mais nous misons beaucoup plus sur Joyau, pour lequel, d'ailleurs, je présume que vous êtes venu.

– C'est bien cela, dis-je.

– Une terrible affaire, terrible, confia Diaz en secouant la tête. Tuer un homme pour un jouet, n'est-ce pas terrible ?

Je ne répondis rien.

– Elle a dû être prise de panique, c'est ce que je me suis dit. Si on veut que l'ours se retrouve au pied des sapins de Noël à la saison prochaine, il est impératif qu'il soit mis à la vente, au plus tard, en mai. Dès le mois prochain, toutes les grandes chaînes de diffusion – Kmart, Wal-Mart, Toys "R" Us ou FAO's – auront déterminé avec exactitude l'emplacement, pour le printemps, de chaque jouet dans les rayons de leurs magasins.

– Aussi tôt ? m'étonnai-je.

– Aussi tôt. En octobre. Tout doit être planifié d'ici là. Avec le tank Tinka, nous avons eu un emplacement de choix dans tous les magasins d'Amérique. Il n'y avait pas une petite fille qui ne voulût pas ce jouet. Nous espérons le même résultat avec Joyau. Faire un premier test ce Noël-ci et connaître un boum avec le jouet au Noël prochain.

Je me gardai de faire remarquer que si jamais Santos rendait son jugement en faveur de Lainie, il incomberait, ce Noël, à Mattel ou à Ideal de faire un test avec Joyeux et non avec Joyau.

– Pour le lancement du test, nous prévoyons de mettre vingt à vingt-cinq mille ours sur le marché, poursuivit Diaz, à cent dollars et vingt-cinq cents pièce. Si nous obtenons le succès espéré, nous pourrons alors baisser le prix de vente à quatre-vingt-dix-neuf dollars, afin de maintenir Joyau sous la barre des cent dollars. Il nous en coûtera le tiers pour sa production en série, soit environ trente-cinq dollars pièce, les lunettes, qui reviennent cher, y compris. Mon souhait est d'atteindre les deux millions de dollars avant de commercialiser réellement Joyau. Si nous ne vendons qu'un million d'ours à Noël prochain, certains ici risquent de tirer la tronche. Mais si nous obtenons le succès espéré, il ira en croissant d'année en année et nous, nous serons comme des coqs en pâte. D'où l'urgence, vous comprenez ? !

– Oui.

– De manière à ce que l'on sache enfin qui est propriétaire de quoi.

– Oui.

– Qu'on puisse se mettre au travail. Parce que si l'on souhaite que les ours tests nous fassent de la pub, le juge ne doit pas se borner à décider correctement, il doit aussi décider rapidement. Au moins Brett ne sera pas mort pour rien.

La logique de ce raisonnement m'échappait.

– Pourquoi n'avez-vous pas été appelé à la barre des témoins ? demandai-je.

– À l'audience, vous voulez dire ?

– Oui, à l'audience.

– D'après ce que j'ai compris, Brett se l'est rappelé trop tard.

– Il s'est rappelé quoi trop tard ?

– Que j'étais là pendant la réunion.

– Quelle réunion ?

– Celle où il a fait part de son idée de l'ours à Lainie.

– Lorsque vous dites : « D'après ce que j'ai compris »...

– C'est ce qu'Etta m'a dit.

– Quand était-ce ?

– Un jour de la semaine dernière. Peu après ce qui s'est passé.

– Vous voulez dire après le meurtre de Brett ?

– Oui.

– Etta vous a dit qu'il s'était soudain rappelé...

– Oui.

– ... que vous aviez été présent lors de cette importante réunion.

– C'est exact. Car j'y étais, voyez-vous.

170

– Avant l'audience, avez-vous eu l'occasion de le rappeler à l'un des Toland ?

– Eh bien, Brett savait déjà que j'avais assisté à cette réunion, voyez-vous. Et je suis parti du principe que s'il avait besoin de moi en tant que témoin, il me le demanderait.

– Mais il ne l'a pas fait, semble-t-il.

– Non, il ne l'a pas fait.

– Et cela parce qu'apparemment, ça lui était complètement sorti de l'esprit jusqu'à ce qu'il soit tué.

– Apparemment.

– Mais vous, vous vous souveniez d'avoir assisté à cette réunion ?

– Oh oui.

– Et vous vous en souvenez encore ?

– Oui, bien sûr.

– Racontez-moi.

C'est une de ces journées lourdes et maussades de septembre typiques à la Floride, où tout semble être alangui par la chaleur et l'humidité. Bobby Diaz – tout le monde le surnomme Bobby dans la boîte – travaille dans son bureau lorsque Brett l'appelle et lui demande de venir un instant.

– Vous rappelez-vous la date exacte de cette réunion ?

– Non, je suis désolé.

– Ou de l'heure ?

– Non, je ne m'en souviens pas. Désolé.

Mais en revanche, il se souvient que c'était l'après-midi et qu'il venait de recevoir le coup de téléphone d'un employé de Toys "R" Us lui murmurant dans le combiné que, aux yeux de sa société, le dernier jeu vidéo de Toyland, *Ruée vers le jugement*, était une grande nouveauté. En fait, même si Brett ne l'avait pas appelé, Bobby se serait hâté de traverser le couloir pour l'en informer.

En effet, l'immense bureau de Brett se trouve au bout du couloir. Une secrétaire est assise dans la pièce qu'il faut traverser pour aller chez le patron, mais elle lève à peine les yeux lorsque Bobby passe en la saluant. Pénétrer dans le bureau de Brett consiste à entrer dans la salle de jeux d'un enfant de riches. Il y a là des jouets, des poupées et des jeux sur toutes les surfaces planes, y compris par terre. Brett est assis derrière une table imposante recouverte elle aussi de jouets à différents stades de conception. Comme Bobby s'en souvient à présent, ils étaient encore à la recherche en septembre dernier d'un visage attrayant pour une petite poupée dont ils avaient, depuis, abandonné l'idée, et une douzaine de modèles de tête jonchaient la table tels les restes d'un massacre. Durant la conversation qui suit, Brett roule continuellement entre ses doigts l'une de ces têtes miniatures. Bobby lui annonce sans plus tarder la bonne...

— Lainie se trouvait-elle dans le bureau lorsque vous y êtes entré ?

— Non, elle n'y était pas.

— Poursuivez, je vous en prie.

Il annonce donc à Brett la bonne nouvelle que son informateur de Toys "R" Us vient de lui transmettre. Brett se précipite alors sur le téléphone pour appeler, en premier lieu, sa femme, puis le directeur des ventes de Toyland, à qui il demande de se préparer à un éventuel coup de fil et à une grosse commande de Toys "R" Us, puis enfin, son directeur de production à l'usine de Bradenton (ce qui explique qu'il n'y ait pas de lutins dans cet immeuble de Calusa) pour lui annoncer que les commandes en cours de *Ruée*, ainsi que les employés de Toyland appellent familièrement le jeu, sont susceptibles de grimper. En saisissant négligemment deux des petites têtes de poupée, il demande à Bobby de s'asseoir et lui propose un bonbon à la menthe qu'il prend dans un bocal sur la table (il s'est arrêté de fumer pour la cinquième fois). Pendant que Bobby en défait le papier, Brett lui fait part de sa fameuse idée concernant un ours en peluche.

En faisant rouler les têtes entre ses doigts à la manière de Queeg avec des billes d'acier inoxydable dans *Ouragan sur le Caine*[1] (mais il faut pardonner aux anciens fumeurs leurs petits tics), Brett explique qu'il s'est tout à coup souvenu d'un cantique qu'il avait

---

1. Drame psychologique en couleurs, réalisé en 1954 par Edward Dmytryk (N.D.T.).

l'habitude de chanter à l'époque où, enfant, il fréquentait l'église baptiste d'Overall Patches dans le Tennessee...

– C'est ce qu'il a dit mot pour mot ?

– Non, non. Je ne sais pas d'où il était dans le Tennessee. J'ai juste imaginé que ça aurait pu être Overall Patches.

– Mais vous n'êtes pas en train d'imaginer le reste, j'espère ?

– Non, bien sûr que non. Je vous raconte tout exactement de la manière dont ça s'est passé.

Ce dont Brett se souvient en particulier lors de cette réunion est que l'un des vers du cantique s'intitulait « Joyeux est celui qui touche aux bienfaits du Seigneur », en référence à la joie intérieure qu'apporte Jésus-Christ, le Sauveur. Le vers en lui-même importe peu, il s'agit d'un vieux cantique. Ce qui importe, en tout cas pour Toyland, c'est qu'en chantant, tous les enfants pensaient, en fait, à un ours bigleux répondant au nom de Joyeux.

– Et ce que j'aimerais faire, explique Brett, c'est sortir sur le marché un ours en peluche qui louche.

Tout en suçotant son bonbon à la menthe, Bobby le regarde.

– Un ours en peluche avec un strabisme, pourquoi pas ? fait Brett.

– Pourquoi pas, répète lentement Bobby sur un ton sceptique.

– Un ours dont le strabisme disparaîtrait lorsqu'on lui met des lunettes.

Bobby commence à comprendre.

– On dit aux enfants de faire un bisou à leur ours, de lui mettre les lunettes et hop, tout à coup, il se retrouve avec une vue normale, poursuit Brett.

– Comment va-t-on s'y prendre techniquement ? demande Bobby.

– Je n'en ai aucune idée. Est-ce que je suis dessinateur ? En tout cas, nous avons ce joli petit ourson handicapé...

– Bien vu, le complimente Bobby.

– Bien louché, acquiesce Brett en plaisantant.

– Il doit y avoir dans ce pays des millions d'enfants obligés de porter des lunettes, remarque Bobby en suçant à présent son bonbon avec un air pensif car, peu à peu, il prend conscience des possibilités évoquées par Brett.

– Et qui détestent en porter, ajoute Brett. C'est une manière de les y inciter. En voyant l'effet des lunettes sur l'ours, en constatant qu'elles rectifient sa vue.

– C'est une idée géniale, s'exclame Bobby. Nous allons avoir l'adhésion de tous les opticiens du monde.

– À qui faisons-nous appel pour la conception ?

– À Lainie, décident-ils d'une seule voix.

Brett prend le téléphone.

En cette torride journée de septembre, Lainie porte une mini-jupe verte, un tee-shirt sans soutien-gorge d'un dégradé plus foncé et des sandales assorties. Elle arbore la bague en forme de cœur à son auriculaire droit. Elle a les jambes nues, les cheveux remontés sur la tête au-dessus du cou à l'aide d'un peigne en plastique vert. Sa peau est moite, elle transpire et n'en est que plus désirable...

– En fait, c'est une femme très sexy, vous savez, me confie à présent Bobby.

... et vulnérable, son œil vagabond lui conférant un air légèrement étourdi. Bobby redoute d'abord que son propre handicap lui fasse rejeter l'idée d'un ours souffrant de strabisme mais non, elle la fait immédiatement sienne, la développe, réalise même quelques croquis de ce à quoi l'ours pourrait ressembler avec et sans lunettes.

– Est-ce que le produit final de Toyland ressemblait, d'une manière ou d'une autre, à ses premières esquisses ?

– Je ne me souviens pas de ses premières esquisses.

– Vous rappelez-vous la manière exacte dont Brett lui a présenté l'idée ?

– Il lui a répété en gros ce qu'il m'avait dit.

– Vous souvenez-vous exactement de sa réponse ?

– Je vous l'ai déjà dit. Elle était enthousiaste.

– Oui, mais ses propres paroles, quelles ont-elles été ?

– Je ne me rappelle pas.

Bobby Diaz semblait avoir oublié beaucoup de choses. Je me demandais s'il n'était pas parent avec Rosa Lopez qui, témoin dans l'affaire O.J. Simpson, avait déclaré avoir vu la Bronco de l'accusé garée dans la rue plus tôt qu'il aurait dû être si Simpson était sorti commettre ses meurtres.

– Comment la réunion s'est-elle achevée ?

– Il a demandé à Lainie de commencer à travailler sur ce projet et lui a dit qu'il souhaitait avoir les dessins à la fin du mois.

– À la fin du mois de septembre ?

– Oui.

– S'agissait-il de plans ?

– Je ne me souviens pas s'il a parlé de plans ou pas.

– Avez-vous vu les dessins que Lainie était supposée rendre à la fin du mois ?

– Non, je ne les ai pas vus.

– Avez-vous vu d'autres dessins que Lainie aurait rendus ?

– Eh bien oui, j'ai vu des dessins. Mais j'ignore si c'étaient ceux de Lainie.

– Quand avez-vous vu ces dessins pour la première fois ?

– Avant la fabrication du prototype.

– Quand était-ce exactement ?

– Quoi ? Les dessins ? Ou bien la fabrication de l'ours ?

– Les dessins.

– Je ne me rappelle pas.

– Quand êtes-vous arrivés au produit final ?

– Au prototype ?

– Oui.

– Courant mai.

– En mai dernier ?

– Oui. Nous avions un prototype aux alentours du 15.

Je me rappelais que Lainie affirmait avoir dessiné *son* ours au mois d'avril.

– Lainie Commins a quitté Toyland en janvier, c'est bien cela ?

– Oui, je crois bien.

– En a-t-elle parlé avec vous ?

– De quoi ? De quitter Toyland ?

– Oui.

– Je ne me souviens pas.

– Enfin, vous êtes le responsable de la conception chez Toyland, non ?

– Oui, c'est exact.

– Et elle travaillait dans votre service...

175

– Oui.

– Et elle ne vous a pas averti de son départ ?

– Ah oui, bien évidemment. Je pensais que vous faisiez allusion à pourquoi elle partait, ce qu'elle comptait faire après, où...

– Vous en avez parlé ?

– Je vous ai dit. Je ne m'en souviens pas.

– L'avez-vous revue ? Après qu'elle a quitté Toyland ?

Diaz hésita.

– Vous l'avez revue ? répétai-je.

– Je ne me rappelle pas, répondit-il.

Ce qui en espagnol se disait *No me acuerdo*.

Et ce qui, selon la Dream Team[1] d'O.J. Simpson, signifiait « Non » dans de nombreux dialectes espagnols dont celui de Rosa Lopez.

Ah bon ?

Sí.

À en croire Guthrie, le MLF était la plus grande escroquerie que l'humanité ait jamais imposée à la femme. Avant tout, nous – c'est-à-dire Guthrie et tous les autres Américains de sexe masculin d'accord avec lui – devions convaincre les femmes qu'elles méritaient la même liberté sexuelle que celle dont les hommes jouissaient depuis des siècles. Cela plaisait aux féministes. Pourquoi les hommes auraient-ils dû être les seuls à décider du moment approprié pour avoir une relation sexuelle ? Pourquoi les femmes n'auraient-elles pas eu le droit d'être les agresseurs quand bon leur semblait ? Pourquoi n'auraient-elles pas pu avoir une relation sexuelle lorsqu'elles le souhaitaient, en être les initiatrices si elles le voulaient et être égales aux hommes à tous les égards en matière de sexualité ?

Les hommes comme Guthrie faisaient preuve de beaucoup de compréhension pour ces positions et ces idéaux.

---

1. Équipe des avocats réputés qui défendirent Simpson pendant son procès (N.D.T.).

Les hommes comme Guthrie s'accordaient à reconnaître l'injustice notoire qui consistait en ce que, depuis la nuit des temps, les femmes aient été utilisées, voire même violées sans jamais se voir octroyer l'opportunité de rendre la pareille. Les hommes comme Guthrie reconnaissaient l'ignominie d'une telle situation. En signe de repentir, ils étaient prêts à faire tout ce qui était en leur pouvoir pour que les femmes jouissent enfin, sur le plan sexuel, des mêmes droits que les hommes. Cela signifiait qu'elles pouvaient être les instigatrices de la relation sexuelle, qu'elles pouvaient la diriger et y mettre un terme, sans en avoir pour autant les moindres stigmates, sans éprouver la moindre humiliation ou essuyer la moindre désapprobation de leur entourage. Les femmes trouvaient l'idée géniale. Enfin la liberté. Les hommes aussi d'ailleurs, car ainsi ils se détendaient beaucoup plus et se posaient moins de questions.

Et dans la mesure où il n'y avait pas de mal à coucher avec un homme quand on en avait envie, pourquoi ne pas faire avancer la libération de la femme d'un pas en emménageant avec celui qu'on trouvait intellectuellement séduisant et, en plus, sexuellement attirant ? Pourquoi pas effectivement ? Les hommes eux-mêmes encourageaient cette nouvelle tendance. Alors qu'à une sombre époque, un homme ne pouvait effleurer une femme sans lui avoir au préalable promis l'union conjugale, de nos jours, il était devenu possible de vivre ensemble pendant une sorte de période probatoire qui, si tout fonctionnait, pouvait éventuellement aboutir au mariage. Car maintenant que les femmes s'étaient émancipées, elles n'étaient plus forcées de penser à des concepts aussi démodés et contraignants. Il était parfaitement concevable de partager un appartement et, secondairement, le loyer, les factures et tout ce qui allait avec la vie à deux : *vive la liberté ! Et l'égalité, aussi*[1].

Guthrie était tout à fait favorable au MLF.

Il trouvait également merveilleux que les femmes puissent désormais se sentir sûres d'elles et en sécurité au point de se balader dans les rues pratiquement nues ou avec des vêtements qu'elles

---

1. En français dans le texte (N.D.T.).

portaient à une époque en sous-vêtements. Il suffisait de feuilleter des magazines de mode tels que *Vogue*, *Elle* ou *Harper's Bazaar* pour y trouver des photos de femmes presque dénudées. Des photos qui, quelques années auparavant, auraient suffi à faire traîner les éditeurs de *Penthouse* en prison mais qui aujourd'hui s'avéraient être une expression de la liberté des femmes.

La responsable du yacht-club de Silver Creek était une rousse répondant au nom de Holly Hunnicutt. Elle portait un tailleur semblable à ceux que certaines gonzesses de New York mettaient lorsque Guthrie y bossait, un ensemble bleu pastel avec de larges revers aux manches et de grandes poches sur la poitrine. La veste tombait sur une petite jupe droite ; ses jambes bronzées étaient nues et lorsqu'elle les décroisait, on avait l'impression d'être à Miami un jour de beau temps. De plus, elle n'avait absolument rien sous sa veste et quand elle se penchait au-dessus du bureau, on s'imaginait près du mont Saint Helens à Washington. En la regardant, Guthrie Lamb croyait redécouvrir les magazines à sensation. Ah ! l'époque des magazines à sensation, c'était quelque chose !

Holly Hunnicutt était trop jeune pour savoir ce qu'étaient ces magazines. Guthrie lui donnait vingt-deux, vingt-trois ans. Elle dirigeait ce yacht-club tape-à-l'œil dans un des coins les plus enviés de Calusa à deux pas du comté de Manakawa et de Fatback Key. Guthrie, lui, habitait un meublé dans les environs de Newton, un des quartiers les plus délabrés de la ville. Il se demandait si Holly Hunnicutt n'aurait pas, un de ces jours, envie de venir voir sa jolie chambre. Histoire qu'il lui montre ses coupures de presse. Ou sa licence de détective privé. Ça en impressionnait plus d'un. En attendant, il se contenta de lui demander si quelqu'un avait signalé, mardi de la semaine dernière, un dysfonctionnement de l'éclairage du pilier situé à droite de l'entrée.

— Non, je ne crois pas.

— Donc la lumière était allumée cette nuit-là ?

— Je crois, oui.

— Vous auriez un moyen de vous en assurer ?

— Oui, eh bien, je pourrais appeler l'électricien...

— S'il vous plaît, insista Guthrie en lui adressant un éblouissant sourire, dont le seul implant avait coûté douze mille dollars, sans parler du temps et de la douleur. Il supposa que Holly serait impressionnée par ce travail dentaire. En tout cas, elle lui rendit son sourire et se pencha au-dessus du bureau pour composer un numéro de téléphone. Ce faisant, sa veste s'ouvrit à nouveau, mais Guthrie, en gentleman qu'il était, fit semblant de ne pas remarquer.

Holly parla brièvement à quelqu'un qui s'appelait Gus, un nom seyant à un électricien, alors qu'un détective privé, lui, se devait d'avoir, selon Guthrie, un prénom chic comme le sien. Elle s'assura que Gus n'avait ces dernières semaines changé aucune ampoule sur l'un des deux piliers de l'entrée et que, sauf incident la veille après qu'il était parti, l'éclairage fonctionnait toujours. Gus proposa, si elle le désirait, d'actionner le minuteur – habituellement réglé sur dix-neuf heures vingt-neuf, heure où le soleil se couchait sur Calusa ces derniers temps – afin de procéder à une vérification. Guthrie regarda sa montre qui indiquait quinze heures vingt. Il pouvait suivre la conversation car Gus était sur haut-parleur. Holly répondit à ce dernier que ce n'était pas nécessaire, puis pressa un bouton sur le téléphone qui fit disparaître la voix de l'électricien. Elle entrecroisa ses longues jambes lisses, s'enfonça dans le gros fauteuil de cuir qu'elle occupait, sourit et demanda : « Que puis-je faire d'autre pour vous, monsieur Lamb ? », question que Guthrie trouva très provocante.

— Je souhaiterais parler à tous les employés ayant travaillé ici le soir du 12 septembre, dit Guthrie.

— Pour quelle raison ? s'enquit-elle.

— Bon, très bien, commença Guthrie en souriant. Je déteste les mystères autant que vous. Je voudrais savoir si l'un d'eux a remarqué une voiture garée devant l'entrée mardi soir dernier. À droite de l'entrée, exactement. Lorsqu'on y fait face. En entrant. Vous, par exemple, avez-vous remarqué un véhicule ?

— Non.

— Ce qui restreint déjà le champ, conclut Guthrie en souriant.

Mais pas considérablement.

Il se révéla que le yacht-club employait quarante personnes, parmi lesquelles, en plus de Holly Hunnicutt, il y avait un assistant de direction, un chef et deux employés de quai, trois vigiles et un veilleur de nuit, un électricien – Gus, bien évidemment –, trois employés chargés de l'entretien, un directeur de restaurant et son assistant, un barman, une hôtesse d'accueil, dix serveurs et serveuses, un chef de cuisine, trois commis, deux plongeurs et deux aides-serveurs. Tous n'avaient pas travaillé mardi soir dernier. Deux étaient en arrêt maladie, un troisième était définitivement rentré à Cuba.

Sur les trente-sept restants, seuls dix avaient remarqué une voiture garée sur le côté de l'entrée, mais pas à l'heure que Lainie Commins avait mentionnée. Les estimations variaient, mais elles tournaient toutes entre vingt-trois heures trente et minuit, plutôt qu'autour des vingt-deux heures trente, heure à laquelle Lainie avait déclaré avoir quitté le yacht-club.

Un serveur et une serveuse ayant aperçu le véhicule avaient eu du mal à le confesser, car ils étaient dehors à se peloter à l'heure où ils auraient dû dresser les tables dans le restaurant pour le déjeuner du lendemain. De toute façon, aucun des deux ne s'était révélé d'une grande aide pour identifier la voiture tant ils étaient occupés à autre chose. Le garçon semblait se souvenir d'avoir appuyé la fille contre le véhicule alors qu'il farfouillait sous sa jupe. Elle se rappelait vaguement avoir eu quelque chose de dur, de froid et de métallique contre les fesses, mais cela avait eu lieu – et c'était bien compréhensible – dans un moment de confusion.

Les huit autres serveuses étaient catégoriques. Elles avaient vu une Acura vert foncé, une Infiniti bleue, une Jaguar noire, une Lexus noir bleuté, une Mercedes marron, une Lincoln Continental bleue, une Cadillac noire et une BMW grise. Toutes affirmaient qu'il n'y avait personne dans la voiture et que les phares étaient éteints. Un des commis de cuisine déclara avoir vu la voiture – il était convaincu qu'il s'agissait d'une GS 300 Lexus bleue – à vingt-trois heures vingt alors qu'il avait fait une halte sur le bord de la route pour fumer tranquillement une cigarette, mais qu'elle n'était plus là lorsqu'il avait repris le chemin de la maison peu avant minuit.

La plupart de ces déclarations ne conduisaient à rien.

Guthrie se dirigea vers l'endroit où il avait garé sa voiture – qui n'était ni une Acura, ni une Infiniti, ni une Jaguar, ni une Lexus, ni une Mercedes, ni une Lincoln, ni une Continental, ni une Cadillac ni une Beamer mais une petite Toyota rouge –, en ouvrit le coffre et y prit son Polaroid et son matériel photographique.

Il se rendit ensuite sur le bas-côté de la route à l'extérieur du yacht-club, à l'endroit même où huit témoins différents avaient aperçu huit voitures différentes à huit moments différents, le soir où Brett Toland avait été assassiné.

Certains prétendent que tant que l'on n'a pas observé Calusa depuis la mer, on n'en a rien vu du tout. La maison que je louais se trouvait sur l'un des magnifiques canaux de la ville et le bateau amarré au quai était un voilier que j'avais acheté quelques mois avant que l'on m'ait tiré dessus. Quand j'étais marié à Susan, nous possédions un voilier, qu'elle avait appelé *Windbag*[1], mais personne n'avait jamais sous-estimé son intelligence. J'aurais volontiers baptisé le nouveau bateau *Windbag II*, mais Patricia étant très chatouilleuse sur le chapitre de mon ex-épouse, il n'avait, quelque sept mois après son achat, toujours pas de nom.

Patricia, pour qui les bateaux étaient bien la dernière des préoccupations, avait suggéré le nom de *Wet Blanket*[2]. Rien de pire que ceux choisis par deux de mes collègues qui avaient respectivement appelé leur bateau *Legal Ease*[3] et *Legal Tender*[4]. Un autre de mes amis, propriétaire d'un magasin de meubles au rabais et d'un bateau avec une grand-voile rouge, avait appelé ce dernier

---

1. Littéralement, « sac à vent » et, dans un sens péjoratif, « moulin à paroles » (N.D.T.).

2. Littéralement « couverture mouillée », le mot signifie « trouble-fête » (N.D.T.).

3. Jeu de mots avec *legalese* signifiant « jargon des juristes » (N.D.T.).

4. Jeu de mots entre *tender* signifiant « embarcation » et *legal tender*, « monnaie légale » (N.D.T.).

Fire Sail[1]. Un dentiste de ma connaissance possédait un puissant hors-bord baptisé *Ouvrez grand*. Un gynécologue, qui depuis était en prison pour avoir attenté à la pudeur d'une de ses patientes, avait été le propriétaire d'un bateau du nom de *Wading Room*[2]. Un autre médecin de mon entourage aurait dû, lui, être emprisonné pour avoir osé appeler tout simplement son bateau *Dock*[3].

À Calusa, on trouve autant de noms intelligents pour les bateaux que de bateaux. En fait, dans tous les États-Unis, il y a presque autant de noms intelligents de bateaux qu'il y en a pour les salons de beauté. Dans les deux cas, leur dénomination semble éveiller les pires instincts de chacun. Citez-moi donc une ville qui n'ait pas un institut de beauté appelé *Votre Esthétique* et je vous montrerai un endroit où l'on ne trouve pas de bateau baptisé *Mon petit navire*.

Frank, mon associé, me suggère d'appeler le mien *Rêve humide*.

Le bateau, toujours sans nom, dansait ce mardi soir sur l'eau au bout du quai, pendant que Patricia et moi sirotions, suite à notre dîner, un cognac dans le patio. Toutes les lumières étaient éteintes. Une semaine auparavant jour pour jour, Brett Toland avait été tué, d'après ce qu'on en disait, par ma cliente. Je posai mon verre. J'enlaçai Patricia et l'embrassai.

Il était une fois...

Mais l'histoire s'achevait là.

Nous nous étions retrouvés dans un motel sur South Tamiami Trail. Nous avions pénétré dans la chambre tels des voleurs et étions tombés dans les bras l'un de l'autre comme si nous avions été séparés pendant des siècles alors qu'en fait nous ne nous étions pas vus depuis quelques jours, même pas quelques jours, une journée et demie, vingt-huit heures exactement, depuis que nous nous

---

1. Jeu de mots entre *fire sail* signifiant littéralement « voile de feu » et *fire sale*, « vente de marchandises légèrement endommagées dans un incendie » (N.D.T.).

2. Jeu de mots entre *waiting room* signifiant « salle d'attente » et le verbe *to wade*, « patauger » (N.D.T.).

3. Jeu de mots entre *dock* signifiant « quai » et *doc*, abréviation de « docteur » (N.D.T.).

étions dit au revoir la veille au matin. Elle était habillée pour aller travailler d'un léger tailleur bleu foncé à fines rayures avec de larges revers, qu'elle avait appelé son « tailleur de gangster » un instant avant d'en jeter la veste sur le lit. J'avais parcouru son corps de mes mains dès la porte refermée derrière elle. Tout en m'embrassant, elle m'avait murmuré de la verrouiller mais j'étais occupé à déboutonner son chemisier blanc. « Je t'en prie, verrouille-la », avait-elle soupiré à nouveau, mais je remontais les pans de sa jupe au-dessus de ses cuisses, mes mains et ma bouche s'attachant à tout son corps. « Je t'en prie », continuait-elle à geindre en se débarrassant de ses chaussures à talons hauts, de son porte-jarretelles, de ses bas bleu foncé. « Oh oui », avait-elle fait en retirant ses dessous de soie, la jupe retroussée au niveau de la taille. « Oh oui » avait-elle dit alors que je pénétrais en elle. « Je jouis », s'était-elle écriée, « C'est fou », avait-elle haleté, « C'est fou », avais-je repris, nous étions fous, nous étions fous.

Mais comme je le disais, l'histoire s'achevait là.

Elle appartenait au passé.

Aujourd'hui, Patricia me rendait gentiment mon baiser, terrorisée à l'idée que je me brise en mille pièces, et posait doucement sa tête sur mon épaule en déclarant que c'était agréable d'être assis là.

— Oui, acquiesçais-je.

Elle m'annoncerait sous peu qu'elle avait une journée très chargée le lendemain...

— Oui, moi aussi, répondais-je.

... et qu'il était temps pour elle de rentrer à la maison.

Avant qu'on ne me tire dessus, ma demeure était la sienne et vice versa.

Mais cela appartenait au passé.

8

Il essayait de nous expliquer, à Patricia et à moi, dans quelle condition physique je me trouvais. Dans quelle condition physique j'avais été jusqu'à présent et je serais dans les semaines à venir. Comment mon état de santé était susceptible d'évoluer au cours des prochains mois. Le mot « évoluer » m'effrayait. J'avais juste fait une formidable chute dans un abîme profond, c'est tout. Que voulait-il bien dire par « évoluer » ? Patricia était assise à côté du lit et me tenait la main.

Spinaldo déclara que mon électrocardiogramme était brièvement devenu plat pendant qu'ils essayaient de retirer les balles de ma cage thoracique.

– Ce n'est pas ce que vous nous aviez dit, fit remarquer Patricia.

Elle n'était pas le meilleur avocat général de Floride pour rien.

– Lorsque nous attendions, Frank et moi, ici à l'hôpital, m'expliqua-t-elle en se retournant dans ma direction. Elle fit à nouveau face à Spinaldo. Vous nous avez dit que le sang n'avait plus afflué vers le cerveau pendant cinq minutes et quarante secondes. Ce n'est pas brièvement, que je sache.

– Non, reconnut Spinaldo. Mais entre-temps, M. Hope nous a déclaré avoir entendu des bribes de phrases pendant l'intervention...

C'était bien le cas.

185

« Merde, son électrocardiographe ne bouge plus... il a un arrêt cardiaque... utilisez le stimulateur... adrénaline... surveillez l'heure... un cc, un pour mille... toujours rien... »

– ... ce qui indiquerait qu'il est resté *éveillé* à un certain moment de l'arrêt cardiaque. Il me faut croire que le massage à cœur ouvert que nous avons réalisé...

Des mains à l'intérieur de ma cage thoracique. Massant mon cœur nu.

– ... a suffi à éviter une non-perfusion cérébrale.

– Qu'est-ce qu'une non-perfusion ? demanda Patricia.

Je la laissai mener la conversation.

Je comprenais tout, mais j'avais encore du mal à m'exprimer.

– Une ischémie totale, répondit Spinaldo.

Le jargon des médecins. Pire que celui des juristes.

– Et c'est quoi ?

Au moins une qui parlait normalement. Chère Patricia. Je serrai sa main. Fort.

– Un arrêt de la circulation du sang vers le cerveau.

– Mais vous disiez que ce n'était pas ce qu'il s'était passé.

– C'est ce qu'on croyait. Je suppose que le cerveau était encore un peu irrigué. Vous devez comprendre que c'est l'organe suprême. C'est lui qui décide et, par conséquent, il se sert avant les autres. C'est très égoïste, un cerveau. Face à un problème, ça développe des stratégies d'autoconservation. La lidocaïne aide, j'en suis convaincu. Elle a permis, dans votre cas, la transformation de ce qui était vraisemblablement une tachycardie ventriculaire en une tachycardie sinusale. Mais le cerveau était là à pomper l'oxygène dont il avait besoin, à lutter pour autoréguler ses besoins en sang. Ce sont des suppositions, bien entendu. Bref, le fait est que... vous étiez éveillé.

Il y avait eu une obscurité profonde et une lumière intense. Il y avait eu un trou noir insondable et une clarté aveuglante. Ni présent, ni passé. Des voix qui allaient et venaient, des voix inquiètes, puis des voix faibles dans la pénombre et des voix avalées par la lueur éblouissante. Des chuchotements, un petit bruit de pas pressés, une agitation soudaine, le brouillard. J'avais froid partout, me heurtais dans le noir, me débattais, transpirant et chaud...

Oui.

J'avais été éveillé.

– De plus, ajouta Spinaldo, vous avez commencé à parler sept jours après l'arrêt cardiaque.

– Il a dit un mot, fit remarquer Patricia.

– Peu importe. Cela a suffi à m'indiquer que ses réflexes cérébraux étaient intacts et qu'il émergeait d'un état semi-comateux quelques jours avant de reprendre tous ses esprits.

– Quel maître en matière de suspense, plaisanta Patricia en prenant à nouveau ma main.

Je n'avais pas vraiment l'impression d'être maître de quoi que ce soit à ce moment-là.

Je n'arrivais pas à me rappeler ce qui m'était arrivé.

Tout le monde s'évertuait à me dire qu'on m'avait tiré dessus.

Spinaldo déclara que je ne me souviendrais probablement jamais de tous les détails de cette histoire. Il expliqua que c'était dû à la manière dont la mémoire se déplaçait des zones dites de courte durée à celles de longue durée, dans lesquelles les souvenirs étaient emmagasinés de manière consciente ou inconsciente.

Suivit une bonne plaisanterie du brave docteur sur les pertes de mémoire :

– Ce qu'il y a de bien quand on sort du coma, c'est qu'on fait chaque jour la connaissance de nouvelles personnes.

Quel humour !

C'était une semaine après que j'avais perdu connaissance devant lui.

Je commençais déjà à désespérer.

Guthrie Lamb aurait pu décider de devenir flic au lieu de détective privé, mais ça ne payait pas bien. En plus, il détestait toute la mascarade paramilitaire qui allait avec le boulot d'officier de police. Guthrie avait en haine toutes les institutions où la valeur de l'individu était fonction de son uniforme. C'était une des raisons pour lesquelles il préférait de loin la compagnie plus dénudée des putains.

Malgré cela, il était obligé de travailler avec des flics car c'était la seule façon pour lui d'accéder aux dossiers de la police et du

FBI. C'était un des inconvénients majeurs du boulot de détective privé. On dépendait de ceux qui étaient officiellement habilités à enquêter sur des meurtres ou des délits semblables.

En fait, Guthrie n'avait jamais entendu parler d'un détective privé qui ait résolu une affaire de meurtre. C'était une chose de rassembler des informations pour un avocat défendant un pauvre type accusé d'un crime, c'en était une autre de louer ses services à un vieux milliardaire désireux de retrouver l'assassin de sa splendide fille aux cheveux blonds. Mais cette situation ne s'était jamais présentée. À dire vrai, Guthrie était rarement tombé sur de splendides filles aux cheveux blonds, qu'elles soient vivantes ou mortes. La plupart du temps, il prenait des gens en filature, suivait des maris à la demande d'épouses qui voulaient le divorce ou recherchait un type sorti boire un coup, plus revu depuis et dont la femme commençait à s'inquiéter. Jamais dans toute sa carrière de célèbre détective, on n'avait loué ses services pour retrouver un meurtrier.

Même en travaillant pour Matthew Hope – qui, d'ailleurs, semblait être un type bien, quoiqu'il ait pinaillé sur les honoraires de Guthrie. D'accord, lui touchait rarement les cinquante dollars qu'il avait réclamés, mais Hope aurait pu au moins aller jusqu'à quarante-sept dollars, non ? Non, il s'était obstiné à vouloir le payer comme il payait Warren Chambers. Et si le bonhomme était si doué, pourquoi Hope n'avait-il pas fait appel à lui cette fois-ci encore ? Guthrie détestait avoir à se battre pour de l'argent. Ça donnait l'impression d'être un mercenaire.

Bref, même dans une véritable affaire de meurtre comme celle-là, Guthrie ne recherchait pas le meurtrier mais une automobile susceptible d'avoir été garée devant le yacht-club où l'on avait commis le crime. Sauf, bien sûr, s'il s'avérait que le propriétaire de ce véhicule était aussi le meurtrier, auquel cas on pourrait après tout affirmer que Guthrie enquêtait sur l'homicide même si, à la vérité, c'était un peu exagéré.

Un détective privé était un détective privé, un point c'est tout !

À l'époque où Guthrie avait commencé dans le métier, la police était son ennemi déclaré. Il n'était pas si loin le temps où elle ne manquait pas une occasion de l'accuser d'être le meurtrier. Des flics baraqués de la brigade criminelle lui tombaient dessus, parfois ils le tabassaient même un peu, puis ils le traînaient au siège et lui foutaient la trouille en lui conseillant de se mêler de ses affaires et de se tenir à carreau. Sans les flics, tout détective digne de ce nom aurait pu résoudre la plus compliquée des affaires criminelles en un tournemain. Mais non, il fallait toujours qu'ils interviennent et entravent le boulot du bûcheur obstiné qu'il était.

De nos jours, ils semblaient plutôt content de le voir.

Ça cassait la routine, vous comprenez ?

Un gars qui débarquait avec des moulages de pneus, ça impressionnait. En tout cas, c'est ce que l'enquêteur Nick Alston lui avait confié à neuf heures quarante-quatre ce mercredi matin alors que Guthrie dévoilait son travail de relevé, après avoir coupé la cordelette blanche de son colis et extirpé le moulage d'un paquet de feuilles d'emballage marron toutes froissées.

– Très impressionnant, décréta Alston. Où avez-vous trouvé cela ?

– Je l'ai fait moi-même, déclara fièrement Guthrie.

– Vraiment ? C'est très impressionnant.

Alston n'avait jamais été ce qu'on aurait pu appeler mignon, mais la dernière fois que Guthrie l'avait vu, ses yeux marron étaient injectés de sang, son visage taillé à coups de hache bouffi, ses cheveux couleur de paille hirsutes et il avait une barbe de plusieurs jours. On devinait sans mal qu'il avait commencé à boire dès dix heures du matin. Aujourd'hui à neuf heures quarante-cinq, il était rasé de près, portait un costume qui sortait du pressing, une cravate sur une chemise d'un blanc immaculé et ses cheveux étaient coiffés ; en un mot, il était... présentable.

Guthrie, lui aussi, était impressionné.

Il savourait les compliments d'Alston à propos de son relevé de traces tel un élève de cours préparatoire montrant un cendrier en argile à son instituteur. C'est vrai que c'était vraiment un bon moulage, se répétait-il. Parfois, ils ne rendaient pas bien. Mais là, il avait vaporisé de la laque sur les marques de pneus trouvées dans la terre sablonneuse du bas-côté et avait utilisé la meilleure qualité de plâtre de moulage. Il l'avait versé dans la bassine, sans le mélanger à l'eau, de manière à ce qu'il se dépose dans le fond et qu'il suffise alors d'en rajouter jusqu'à ce que le liquide ne puisse plus rien absorber. Puis, il avait étalé une couche d'environ deux centimètres d'épaisseur du mélange obtenu sur les traces de pneus. Il avait consolidé le tout avec des brindilles, des bouts de ficelle et quelques cure-dents, en prenant garde que rien ne touche la trace. Il avait versé ensuite une autre couche de plâtre, l'avait laissé durcir – on savait que c'était dur lorsque ça devenait chaud au toucher – et *voilà*[1] ! Sur le bureau d'Alston trônait un moulage parfait.

– Bon, qu'est-ce que vous voulez que je fasse avec cette œuvre d'art ? demanda Alston.

Guthrie se doutait bien qu'il plaisantait.

Du moins, il l'espérait.

– Nick, commença-t-il, je souhaiterais que vous retrouviez les mêmes empreintes dans vos fichiers ou dans ceux du FBI. J'ai également des photos, dit-il en jetant une épaisse enveloppe en papier kraft sur le bureau. J'aimerais que vous me rendiez ce service, Nick.

– Comment va Gracie ces derniers temps ? voulut savoir Alston en passant.

Gracie était une pute que Guthrie avait envoyée un jour, dans un geste d'humanité, à Alston alors que celui-ci était encore un ivrogne invétéré.

– Elle va bien. Elle a demandé de vos nouvelles récemment, d'ailleurs.

Alston resta silencieux pendant un moment. Puis, toujours la tête penchée sur le moulage, il déclara : « J'aimerais bien la revoir maintenant que je suis sobre. »

– C'est comme si c'était fait, l'assura Guthrie. Je vous l'envoie ce soir.

– Non, dites-lui simplement que je l'appellerai.

– Parfait, lâcha Guthrie avant de devenir silencieux.

– C'est en rapport avec quoi ? demanda Alston en ouvrant l'enveloppe et en regardant les excellentes photos qu'avait prises Guthrie, ainsi que ce dernier n'aurait pas manqué de les qualifier.

---

1. En français dans le texte (N.D.T.).

– Un meurtre, répondit Guthrie. Je travaille pour l'avocat de la défense.

– Qui est-ce ?

– Matthew Hope.

– Qu'est-il arrivé à Warren Chambers ? demanda Alston.

Ce qu'ils font, c'est vous traiter comme un invalide. Ce que vous êtes au fond. Donc, à partir du moment où je me suis remis à parler, ils ont commencé une évaluation quotidienne de mon état fonctionnel et de mon état neurologique. Examen sur examen, suffisamment en tout cas pour vous aliéner l'esprit et vous faire perdre l'usage de la parole. Que ce soit l'échelle d'amnésie post-traumatique, le test de Wechsler-Bellevue[1], le test de perception visuelle de Bender ou bien le questionnaire du MMPI[2], pour ne citer qu'eux, tous ont été conçus afin de déterminer l'étendue des lésions et des troubles.

Ils vous rasent le crâne à l'aide d'un abrasif et vous y plantent des électrodes. Dix à vingt petites électrodes placées sur le crâne à intervalles réguliers. On a l'impression d'être Frankenstein attendant la décharge électrique qui va le faire revenir à la vie. Avec des attaques métaboliques telles que les miennes...

Spinaldo utilisait en permanence le terme « attaques métaboliques ». J'avais envie de le provoquer en duel.

Avec des attaques métaboliques telles que les miennes, donc, l'électroencéphalogramme affichait habituellement des ondes diffuses et courtes.

Chaque jour, Spinaldo m'expliquait que mon état de santé s'améliorait.

Je continuais à me demander quand je serai guéri.

Les rubans jaunes délimitant le lieu du crime encadraient encore l'emplacement où *Toy Boat* était amarré, mais j'avais joint au pré-

---

1. Test du psychologue américain David Wechsler permettant de mesurer le quotient intellectuel de l'adulte (N.D.T.).

2. Questionnaire de personnalité basé sur une analyse plurifactorielle (N.D.T.).

alable le cabinet du procureur et avais appris de la bouche de Pete Folger que l'accusation avait déjà réuni toutes les preuves nécessaires et que, par conséquent, je pouvais visiter le bateau quand bon me semblait. Je fus, par conséquent, surpris de trouver un policier en uniforme en bas de la passerelle lorsque nous arrivâmes, Andrew et moi, ce mercredi matin.

Je lui expliquai qui nous étions et lui tendis une carte de visite.

À son tour, il déclina son identité et déclara que l'assistant du procureur Peter Folger avait demandé d'envoyer un policier « par courtoisie pour maître Hope ». C'était de bonne guerre. Cela signifiait : « Ne le quittez pas d'une semelle et assurez-vous qu'il ne fasse rien qui puisse nuire à notre procès contre Lainie Commins. »

Je confiai au policier – dont le nom était Vincent Gergin, d'après la plaque noire en plastique qu'il arborait sur sa vareuse – que mon associé et moi souhaitions avant tout réaliser des photos du lieu du crime afin de mieux comprendre ce qu'il s'était passé. J'ajoutai que nous jetterions éventuellement un coup d'œil à l'ensemble du bateau pour nous assurer que rien n'avait échappé au procureur.

– Pas de problème, lança-t-il.

Je détestais cette expression.

– Parfait. Dans ce cas, nous allons monter à bord, déclarai-je.

– Parfait. Dans ce cas, je vais vous accompagner.

Nous empruntâmes la passerelle.

Andrew m'accompagnait pour le même motif que celui qui avait justifié sa présence aux interrogatoires des témoins de Folger. Quel que soit celui de nous deux qui serait, par la suite, chargé de l'affaire, l'autre pourrait être appelé à témoigner pour attester ce que nous étions susceptibles de découvrir ce matin-là. Très franchement, je ne m'attendais pas à trouver quoi que ce soit. Car quoi que l'on pense de l'équipe de Skye Bannister, il faut quand même reconnaître que ses enquêteurs et ses criminologues n'ont pas la pareille pour laisser derrière eux le lieu du crime vidé de tout indice.

Nous nous trouvions dans le cockpit où Lainie et Brett étaient restés – d'après ce qu'elle affirmait – de vingt-deux heures à vingt-deux heures trente. C'était là qu'il lui avait fait, toujours selon elle, une proposition alléchante, proposition qui, aux dires d'Etta Toland, relevait plutôt de l'affront. C'était là aussi que, d'après la première version de Lainie, elle avait bu un verre de Perrier qui, par la suite (Oh oui, je me souviens à présent), s'était transformé en vodka-tonic. C'était là qu'elle avait donné à Brett ses Docksides et son foulard, détail qu'elle avait omis de me signaler dans un premier temps, foulard que les flics avaient ensuite retrouvé dans la chambre à coucher principale du bateau. Mais elle ne se l'était pas rappelé avant qu'ils ne l'interrogent le lendemain matin. Avec moi non plus, elle ne s'était souvenu ni du foulard, ni des chaussures avant que je ne la questionne à ce sujet.

Je me demandais à présent ce qu'elle avait encore pu oublier de me dire.

Probablement influencé par l'obsession des Toland à conserver leur pont en parfait état, j'enlevai mes chaussures et demandai à Andrew d'en faire autant. Gergin nous regarda comme si nous étions légèrement dérangés et n'esquiva pas le moindre geste pour ôter ses rangers noirs impeccablement cirés.

Nous descendîmes tous les trois.

Une pièce dans laquelle un meurtre a été commis a toujours quelque chose de particulier. Là, ce n'était pas une pièce à proprement parler ; il n'y a pas de pièces sur les navires de plaisance, mais plutôt des compartiments tels que cette salle à manger que nous traversions. Déchaussés, nous nous dirigions sans bruit vers la cabine de luxe principale. Gergin nous suivait d'un pas lourd dans ses chaussures de marche à semelle épaisse.

S'il existe un endroit à bord d'un bateau qui ressemble vraiment à une pièce, c'est bien la cabine de luxe. Peut-être parce que le meuble principal y est le lit, dans ce cas un lit matrimonial avec, de chaque côté, une table de nuit et une lampe de chevet. Une salle de bains y était attenante. On y apercevait une coiffeuse et plusieurs placards. Une immense bibliothèque avec des portes vitrées faisait face au lit et à l'entrée de la cabine.

— Nous allons prendre des photos, déclara Andrew.

— Pas de problème, acquiesça Gergin.

J'ai généralement envie d'étrangler les gens qui utilisent cette expression, encore plus quand elle commence par « O.K. ». Car, à mes yeux, la vraie signification de cette phrase est plutôt : « Oui, en temps normal y a un problème à satisfaire ta requête mais bon, dans ce cas bien particulier, même si c'est franchement gonflant, on va faire une exception. »

C'est ça, le sens réel de « Pas de problème ».

Et ne vous laissez pas dire le contraire.

– Nous allons également jeter un coup d'œil, dis-je.

– Pour quoi faire ?

– Comme ça.

– Pas de problème, fit Gergin en haussant les épaules et en se campant dans l'embrasure de la porte pour surveiller Andrew en train de prendre ses photos et moi en train de fouiner.

Le rapport du médecin légiste faisait état de deux balles tirées dans la tête.

Une troisième avait manqué sa cible.

Pourtant, il n'y avait aucune odeur de poudre.

Mais l'endroit empestait le meurtre.

Le contour du corps de Brett Toland était tracé à la craie sur le tapis qui longeait le lit. Autour, les taches de sang avaient noirci. L'impact de la troisième balle était visible sur le mur près de la porte de la salle de bains.

Gergin bâillait et Andrew prenait ses photos.

On était dans la pièce où la police avait trouvé le foulard de Lainie.

Je ne savais pas par où commencer.

Je ne savais même pas ce que je cherchais.

Je commençai par la salle de bains et regardai dans le placard sous le lavabo sans rien y trouver, excepté des rouleaux de papier hygiénique, des boîtes de Kleenex et un paquet de six savonnettes. Je jetai ensuite un coup d'œil dans l'armoire à pharmacie où je dénombrai plusieurs brosses à dents, un tube de dentifrice, tout un assortiment de médicaments obtenus avec ou sans prescription, mais rien susceptible de m'aider à prouver que ma cliente était innocente du meurtre dont elle était accusée.

En supposant que c'était ce que je cherchais.

Andrew continuait à photographier.

Je me dirigeai vers la table de nuit à droite du lit et en ouvris la porte. Une paire de pantoufles à pompons était posée dans le bas du meuble. Rien d'autre. Je refermai la porte et contrôlai le tiroir. Des lunettes de vue, un paquet de mouchoirs, un tube de rouge à lèvres. J'en déduisis que ce devait être le côté du lit qu'occupait Etta Toland.

Je fis le tour vers celui de Brett.

Je procédai de la même manière mais ne trouvai rien d'important. En passant, je me demandai s'il avait pu ranger le revolver à cet endroit, avant d'être tué avec.

J'allai ensuite inspecter la bibliothèque sur laquelle étaient installés un téléviseur, un magnétoscope et un lecteur de disques laser.

Je jetai un coup d'œil aux livres.

Je pris sur un des rayonnages un exemplaire des *Grandes Espérances*[1]. Je le feuilletai puis le replaçai sur l'étagère. Je remarquai ensuite un roman intitulé *Le Bouddhiste*. J'enlevai d'un souffle la poussière qui le recouvrait et l'ouvris. J'en tournai rapidement les pages. Les gens glissaient parfois dans leurs livres des lettres ou des bouts de papier. Mais là, il n'y avait rien. Tous avaient été débarrassés de leur jaquette. Cela n'avait rien d'exceptionnel sur un bateau, où la moisissure abîmait le papier. J'attrapai *Ça* de Stephen King. Gros livre d'une épaisseur d'environ cinq centimètres. Couverture noire avec les initiales SK en rouge en bas à droite. Je l'ouvris. Puis le refermai et le remis sur l'étagère. Je me mis à regarder d'autres livres. En enlevai la poussière. Les feuilletai. Les reposai. Il y en avait beaucoup. Une centaine. Certains n'avaient jamais été lus, à en juger par la poussière qui les recouvrait. Je me mis ensuite à inspecter les cassettes vidéo dans leur boîte noire. La couverture de l'une d'entre elles montrait les mains d'une femme posées sur l'entrejambe de sa culotte de dentelle. La bague à son auriculaire...

— Combien de temps comptez-vous passer ici ? demanda Gergin.

Je reposai la cassette sur l'étagère.

— Vous n'êtes pas obligé de rester, lui fis-je remarquer.

— Non mais y a pas de problème, dit-il.

— Rassurez-vous, on ne va rien voler.

---

1. Roman de Charles Dickens publié en 1861 (N.D.T.).

– Ce n'est pas ce que je voulais dire. C'est juste qu'on étouffe un peu ici avec l'air conditionné éteint.

– Pourquoi ne remontez-vous pas ? suggérai-je. Allez prendre un peu l'air.

– Non, ça va, dit-il.

Je jetai un coup d'œil à d'autres cassettes.

Gergin se gratta le cul.

– Tu as fait des photos du cockpit ? demandai-je à Andrew.

– On en a besoin ?

– Bien évidemment, lui répondis-je en le foudroyant du regard. Nous travaillions ensemble depuis longtemps.

– Je peux monter tout seul ? demanda-t-il à Gergin.

Ce dernier soupçonna quelque chose.

Mais il se planta.

– Je vous accompagne, décida-t-il avant qu'ils ne quittent tous les deux la cabine.

J'attendis jusqu'à ce que j'entende les pas de Gergin sur le pont. Je repris la cassette vidéo sur le rayonnage. Elle avait pour titre *Mains désœuvrées*. La bague à l'auriculaire de la femme était identique à la chevalière de Lainie, avec son portrait en forme de cœur et son liseré décoré de petites fleurs.

Sans la moindre hésitation, je soulevai ma veste et glissai la cassette dans mon pantalon au niveau du creux des reins.

La situation était gênante.

Trois avocats en train de regarder une cassette vidéo compromettante pour leur cliente. *Mains désœuvrées*. Une vidéo que l'on pouvait aisément définir comme pornographique dans la mesure où Lainie Commins, tout occupée à elle-même et louchant de plus belle sans ses lunettes (et sans quoi que ce soit sur elle, excepté une culotte blanche et une chevalière en or de l'époque victorienne), dévoilait toute son intimité, pubis, fesses et poitrine, qu'elle s'y masturbait, acte réputé contre nature, et qu'elle paraissait sous l'emprise d'une excitation sexuelle particulière ; elle semblait, d'ailleurs, s'adonner de son plein gré à ces activités qui répondaient aux instincts de luxure, de honte et de morbidité de chacun et qui ne revêtaient aucune valeur littéraire, artistique, politique ni scientifique.

— Vous voulez me dire que vous avez glissé cette vidéo sous votre veste pendant que le flic était sur le pont ? demanda Frank.

— C'est cela même.

— Punaise, lâcha-t-il.

— Vous avez l'intention de la montrer au procureur ? voulut savoir Andrew.

Je me contentai de le regarder.

— Dans ce cas, suggéra-t-il, nous ferions mieux d'en parler à Mlle Commins.

Lainie arriva à notre cabinet de la Heron Street peu avant quatorze heures. Elle nous avoua avoir été surprise en plein travail et nous demanda de bien vouloir l'excuser de sa tenue : un jeans, des sandales et un tee-shirt. Elle portait également son éternelle chevalière à l'auriculaire droit. Je l'invitai à s'asseoir, puis glissai la cassette de *Mains désœuvrées* dans le magnétoscope. Je lui annonçai que nous allions sortir pendant quinze à vingt minutes et lui demandai de visionner le film une fois que nous aurions quitté la salle.

Nous la retrouvâmes une demi-heure plus tard.

— Alors ? dis-je.

— Où est-ce que vous avez trouvé ça ? demanda-t-elle.

— Dans la cabine principale du bateau des Toland.

— Ouais, soupira-t-elle d'un air désolé.

Nous la regardions tous. Andrew semblait ne pas comprendre exactement ce qu'il se passait. Une fois de plus, il n'était rien qu'un blanc-bec. Je me demandai ce que Lainie avait voulu dire par « Ouais ». Elle ne semblait pas prête à s'expliquer. Frank croisa mon regard. Vas-y, semblait-il dire. Vas-y, fais-la parler.

— Saviez-vous que cette cassette vidéo se trouvait à bord du bateau ? demandai-je.

Elle hésita, essaya de déterminer lequel de nous trois accorderait le plus de crédit à son histoire. Je pensais qu'elle se tournerait vers Andrew. Au lieu de cela, elle s'adressa à Frank.

— Il essayait de me faire chanter, déclara-t-elle.

— Toland ? dit Frank.

– Oui.

– Il vous a montré cette vidéo et... ?

– Non.

– Alors... ?

– Il a dit qu'il l'avait.

– Il a dit qu'il avait une vidéo de vous nue ?

– Il a dit qu'il avait *cette* vidéo, le corrigea-t-elle en indiquant la cassette d'un signe de tête rageur, comme si elle avait voulu la brûler – ce qui, du reste, était fort probable vu le sujet.

– Mais il ne vous l'a jamais montrée ?

– Non.

– Il a seulement déclaré l'avoir en sa possession.

Frank allait droit au but, avec ce style concis propre aux New-Yorkais. Parfois, je l'admirais.

– Oui, il a seulement dit l'avoir en sa possession. Il m'a montré la boîte avec mes mains sur la couverture. Mais elle était vide. Il m'a dit qu'il n'était pas bête au point d'apporter le film au bateau. Qu'il était en lieu sûr à la maison. Qu'à moins que je ne retire ma plainte, au pays des jouets, tout le monde serait bientôt au courant.

– Au pays des... ?

– Jouets. Il voulait dire « toute la profession ». Il ferait savoir qu'une femme créant des jouets pour enfants faisait... eh bien... faisait... heu... faisait ce que vous m'avez vu faire sur la vidéo.

– Ainsi il foutait votre ours en peluche en l'air, remarqua Andrew avec un geste de la tête.

– Non, le reprit-elle. C'est ma vie qu'il foutait en l'air.

– Quand est-ce que ça s'est passé ?

– Quand est-ce que s'est passé quoi ?

– Quand vous a-t-il dit qu'il avait cette vidéo ?

– Pendant que nous étions assis en haut.

– Dans le cockpit ?

– Oui.

– En train de boire...

– Oui.

– Et d'avoir une conversation à l'amia...

– Jusqu'à ce qu'il essaye de me faire chanter.

– Mais avant cela...

198

– Avant cela, oui, nous menions une conversation à l'amiable, il m'expliquait qu'il croyait avoir trouvé une solution à nos problèmes, qu'il pensait pouvoir répondre à ma plainte sans avoir recours aux avocats, etc., etc.

– C'est à ce moment-là qu'il a mentionné la cassette vidéo ?

– Oui.

– C'était avant ou après qu'il a descendu vos chaussures et votre foulard dans la cabine principale ?

– Je ne savais pas où il les avait emportés.

– Mais c'était avant ou après ?

– Après. Il avait pris mes affaires avec lui en allant chercher à boire.

– Vous saviez à quelle vidéo il faisait référence ? demanda Frank.

– Oui.

– Vous saviez que cet enregistrement existait ?

– Oui, bien sûr que je le savais, lança-t-elle en tournant un regard exaspéré vers Andrew.

Ce dernier eut un haussement d'épaules plein de compréhension.

– J'veux dire, ce n'était pas « La Caméra cachée », se justifiat-elle.

– Quand cela a-t-il été enregistré ?

– Au début de l'année. Courant mars.

– Qui l'a filmé ?

– Un homme que j'avais rencontré.

– Qui ?

– Écoutez, s'exclama-t-elle, on n'est pas à la barre des témoins ici.

– Dieu merci, fit remarquer Frank.

– Lainie, demandai-je gentiment, pourriez-vous nous en parler ?

Lainie raconta – d'une façon exceptionnelle d'ailleurs, en ayant pris soin au préalable d'ôter ses lunettes afin d'accentuer son air d'enfant abandonnée atteinte de strabisme et pourtant si sexy – que les factures avaient commencé à s'amonceler et les économies à fondre après qu'elle avait quitté, en janvier dernier, son emploi payé à la semaine chez Toyland. Sa propre affaire, Juste Pour Rire, n'avait pas encore vraiment démarré et les contrats en free lance sur lesquels elle comptait étaient rares...

– Je ne pensais pas que ce serait aussi difficile, confia-t-elle. J'avais toujours obtenu de bons résultats dans mon travail, je jouissais d'une excellente réputation et je croyais que les commandes allaient pleuvoir. Très franchement, j'ai même commencé à me demander si les Toland ne faisaient pas du sabotage industriel dans mon dos. En déblatérant sur mon compte, vous comprenez, dans l'espoir que je revienne une fois que mon affaire battrait de l'aile. Le fait est que Toyland est la seule société productrice de jouets par ici, donc j'envoyais mes curriculums à des personnes de ma connaissance à New York ou sur la côte est, enfin à des gens du métier quoi, mais ils mettaient un temps fou à me répondre. En attendant, j'avais de moins en moins de fric et...

De plus de plus en plus désespérée, elle commence à parcourir les offres d'emploi, d'abord à la recherche d'un poste requérant une formation artistique – graphiste dans une agence de pub ou directrice artistique d'un magazine, entre autres – puis, en quête de n'importe quelle annonce dans laquelle on fait appel à la créativité, comme par exemple dessiner des cartes du jour pour un restaurant. La difficulté vient de ce qu'elle cherche un emploi à mi-temps, afin de pouvoir continuer à créer de son côté, tout en gagnant assez pour payer les factures. Elle a présenté sa démission à Toyland en ayant deux mille dollars devant elle. Fin février, elle a un découvert de six cents dollars et fait les petites annonces concernant des places à mi-temps de serveuse, hôtesse d'accueil, caissière, assistante paysagiste ou...

Ses yeux s'arrêtent alors sur :

RECHERCHONS MANNEQUINS
POUR LINGERIE FÉMININE DE MARQUES
RENOMMÉES
EMPLOI À MI-TEMPS - SALAIRE MOTIVANT
CONTACTEZ LA SOCIÉTÉ BOUTON D'OR
AU 365-72...

– Je pensais que ça pouvait être intéressant, déclarait-elle à présent. En plus,...

.... depuis qu'elle s'est installée en Floride, elle va souvent à la plage... Sa maison de North Apple Street ne se trouve qu'à cinq minutes de voiture ou à vingt minutes de marche de la plage de Whisper Key... et le maillot de bain qu'elle avait l'habitude de porter, jusqu'à ce que la police de Calusa ne sévisse pour « indécence dans un lieu public » selon ses propres termes, ne ressemblait-il pas à un article de lingerie fine ? En fait, il en dévoilait même plus que toute la lingerie qu'elle avait pu porter dans l'intimité de sa chambre à coucher ou dissimulée sous ses tenues de ville. Et puis, elle trouve l'annonce alléchante, un grossiste ou un détaillant à la recherche d'un mannequin pour de grandes marques telles que Chantelle, Lise Charmel ou Hanro of Switzerland. Elle a toujours trouvé son corps plutôt attrayant, pourquoi ne pas en tirer aujourd'hui parti pour un emploi à temps partiel si bien rénuméré ?

Elle appelle donc le numéro indiqué dans l'annonce.

Une femme à l'élocution soignée, avec un accent britannique et un rien matrone lui explique que le travail consiste à présenter, lors de séances de vente au détail, des modèles de lingerie de luxe – comme ceux de Chantal Thomass, Rien ou Wacoal – à des horaires variables et pour un salaire de départ de trente dollars de l'heure. Elle s'enquiert ensuite de l'âge de Lainie...

– Trente-trois ans, répond celle-ci.

– Hmm, fait la femme.

Lainie retient sa respiration.

– En fait, la plupart de nos mannequins sont plus jeunes, déclare la femme.

– Vous recherchez des personnes de quel âge ?

– Eh bien, la plupart de nos filles ont une vingtaine d'années.

O.K., se dit Lainie en s'imaginant immédiatement être hors concours. Trente-trois ans. Une mamie dans le monde de la lingerie intime.

– Mais j'ai un corps qui paraît très jeune, ajoute-t-elle.

– Auriez-vous l'obligeance de me donner vos mensurations ? demande la femme d'une voix agréable avec un léger accent britannique.

– Quatre-vingt-dix, cinquante-cinq, quatre-vingt-dix. Bonnets B.

— Vous n'avez pas de cicatrices ni de malformations visibles ?

— Non, répond-elle en ne sachant pas si elle doit évoquer son problème à l'œil droit. Mais il ne s'agit ni d'une cicatrice, ni d'une malformation, juste d'un emmerdement depuis qu'elle est sur terre.

— Des tatouages ? demande la femme.

Des tatouages ? pense Lainie.

— Non, répond-elle. Pas de tatouage.

— Quoique certains de nos mannequins en ont, fait remarquer la femme. Des discrets, bien évidemment. Un petit papillon sur l'épaule. Une petite rose sur la hanche.

— En ce qui me concerne, je n'en ai pas.

Mais je peux m'en faire tatouer un, pense-t-elle. Si c'est une condition sine qua non, ne vous gênez pas pour me le dire, je m'en ferai faire un sur-le-champ et...

— Bien, ponctue la femme avant de sombrer dans un silence interminable. À n'en pas douter, elle considére à présent les notes qu'elle a prises pendant la conversation et essaye de déterminer si une femme de trente-trois ans avec des bonnets B et sans tatouage est à même de présenter des articles de lingerie de luxe comme ceux de Simone Perele, Aubade ou Gossard.

— Vous n'êtes pas mariée, n'est-ce pas ?

— Non, répond immédiatement Lainie.

— Hmm, fait la femme. Y a-t-il quelqu'un qui pourrait émettre une objection à ce que vous présentiez des modèles de lingerie ?

— Non, répond-elle.

Pourquoi quelqu'un émettrait-il une objection ? se demande-t-elle.

— Vous pourriez venir passer un entretien ?

— Bien sûr, dit Lainie. Tout à fait.

Elle attend.

— Quand cela vous conviendrait-il ? veut savoir la femme.

Les bureaux de la société Bouton d'Or se trouvent dans un centre commercial de la nationale 41, au rez-de-chaussée entre un magasin d'animaux et une pépinière. Lainie gare sa Geo blanche face à un amoncellement de tondeuses à gazon, d'épandeurs, de tuyaux d'arrosage sur leur dévidoir, d'énormes sacs d'engrais et de semences ainsi que de râteaux, binettes et bêches étiquetés posés contre la vitrine du magasin. Dans l'animalerie de l'autre côté de la société Bouton d'Or, des chiots blancs s'ébattent et un gros chaton au poil soyeux somnole dans le soleil de l'après-midi. Lainie tapote la vitre de sa main. Le chaton ne réagit pas.

Les fleurs peintes sur les baies vitrées des deux côtés de la porte d'entrée ressemblent plus à des tournesols qu'à des boutons d'or. Lainie se demande immédiatement si elle ne pourrait pas proposer à la société de leur dessiner un nouveau logo. Les caractères utilisés ne sont pas, non plus, très élégants. C'est la police la plus simple, Bubble comme la dénomment les graphistes, une typographie ronde qu'un enfant pourrait reproduire en moins de deux, des caractères totalement inappropriés pour une société spécialisée dans la lingerie féminine de luxe. À leur place, elle aurait choisi une police comme **INSIGNIA** (et elle se l'imagine) ou *ZAPF CHANCERY* (et elle se l'imagine à nouveau).

Cependant, elle ignore toujours la vraie nature de cette affaire.

L'homme qui lui fait passer l'entretien doit avoir la trentaine ; il est beau, vêtu d'un costume en lin blanc, de chaussures en cuir verni et d'un polo en coton bleu électrique dont le col est dégrafé. On le croirait tout droit sorti des pages de *Vogue Hommes*, tant ses cheveux noirs plaqués en arrière semblent être d'avant-garde dans la conservatrice Calusa. Il lui indique, en usant d'une grande amabilité, un siège face à son large bureau – constitué d'un plateau en ébène et de pieds en chrome poli – et prend place dans un fauteuil de cuir noir, doté des mêmes finitions chromées que le bureau et grand frère de celui dans lequel Lainie est assise, les jambes sagement croisées. Cette dernière porte un tailleur couleur paille, des collants clairs, un chemisier en soie vert mousse et des sandales à talons hauts de la même couleur. La pièce est décorée modestement mais avec goût, des reproductions modernes sont accrochées aux murs, deux Chagall et un Calder. Sur la table de travail, une petite plaque triangulaire en plastique noir indique le nom du recruteur, C. WILSON, en lettres blanches.

– Appelez-moi Chris, propose-t-il en souriant. Vous souhaiteriez donc travailler comme mannequin pour Bouton d'Or ?

– Oui, répond-elle. Mais j'ai quelques questions à vous poser au préalable.

– Je vous en prie, l'invite-t-il. Que désirez-vous savoir ?

– Eh bien, cela n'implique aucun déplacement, n'est-ce pas ?

– Qu'entendez-vous par déplacement ? Parce que vous devrez venir et repartir entre chaque séance, bien évidemment. Vous avez un moyen de transport ?

– Oui, j'ai une voiture.

– Très bien.

– Non, je voulais dire des déplacements en dehors de la ville, reprend-elle. Est-ce que le poste requiert... ?

– Ah non ! Non, absolument pas, l'interrompt-il en la rassurant d'un large sourire. Toutes les séances ont lieu ici à Calusa. La plupart d'entre elles se tiennent d'ailleurs à Tamiami Trail.

Il désigne ainsi la nationale 41, ce qui convient à Lainie dans la mesure où en prenant ce job, elle espère passer la plupart de la journée dans son atelier de North Apple Street à créer des jouets. Cela semble parfaitement convenir à M. Wilson, enfin à Chris, puisque les séances sont prévues de midi à quatorze heures et qu'elle peut décider de son emploi du temps en fonction de ses disponibilités et de ce qu'elle souhaite gagner...

– En fait, les horaires sont très souples, ils dépendent de vous, Lainie... si vous me permettez de vous appeler par votre prénom, dit-il. Un très joli nom, d'ailleurs, si vous souhaitez l'utiliser.

– Pardon ? fait-elle.

– Certains de nos mannequins préfèrent utiliser des noms d'emprunt.

– D'emprunt ?

– Autres que les leurs.

– Pourquoi cela ? demande-t-elle.

– Des petites manies personnelles, laisse-t-il entendre en haussant les épaules.

Elle ne soupçonne toujours rien.

À ce stade du récit, Matthew et Frank ont déjà oublié le large sourire de M. Wilson. Même Andrew le novice semble avoir pigé. Mais Lainie, à l'en croire, se trouve encore dans une ignorance béate.

– Nous requérons un minimum de quatre heures de travail par jour.

Ce qui lui convient parfaitement. Quatre heures par jour dans une semaine de cinq jours font vingt heures par semaine et à raison de trente dollars de l'heure, on arrive à six cents dollars par semaine. Ses frais fixes sont de l'ordre de deux mille cinq cents dollars par mois, donc en fait, ça irait, particulièrement si on lui laissait le choix de sa...

– Il devrait y avoir de la lingerie à votre taille dans la cabine d'essayage, déclare M. Wilson.

Ou plutôt Chris.

Elle lui adresse un clin d'œil.

– Nous n'avons que les plus grandes marques, ajoute-t-il, Felina, Lejaby, Jezebel, La Perla et je souhaiterais que vous essayiez quelque chose pour moi. Juste un soutien-gorge, un porte-jarretelles et une culotte, de la couleur de votre choix. Vous trouverez également des bas assortis. Indiquez simplement votre pointure à Clarice...

Qui est donc Clarice ? se demande-t-elle.

– ... qu'elle vous apporte aussi une paire de talons hauts, conclut-il avec un large sourire.

– C'est-à-dire... vous voulez que... que je fasse un essayage tout de suite ?

– S'il vous plaît.

– Eh bien, en fait... je ne savais pas que je...

– Si vous préférez nous recontacter une autre fois...

– Non, non. C'est juste que...

– Comme vous désirez, dit-il.

– Heu... vous souhaitez que je revienne dans votre bureau ? demande-t-elle. Une fois habillée ?

– Oui, s'il vous plaît.

Une fois déshabillée plutôt, pense-t-elle.

– Avec des dessous intimes ? demande-t-elle à nouveau.

Avec des sous-vêtements, se dit-elle. Avec *leurs* sous-vêtements, en vérité. Avec une ligne de sous-vêtements coûteux de chez Bouton d'Or. Mais elle pense aussi aux trente dollars de l'heure.

Il sourit toujours.

À partir de trente dollars, se remémore-t-elle.

– Eh bien..., fait-elle.

– Peut-être préférez-vous y réfléchir ? demande Chris tout en se levant.

– Non, non, répond-elle. J'imagine que vous devez vous assurer de mon physique.

– Seulement si vous le désirez.

– Oui, d'accord.

– Puis-je demander à Clarice de venir ?

– Bien sûr.

– Qu'elle vous montre où se trouve la cabine d'essayage ?

– Bien sûr.

Clarice, apprend-elle, est une étudiante de dix-neuf ans qui a abandonné ses études pour pouvoir gagner suffisamment d'argent afin de s'installer à Jackson dans le Wyoming, « loin de cette chaleur dingue » comme elle dit. Là-bas, elle aimerait devenir monitrice de ski, bien qu'elle n'ait jamais mis les pieds sur des skis. Elle raconte à Lainie qu'elle ne donne un coup de main ici qu'une fois par semaine, parce que Chris et elle ont une petite aventure en ce moment, mais que la plupart du temps, elle est mannequin sous le nom de Kristal à l'occasion de séances qui se tiennent à l'angle de South Trail et de Beaver[1] Street. « Quelle ironie du sort que ce soit dans cette rue, n'est-ce pas ? » dit-elle en lui adressant un éclatant sourire d'adolescente ; et Lainie, gentille petite fille à la vue déviante, qui a grandi en chantant des cantiques dans la petite ville de Winfield au fin fond de l'Alabama, continue à ne se douter de rien.

Clarice lui explique finalement que la société Bouton d'Or est une chaîne de magasins spécialisés en lingerie féminine, tous situés en bordure de la nationale 41. Ils s'appellent Satin et Dentelle, Lingerie Nocturne, Soie et Jarretelles ou Fantasmes de Dentelle et vendent soi-disant de la lingerie. Dans ce but, la chaîne

---

1. En argot américain, *beaver* (« castor ») signifie « foufoune », « chatte » (N.D.T.).

emploie ce que Clarice appelle « un essaim de jeunes filles » afin de présenter les articles à de potentiels clients. Tous sont des hommes qui payent un droit d'entrée de cinquante dollars pour avoir le privilège de contempler, pendant une demi-heure, ces filles en petite tenue. Sur les cinquante dollars, la maison en perçoit trente-cinq et les filles quinze. La séance d'une heure coûte quatre-vingt-quinze dollars, dont soixante-cinq reviennent à l'employeur. Les séances ont lieu dans de petites pièces – deux dans certains magasins, plus ailleurs – attenantes au showroom principal. Elles sont équipées d'estrades sur lesquelles défilent les filles. Jamais personne n'achète de lingerie.

Les hommes qui fréquentent ces endroits payent pour différentes prestations...

– Il est interdit de toucher, déclare Clarice. Enfin en théorie.

... des prestations allant du striptease où chaque vêtement enlevé coûte au client dix dollars supplémentaires, en passant par le fait de se déshabiller à son tour pendant que la fille se laisse regarder, facturé dix dollars de plus, jusqu'à se masturber pendant que la fille allongée sur l'estrade écarte les jambes...

– Vingt dollars pour ce privilège, explique Clarice.

... qu'elle prenne le pénis du client entre les seins,...

– Ce n'est pas considéré comme toucher, poursuit Clarice, dans la mesure où ses mains ne sont jamais en contact avec le sexe.

... et qu'ensuite elle le caresse de sa poitrine, si je peux m'exprimer ainsi, jusqu'à ce que le client ait un orgasme, ce qui lui en coûtera encore cinquante dollars. Comme ça a lieu, en général, après que la fille a retiré son soutien-gorge contre dix dollars, elle gagne ainsi soixante dollars de plus pour une seule demi-heure. Entre nous, on appelle ça la corvée des nichons, mais ça nous rapporte quand même soixante-quinze dollars en tout, voire quatre-vingt-dix pour une heure entière. Les filles préfèrent négocier dès le départ le type de prestations qu'elles vont avoir à effectuer, en prenant soin d'expliquer qu'il n'est pas question de sexe et que la loi interdit formellement de toucher.

– Certains types aiment se branler tout en regardant le striptease, confie-t-elle, ils veulent qu'on les allume, tu sais, ils adorent balancer les billets de dix dollars sur l'estrade en t'ordonnant d'enlever un vêtement de plus, ils se prennent ainsi pour de gros businessmen. D'autres attendent juste que tu enlèves ta culotte et que tu montres tout pendant qu'ils s'astiquent. Y a des filles qui m'disent qu'en fait, elles préfèrent la corvée des nichons parce qu'au moins, elles sont pas juste à remuer des fesses pendant que le gars se tripote. Peut-être qu'elles ont les seins très sensibles, moi pas. Personnellement, j'aime pas. Même sans rien ressentir. Beurk. Y a des semaines où j'me fais trois à quatre mille dollars, ça dépend de combien d'heures je veux travailler et jusqu'où je veux aller parce que, entre toi et moi, quand personne ne regarde, j'exclus pas une branlette ou même une pipe si le gars est mignon et qu'il paye. Ça ne veut pas dire qu'on est obligé de faire ce qu'on a pas envie de faire. En fait, t'es payée pour présenter de la lingerie, et si tu ne veux pas en faire plus, le type vient, il s'assoit et tu lui présentes la lingerie qu'il souhaite. Point final. Il y a un paravent dans la pièce, tu peux t'habiller et te déshabiller derrière, et tu te fais tes quinze dollars de la demi-heure et tes trente de l'heure, toujours mieux que ce que tu gagnerais en bossant dans un McDo, sois-en certaine. Quelle est ta pointure ?

Tout d'abord, Lainie est stupéfaite.

Elle écoute le monologue de Clarice tout en passant un porte-jarretelles, une petite culotte et un Wonderbra noirs, puis en fixant des bas nylon de la même couleur aux pressions du porte-jarretelles. Elle écoute abasourdie, en se demandant ce qu'elle est supposée faire lorsqu'elle retournera dans le bureau de M. Wilson. Dans le bureau de Chris. Chris qui a une « petite aventure » avec Clarice. Va-t-elle être obligée, elle aussi, de lui offrir une petite démonstration pour lui prouver qu'elle est capable de faire rentrer du fric dans l'un de ses petits temples du sexe ?

Elle est déjà passée devant ces petits magasins des rues piétonnières qui longent Tamiami Trail et dont le discret néon orange en vitrine indique OUVERT, mais elle était persuadée qu'ils vendaient vraiment de la lingerie féminine et que les « mannequins » étaient de vrais mannequins présentant des défilés d'un magasin à l'autre. Calusa est, quand même, la ville où l'on arrête les femmes lorsqu'elles portent des maillots de bain trop provocants. C'est aussi la ville où un célèbre comédien a été arrêté pour s'être masturbé dans un cinéma pornographique. Comment ces bordels à peine camouflés peuvent-ils donc être autorisés à fonctionner ? Car ce sont des bordels. Et, en fait, on lui demande de faire la pute. Enfin, si elle ne se contente pas de présenter les modèles de lingerie aux charmants gentlemen de passage.

En prenant les escarpins à talons aiguilles des mains de Clarice, elle se rappelle qu'elle vit dans le pays où le docteur Jocelyn Elders a été démise de sa fonction de ministre de la Santé lorsqu'elle a osé suggérer qu'on enseigne aux écoliers ce qu'était la masturbation. Attention, pas qu'on leur enseigne *comment* se masturber, personne n'aurait même émis cette idée. Elle se souvient aussi qu'ici même, à Calusa, le célèbre comédien a été reconnu coupable du crime atroce qu'il avait commis – alors que le cinéma est toujours ouvert et projette encore des films cochons. Voilà l'Amérique.

Pourtant, elle a besoin d'argent.

Le lundi soir suivant, elle commence à travailler sous le pseudonyme de Lori Doone dans un magasin du nom de Secrets de Soie et, en l'espace de six heures, de vingt heures à deux heures du matin, elle gagne quatre-vingt-dix dollars sans avoir eu à enlever une seule fois le moindre vêtement et sans avoir touché quiconque, ce qui, elle le rappelle, est strictement interdit par la loi.

– *Et que dirais-tu de te toucher toi ?*

– *Non, nous ne sommes pas autorisées à le faire.*

– *Je t'offre cinquante dollars si tu enlèves ta culotte et que tu me montres comment tu te tripotes.*

– *Je suis navrée mais nous n'y sommes pas autorisées.*

– *Jenny le fait quand j'lui demande.*

– *Elle serait renvoyée si on s'en apercevait.*

– *Allez, qui veux-tu qui le sache ?*

– *Ils font des contrôles-surprises.*

– Combien de temps avez-vous fait cela ? demanda Frank.

– Seulement jusqu'à ce que je tourne la vidéo.

– Que voulez-vous dire ?

– Un soir, un photographe est venu.

– Quel était son nom ?

– Pourquoi tenez-vous à le savoir ?

– Laisse, Frank. Nous ne sommes pas obligés.

– Très bien, puisque nous ne sommes pas obligés. Racontez-nous ce qui s'est passé.

– Il m'a dit que je pourrais gagner beaucoup si j'acceptais d'être filmée.

– Pour cette vidéo ?

– Oui. Pour cette vidéo.

– Vous saviez de quel genre de film il s'agissait ?

– J'avais une idée, oui.

– Quand avez-vous exactement compris ce qu'il avait en tête ?

– Il l'a dit explicitement.

– Quand ?

– Le soir même. Il payait bien.

– Combien vous a-t-il proposé ?

– Mille dollars. Pour une demi-heure de travail. Ensuite, il en a fait un montage de quinze minutes. Il y avait trois autres filles dessus. Je les connais toutes, l'une d'elles n'a que seize ans.

– Quand a-t-il tourné la vidéo ?

– La même semaine.

– Où ?

– Il a un studio de photographe pas loin d'ici. Dans la Wedley Street.

– Vous a-t-il payé ?

– D'avance.

– Quel usage de la vidéo pensiez-vous qu'il allait faire ?

– Il disait qu'il y avait des collectionneurs de ce type de... eh bien... de ce type de spécialités, il appelait ça. Nous avons toutes... enfin... vous avez vu la vidéo.

– Apparemment, Brett aussi l'a vue.

– J'ignore comment il est tombé dessus.

– En tout cas, il est tombé dessus.

– De toute évidence.

– Vous avez dit qu'il ne vous l'avait pas montrée ?

– Non, il m'a juste fait voir la boîte. Je me doutais bien qu'il avait également la cassette en sa possession. Il n'aurait pas essayé de me faire chanter sinon.

– Savez-vous ce que l'accusation ferait de cette vidéo si elle en connaissait l'existence ? S'ils savaient qu'elle se trouvait à bord du bateau de Toland le soir où vous vous y êtes rendue ? Le soir où il a été tué ?

– Oui, répondit Lainie. Je suis consciente de ce qu'ils pourraient en faire.

– Ils prétendraient que vous l'avez tué pour récupérer cette foutue cassette !

– Oui, mais ce n'est pas le cas.

– Ils prétendraient...

– Toujours est-il que je n'ai pas récupéré la cassette, n'est-ce pas ?

– Là, elle a marqué un point, Frank.

– Pourquoi toi, Matthew, l'as-tu prise ?

– Je n'avais aucune raison de ne pas le faire.

– Aucune raison ?

– Aucune rais... ?

– Merci Andrew, on a compris.

– Et si on parlait de détournement de preuve ? D'obstruction au bon fonctionnement de... ?

– Mais qu'est-ce que tu racontes ? l'interrompis-je. Lainie a déjà été mise en accusation, le grand jury a rendu son verdict et personne ne m'a dit que je n'avais pas le droit de relever des preuves sur le lieu du crime. Depuis quand ne suis-je plus autorisé à en réunir le maximum pour assurer la défense d'un client ?

– Tu as l'intention de soumettre cette vidéo à la cour ?

– Écoute, Frank. Il n'y a aucune obligation de présenter à la cour toutes les preuves que nous n'allons pas utiliser.

– Ce qui ne change rien au fait que tu aies pris ce film sur le bateau sans autorisation préalable et sans...

– Je relevais des preuves dans un lieu où a été commis un crime. Le procureur n'est pas le seul habilité à le faire, que je sache ? Frank, on est en Amérique quand même.

– Arrête tes conneries, rétorqua Frank. Tu as pris cette cassette vidéo pour t'assurer que Folger ne tomberait pas dessus.

– Non, j'ai relevé des preuves afin de les soumettre à ma cliente...

– Foutaise.

– ... et de pouvoir l'interroger à ce sujet. Ce que nous venons d'ailleurs de faire. Tu aurais peut-être préféré que Folger nous prenne de court un peu plus tard ?

– Comment diable pourrait-il nous prendre de court avec quelque chose dont il ignore l'existence ?

Ce qui subitement m'inquiéta.

– Lainie ? dis-je. Je suppose qu'il existe d'autres...

– Je suis persuadée que oui, me répondit-elle sans hésiter.

– Hein ? fit Frank.

– Des copies, expliqua-t-elle.

– Dans ce cas, déclara-t-il, quel est le nom de ce photographe ?

9

Le photographe s'appelait Edison Alva Farley Jr., et il expliqua immédiatement à Guthrie qu'on lui avait donné ce nom en l'honneur de Thomas Alva Edison, l'inventeur, entre autres, de l'ampoule à incandescence et de la caméra cinématographique.

L'arrière-grand-père de Farley, John Winston Farley, vivait à West Orange dans le New Jersey lorsque Edison y avait installé son laboratoire en 1887. Rapidement, les deux hommes étaient devenus des amis et le fils de John Winston, Arthur, âgé à l'époque de douze ans et plus tard grand-père de Farley, avait voué une véritable admiration à l'inventeur. Au début du siècle, alors qu'Arthur était âgé de vingt-cinq ans, sa jeune épouse avait mis au monde un petit garçon qu'ils avaient sur-le-champ baptisé Edison Alva, hésitant à lui attribuer carrément le prénom de Thomas Alva Edison qui, joint à leur nom de famille, aurait donné la séquence peu heureuse de Thomas Alva Edison Farley. Le premier Edison Alva Farley était devenu le père de l'actuel Edison Alva Farley, Jr.

— C'est ainsi que s'opère en Amérique le miracle de l'attribution des prénoms, décréta Farley. Même si tout le monde aujourd'hui m'appelle Junior.

Guthrie, qui s'y connaissait en métamorphoses de noms de baptême, pour ne pas parler des surnoms, serra la main que le photographe lui tendait en déclarant qu'en ce qui le concernait, tout le monde aujourd'hui l'appelait Guthrie.

— Que puis-je faire pour vous ? demanda Farley. Des photos d'identité ? Un portrait à envoyer à votre fiancée de Séoul ? Il adressa, à ce propos, un clin d'œil à Guthrie que ce dernier lui retourna sans avoir pour autant saisi le trait d'humour.

– En fait, ce dont j'ai besoin, commença Guthrie, c'est d'obtenir des informations sur une vidéo que vous avez réalisée en mars dernier.

– À l'occasion d'un mariage ? s'enquit Farley. D'une cérémonie de remise de diplôme ?

– Non. Il s'agissait d'une séance privée avec une dame. Elle seule face à la caméra.

Farley le regarda.

– Vous ne vous souvenez pas avoir réalisé une telle vidéo ? demanda Guthrie.

Guthrie savait bien qu'en mars dernier, Farley avait filmé Lainie Commins, alias Lori Doone, lors d'une séance d'une demi-heure qu'on aurait pu qualifier de compromettante, sinon de cochonne. Il laissa quelques minutes à Farley pour s'en souvenir. Il était toujours recommandé de laisser chauffer l'eau de la cafetière avant d'y verser le café.

Il y avait, d'ailleurs, une cafetière en train de bouillir sur une petite plaque chauffante quelque part dans un coin du studio de Farley, bien que le photographe ne lui ait pas encore proposé une tasse de café. Le studio se trouvait dans un ensemble d'immeubles à l'angle de Wedley Street et de la 3e Rue, près du centre commercial de Twin Forks dans le cœur de la ville. La création de cette grande surface s'était révélée un désastre. Il était question de la transformer en un immense garage qui pourrait accueillir tout le parc automobile du « centre-ville », même si personne n'ignorait qu'il n'existait plus de centre-ville à proprement parler depuis que tous les commerces s'étaient transférés au sud de Tamiami Trail dans des centres commerciaux plus prospères que celui de Twin Forks.

L'atelier était plutôt petit, comme c'était le cas de la plupart des locaux de ces grands ensembles en vogue ces dernières années, construits majestueusement avec de petits moyens. Une baie vitrée donnant sur une cour intérieure diffusait une lumière agréable. Un des murs était recouvert d'étagères sur lesquelles étaient posés toute une série d'appareils photos, des pellicules et une chaîne hi-fi comprenant un lecteur de cassettes, un tuner, un lecteur de disques laser, une platine pour 45 et 33 tours ainsi que deux baffles géantes. Guthrie n'avait jamais vu un studio de photographe qui ne soit pas équipé d'un matériel stéréo coûteux. D'ailleurs, des drogués cambriolaient souvent ces commerces, plus pour voler l'équipement hi-fi, facile à receler, que pour piquer le matériel photographique gravé, la plupart du temps, d'un numéro d'identification. Le long d'un troisième mur, une rampe de lumières servait à éclairer une toile de fond sans couture contre laquelle était posé un tabouret.

– Est-ce que le nom de Lori Doone vous dit quelque chose ? demanda Guthrie.

– Monsieur Lamb, je fais des centaines de vidéos, rétorqua Farley d'un ton agacé. Je n'ai pas les moyens de me souvenir des noms de tous mes sujets.

On dirait les propos d'un monarque omnipotent, pensa Guthrie.

– Pendant la guerre du Golfe, commença Farley, j'ai dû réaliser une centaine de vidéos. En janvier 1991, lorsque là-bas ça a commencé à chauffer, je ne pouvais même plus en faire le compte. Je ne sais pas comment ils les visionnaient, je suppose qu'ils avaient des magnétoscopes dans le désert, non ? d'après vous ? Sinon pourquoi toutes ces femmes seraient-elles venues demander à un photographe professionnel de réaliser des vidéos ? J'avais des filles qui souhaitaient adresser des messages sensuels à leurs petits amis, des épouses qui voulaient séduire leur maris si loin là-bas, des mères même, désireuses d'envoyer quelque chose de plus personnel qu'une lettre. J'ai eu toutes sortes de personnes qui sont venues me trouver.

– Ce n'était pas pendant la guerre du Golfe, fit remarquer Guthrie.

– Je sais. Je disais ça comme ça.

– Et Lori Doone n'est pas venue vous trouver, poursuivit Guthrie.

– Ah bon ? Alors pourquoi... ?

– Vous êtes allé la chercher.

Farley le regarda à nouveau. D'un regard pesant et dur cette fois-là.

– Vous êtes de la police ? demanda-t-il d'une voix subitement circonspecte.

– Non, répondit Guthrie en tirant de son portefeuille sa carte de détective. C'est une affaire d'ordre privé, dit-il en clignant de l'œil comme Farley l'avait fait en évoquant la future épouse coréenne. Notre conversation est entièrement confidentielle.

– Hmm, fit Farley sans lui retourner son clin d'œil et en s'attachant à mettre dans ce grommellement toute la froideur d'un fjord de Norvège.

– Je peux peut-être vous rafraîchir la mémoire, proposa Guthrie.

– J'aimerais bien, oui.

– Lori Doone présentait des modèles de lingerie dans un endroit appelé Secrets de Soie sur South Trail.

– J'connais pas, jeta Farley.

– En mars dernier ?

– En mars dernier ou à n'importe quel autre moment de l'année.

– Vous vous y êtes rendu un soir...

– Non, c'est faux.

– ... et lui avez demandé si elle accepterait de poser en lingerie fine pour une vidéo que vous étiez en train de réaliser. Vous lui avez ensuite proposé de la payer...

– Ce sont les gens qui me payent, moi, pour ce travail, pas le contraire.

– ... de la payer mille dollars, poursuivit Guthrie sans se troubler, si elle acceptait...

– C'est ridicule.

– ... de se masturber devant l'objectif pendant une demi-heure.

– Vous êtes mal...

– Pendant que vous filmiez.

– Désolé, mais vous êtes mal informé.

– Il y a trois autres filles sur la vidéo, monsieur Farley.

– Je n'ai aucune idée de ce dont vous parlez.

– J'ai leurs noms. Elles travaillent toutes pour la société Bouton d'Or. Je peux les retrouver sans difficulté.

Farley resta silencieux pendant un moment. Puis il demanda :

216

– Qu'est-ce que vous cherchez au juste, monsieur Lamb ?

– Je vous l'ai dit. Des informations.

– Ah bon ! Et moi qui pensais que c'était de l'argent.

– Erreur.

– Quel genre d'informations ?

– Combien avez-vous fait de copies de la vidéo ? Combien en avez-vous vendues ? Avez-vous encore l'original en votre possession ?

– Rien de tout ça ne vous regarde.

– D'accord. Mlle Doone dit qu'une des filles sur la cassette n'a que seize ans.

– Pas à ma connaissance.

– Ah tiens, vous vous souvenez de la vidéo à présent ?

– Vous voulez combien, monsieur Lamb ?

– Dites-le encore une fois et je vais vraiment me fâcher.

Farley le regarda.

Guthrie lui adressa un signe de tête encourageant.

Farley continuait à le fixer du regard.

Puis il lâcha un soupir.

Guthrie attendait.

– J'ai fait et vendu cinquante copies, finit-il par reconnaître.

– À combien la copie ?

– Vingt dollars. Un prix très raisonnable pour une vidéo d'une demi-heure.

– J'en suis convaincu.

– Et d'une qualité de professionnel.

– Quelqu'un trouve à y redire ?

– Moi. J'espérais en vendre cinq cents.

– Vous n'avez fait que cinquante copies, mais vous espériez...

– J'ai fait des copies en fonction des commandes. J'suis peut-être stupide, mais pas à ce point. J'avais un investissement initial de quatre mille dollars, mille à chaque fille qui posait. Plus le coût du matériel. Et mon temps. Et les boîtes d'emballage. J'ai imprimé la photo de couverture moi-même. Et même avec ça, une fois les comptes faits, j'en avais pour environ cinq mille dollars. Donc, j'me suis dit que si j'arrivais à vendre cinq cents copies, je ferais cent pour cent de profit. Les producteurs de chez Espresso font dix fois ce chiffre.

– À qui avez-vous vendu les cassettes ?

– Qu'est-ce que j'en sais ? J'ai mis des annonces de pub dans certains magazines de cul. Ah oui, c'est vrai, j'ai oublié le coût de ces putains de pubs. J'en ai eu probablement pour six à sept mille dollars. Punaise.

– Vous avez vendu certaines copies à des gens du coin ?

– Je ne pense pas.

– Écoutez, vous avez ou vous n'avez pas vendu à des gens d'ici ?

– Il faudrait que je regarde dans mon fichier. J'suis presque sûr que les commandes venaient d'États où il n'y a pas âme qui vive. Vous seriez surpris de constater combien le diable se niche au cœur du pays.

– Et comment envisagez-vous de sauver les meubles ? demanda Guthrie.

– Je voudrais bien le savoir.

– Vendez-moi l'original à prix coûtant.

– Ben voyons.

– Combien alors ?

– Sept mille dollars.

– Pourquoi ne puis-je m'arrêter de penser à cette fille de seize ans ?

– Personne sur la cassette n'a seize ans.

– Demandez à une certaine Candi Lane.

– Sept mille me paraissent raisonnables.

– Cinq mille me semblent encore plus raisonnables.

– Disons six mille.

– Marché conclu.

– En espèces.

– Non, ça, n'y comptez pas.

– Elle n'a vraiment que seize ans ? demanda Farley.

– Je ne savais pas jusqu'à combien je pouvais aller, m'expliqua Guthrie, et je ne voulais pas risquer de perdre l'affaire en m'en assurant d'abord auprès de vous.

218

Je me demandai ce qu'il aurait fait s'il s'était agi de son argent.

– Ça va, dis-je. Je vous ai demandé de récupérer l'original et vous l'avez récupéré.

Je ne savais pas encore que cinquante copies se baladaient dans la nature.

Il me l'apprit à ce moment-là.

– Ouais, fit-il en haussant les épaules.

Six mille dollars, pensai-je. Et cinquante copies qui se promènent tranquillement.

– Il les vendait vingt dollars chacune, expliqua Guthrie.

– On aurait dû le rencontrer avant, murmurai-je.

– Quoi ?

– Il nous aurait vendu tout le lot et la Maison-Blanche avec.

– Je croyais avoir fait une affaire, déclara Guthrie d'un ton quelque peu irrité. Si jamais on avait montré cette cassette à la cour, c'en était fait de Mlle Commins.

– Et à votre avis, si la cour tombait sur l'une des copies ?

– C'est peu probable.

– Mais c'est possible.

– Tout est possible. Gengis Khan pourrait comparaître devant la cour. Mais c'est peu probable. D'autant plus qu'il n'y a qu'une seule autre cassette à Calusa.

– C'est vous qui le dites.

– Oui, j'affirme qu'il n'y a qu'une seule copie ici à Calusa.

– Comment le savez-vous ?

– Farley m'a remis une liste.

– Une liste de quoi ?

– Des personnes qui lui ont commandé une vidéo. Des types de tout le pays. Même des femmes. Seul un client était de Calusa.

– Je peux voir cette liste ?

– Bien sûr, répondit Guthrie en retirant plusieurs feuilles pliées de la poche intérieure de sa veste. J'ai souligné le nom de celui qui nous intéresse.

Je parcourus la première page de noms et d'adresses tapés à la machine. Il y en avait une vingtaine. Aucun d'eux n'était souligné.

– C'est sur la troisième page, indiqua Guthrie.

Je passai directement à celle-ci.

– En haut, dit-il.

Le nom était souligné au marqueur jaune.

– Un Hispanique, fit Guthrie.

Robert Ernesto Diaz.

Evensong II était l'un des plus vieux ensembles d'immeubles de Sabal Key, construit vingt ans auparavant, à l'époque des restrictions et avant que les constructeurs ne commencent à vouloir atteindre le ciel. Regroupés autour d'une crique artificielle et de canaux qui conduisaient à la côte, les immeubles de pierre et de bois à deux étages offraient la sérénité d'un cloître, impression que des bateaux amarrés au bord du canal et dans la crique venaient renforcer. Une légère brise soufflait sur l'eau. Un héron blanc avançait élégamment sur le bord de l'allée qui conduisait à l'appartement 21. Il s'envola subitement alors que je m'approchais. J'avais téléphoné avant de venir. Bobby Diaz m'attendait.

Il me fit immédiatement savoir qu'il était attendu à dîner et qu'il espérait que nous n'en aurions pas pour longtemps. Je le crus sans trop de difficultés car une partie de son visage était recouverte de mousse à raser et qu'il ne portait qu'une serviette de bains nouée autour de la taille. Il m'introduisit dans le salon, m'invita à me servir à boire si j'en avais envie et me dit qu'il n'en aurait pas pour longtemps.

Son appartement donnait sur la piscine de la copropriété. Des jeunes filles en bikini se prélassaient sur des transats ou plongeaient dans le bassin. Un vieil homme vêtu d'un caleçon de bain rouge était assis, les jambes dans l'eau, sur le bord de la piscine et les observait. Je les regardais aussi, du reste. Diaz revint au bout de dix minutes, en boutonnant un polo couleur crème qu'il rentra ensuite dans son pantalon. Il avait taillé sa moustache noire et était fraîchement rasé. Ses longs cheveux noirs encore mouillés étaient coiffés en arrière, dégageant son front. Ses yeux foncés avaient un air suspicieux qui disparut lorsqu'il se mit à sourire.

– Vous ne buvez pas ? s'enquit-il. Je peux vous servir un verre ?

– Écoutez, ça ne va pas être long, dis-je. Je sais que vous êtes pressé.

– Oui enfin, on a le temps de boire un verre, fit-il remarquer.

– Très bien. Vous en prenez un aussi ?

– Bien sûr. Qu'est-ce que ce sera pour vous ?

– Un petit scotch avec de la glace, dis-je.

J'aurais préféré quelque chose de plus élaboré comme un Martini avec des olives, mais Diaz avait un dîner et il fallait que je l'interroge. Il versa du Johnnie Walker sur un fond de glaçons, me tendit le verre et se servit ensuite un gin tonic.

– Santé, dit-il.

– Santé.

Nous commençâmes à boire. Dehors, près de la piscine, l'une des filles se mit à rire à la manière d'une perruche. Diaz était assis face à moi sur un canapé bleu adossé à un mur blanc. L'appartement était aménagé de quelques meubles modernes à l'allure sévère dans des tons bleus et verts. Des coussins et peintures étaient assortis à ce décor. On aurait dit que la rondelle de citron flottant dans son verre en faisait partie.

– De quoi s'agit-il ? demanda-t-il.

– De Lainie, répondis-je.

– C'est ce que vous m'avez dit au téléphone. Mais à propos de quoi maintenant ?

– D'une vidéo, déclarai-je en le regardant.

Aucune réaction n'était visible sur son visage.

– Une vidéo du nom de *Mains désœuvrées*.

Il ne bougeait toujours pas.

J'ouvris mon attaché-case. J'en sortis une photo en noir et blanc que j'avais fait tirer par un photographe professionnel à trois pâtés de maisons de mon bureau. Elle représentait la couverture de la cassette vidéo. La main de Lainie posée sur sa culotte blanche, la chevalière, le titre du film.

– Vous reconnaissez ça ? demandai-je en lui tendant la photographie.

Il la saisit de la main droite et l'étudia.

– Veuillez excuser la photo, commençai-je, mais il se peut que je sois amené à produire la cassette devant la cour.

Ce qui relevait du mensonge pur et simple.

– Et je suis censé être au courant de quelque chose ? demanda Diaz d'un air réellement surpris.

– Vous êtes censé l'avoir commandée auprès d'une société appelée Vidéo Tendances.

– Avoir commandé quoi ?

– La vidéo.

– J'ai commandé une vidéo ?

– Dont le titre est *Mains désœuvrées* et qui met en scène quatre femmes aux noms respectifs de Lori Doone, Candi Lane, Vicki Held et Dierdre Starr.

– Je croyais que vous aviez parlé de Lainie ?

– Tout à fait. Elle utilisait le nom de Lori Doone. Il s'agit d'un porno, monsieur Diaz.

– Un porno, ah d'accord.

– Oui.

– Et vous disiez que j'aurais commandé cette vidéo chez...

– Oui, c'est tout à fait ça.

– Eh bien désolé, mais je n'en ai jamais entendu parler.

– La personne qui a réalisé ce film...

– Navré, mais je n'en ai jamais entendu parler. Un point c'est tout.

– Comment pouvez-vous justifier alors que votre nom figure sur la liste des personnes qui lui ont commandé la vidéo ?

– Je n'en ai aucune idée. En plus, je ne vois pas en quoi acheter une vidéo porno serait répréhensible par la loi.

– Ce n'est pas le propos.

– Bon alors qu'est-ce que..., excusez-moi, monsieur Hope, mais je ne comprends toujours pas la raison de votre présence ici.

– Si nous ne pouvons pas nous entendre...

– Il n'y a pas à s'entendre. Vous ne vous adressez pas à la bonne personne. Je n'ai commandé de vidéo dans aucun magazine et je ne sais pas comment...

– Qui a parlé de magazine ?

– Quoi ?

– Je n'ai jamais parlé de magazine.

– Eh bien, je... je partais du principe que quelqu'un qui faisait de la pub pour une vidéo porno l'aurait...

– Je n'ai jamais parlé non plus de publicité.

Nous nous regardâmes.

– Très bien, dis-je. On peut au moins s'entendre là-dessus ?

– Cela dépend sur quoi il faudra s'entendre ensuite.

– Avez-vous été en possession à un moment donné d'une vidéo dont le titre était *Mains désœuvrées* ?

– Oui.

– Eh bien voilà.

– Et alors ?

– L'avez-vous regardée ?

– Oui.

– Avez-vous reconnu Lainie Commins comme étant l'une des protagonistes de ce film ?

– Oui.

– Quand était-ce ?

– Lorsque je l'ai reçu. Il y a environ une semaine.

– Vous souvenez-vous de la date exacte ?

– Heu oui. C'est arrivé le jour de mon anniversaire.

– Joli cadeau.

– Toujours mieux qu'une cravate.

– Quand était-ce, monsieur Diaz, votre anniversaire ?

– Le 11.

– Septembre ?

– Oui. Le 11 septembre.

– Un jour avant la mort de Brett Toland.

– Heu... oui, c'est possible. J'ai reconnu la bague à l'instant où j'ai regardé la couverture. Lainie la portait en permanence. Je m'suis dit : « Tiens, qu'est-ce que c'est ? »

– Donc, vous saviez qu'il s'agissait de Lainie avant même...

– Eh bien, disons que j'avais des doutes. Et puis quand j'ai vu le film, bien sûr...

– Quand était-ce ?

– Le soir même.

– Le 11 au soir.

– Oui. Un coursier l'avait déposé dans l'après-midi chez le concierge. Je l'ai trouvé en rentrant du travail.

– Donc, vous l'avez regardé ce soir-là.

– Oui.

– Le 11 septembre...

– Exactement.

– Qu'avez-vous fait ensuite ?

– Je suis allé me coucher.

– Ce que je veux dire, monsieur Diaz, c'est quand avez-vous informé Brett Toland que vous aviez vu Lainie Commins dans un porno ?

– J'ignore de quoi vous parlez.

– Moi, je suis convaincu que vous savez de quoi je parle.

– Je n'en ai jamais parlé à Brett.

– Comment la cassette alors s'est-elle retrouvée en sa possession ?

– Je n'en ai aucune idée.

– Vous ne la lui avez pas donnée ?

– Je ne lui en ai même pas parlé.

– Vous l'avez encore ?

– Bien sûr.

– Je pourrais la voir ?

– Je ne me souviens pas où je l'ai laissée.

– Auriez-vous l'obligeance de la chercher ?

– Ce serait volontiers, mais comme je vous l'ai déjà dit...

– Je sais. Vous avez un dîner.

– Oui.

– Monsieur Diaz, déclarai-je en reposant mon verre vide sur la table basse, je vais vous dire ce que je pense : vous avez appelé Brett Toland à l'instant même où vous avez aperçu Lainie sur cette vidéo...

– Non, je suis désolé, je ne l'ai pas fait.

– Vous lui avez dit qu'il n'avait plus de souci à se faire car...

– Il n'avait, de toute manière, aucun souci à se faire. C'était notre ours. Lainie l'avait volé.

– Comment se fait-il que cela vous revienne subitement à l'esprit, monsieur Diaz ?

– Quoi ?

– Comment se fait-il que tout à coup vous établissiez ce rapport ?

– Parce que Brett ne pouvait se soucier d'autre chose que de la plainte mensongère déposée par Lainie.

– Donc désormais, il n'avait plus à s'en soucier, n'est-ce pas ? Puisque vous aviez un enregistrement de Lainie en train de se masturber.

– Je vous en prie.

– Comment ? Ce n'est pas ce qu'elle fait, monsieur Diaz ?

– Oui bon, mais enfin...

– Que se passe-t-il ? Le mot vous gêne ?

– Non, mais...

– L'acte peut-être vous dérange ?

– Non, mais...

– C'est vous qui avez commandé cette vidéo, vous savez ?

– Je sais bien. Mais les agissements d'un adulte en privé...

– Ah.

– ... ne sont pas obligatoirement matière à discussion.

– Vous pensez que M. et Mme Tout-le-monde achèteraient un ours en peluche à quelqu'un qui se masturbe dans un porno ?

– J'ignore ce que M. et Mme Tout-le-monde achèteraient.

– Pourtant, vous créez bien des jouets pour M. et Mme Tout-le-monde, que je sache ?

– Je crée des jouets pour les enfants.

– Les enfants de M. et Mme Tout-le-monde.

– Je vous répète que je n'ai jamais discuté de tout ça avec Brett Toland.

– Vous ne lui avez jamais confié avoir regardé, le jour de votre anniversaire, Lainie Commins en train de se masturber ?

– Le fait que c'était mon anniversaire est une pure coïncidence.

– Vous ne l'avez jamais appelé pour lui dire : « Eh Brett, devine un peu ce que je regarde » ?

– Jamais.

– Vous ne lui avez jamais donné cette cassette ?

– Jamais.

– Vous ne lui avez jamais dit qu'il avait désormais un bon moyen...

– Jamais ! Il n'avait pas besoin d'un bon moyen. Lainie m'a volé le concept de cet ours, c'était le nôtre !

– Quoi ?

– J'ai dit...

– Non, non, attendez un peu, monsieur Diaz. La dernière fois que nous...

– Écoutez, toute cette histoire est franchement ridicule, monsieur Hope. Je n'ai jamais donné cette vidéo à Brett, je n'ai jamais discuté...

– Oubliez l'histoire de la vidéo ! La dernière fois que nous avons discuté, vous avez déclaré que Lainie avait remis des plans de l'ours...

– Non, vous devez avoir mal com...

– Je ne vous ai pas mal compris, monsieur Diaz, et je n'ai compris de travers ni les propos de Brett, ni ceux d'Etta. Vous avez tous toujours prétendu que l'idée de l'ours venait de Brett et qu'il en avait confié la réalisation à Lainie alors qu'elle travaillait encore pour Toyland. N'est-ce pas ce que vous trois affirmiez ? Vous étiez présent à la réunion, monsieur Diaz. N'est-ce pas ce que vous m'avez toujours dit ? Vous étiez là lorsque Brett a fait part de sa brillante idée à Lainie et qu'il lui a demandé de dessiner l'ours loucheur et ses lunettes correctrices. Vous étiez bien présent, monsieur Diaz. C'est ce que vous m'avez dit !

– Oui, j'y étais.

– Très bien. Et vous m'avez également dit qu'elle avait rendu des plans de l'ours à la fin du mois de septembre...

– C'est là que vous vous trompez.

– Ah bon. Et en quoi, je vous prie ?

– Je vous ai dit que j'avais vu des dessins...

– Oui ?

– ... mais que je ne savais pas si c'étaient ceux de Lainie.

– De qui d'autre ces dessins auraient-ils pu... ?

– Il s'agissait d'esquisses, en fait.

– D'esquisses ?

– Oui. D'un ours avec des lunettes.

– Bref, qui d'après vous aurait fait ces dessins, enfin ces esquisses, si vous préférez ?

– Je pensais que Brett pouvait en être à l'origine.

– Je vois, vous pensiez que c'était Brett qui, peut-être, avait fait ces dessins. Donc l'ours était l'idée de Brett et les dessins peut-être de lui, ce qui écartait complètement Lainie de cette histoire, O.K. ? Elle n'a donc jamais dessiné l'ours alors qu'elle travaillait chez Toyland, c'est bien ce que vous affirmez à présent ?

– Je dis que...

– Non, non, monsieur Diaz, vous affirmez à présent quelque chose que vous n'aviez jamais dit précédemment. Vous m'aviez confié avoir vu des plans avant que vous ne...

– Je vous ai dit que je ne savais pas s'il s'agissait de plans.

– Alors qu'est-ce que c'était, bon sang ?

– Des esquisses.

– Quand avez-vous vu des plans ?

– Je vous répète que je ne m'en souviens pas.

– Très bien, monsieur Diaz. Une dernière fois. Il y a quelques instants vous avez dit que Lainie avait volé *votre* concept de l'ours. (Je le foudroyai du regard.) Quel concept ?

– J'ai dit qu'elle avait volé *notre* ours. L'ours qu'elle avait dessiné pour Toyland.

– Non, ce n'est pas ce que vous avez déclaré.

– C'est vous qui allez me dire ce que je raconte, peut-être ?

– Oui.

– Vous faites fausse route, monsieur Hope. J'ai un rendez-vous au Plum Garden à dix-huit heures trente. Il me faut une demi-heure pour m'y rendre et il est déjà dix-sept heures cinquante-cinq. Vous voudrez bien m'excuser...

– Bien évidemment, dis-je en n'oubliant pas de reprendre la photographie et de la glisser dans mon attaché-case.

Le docteur Abner Gaines était juché sur un haut tabouret près d'un comptoir sur lequel se trouvaient des microscopes, des éprouvettes, des pipettes, des becs Bunsen et une douzaine d'autres outils de mesure et instruments scientifiques que j'aurais été bien incapable de nommer. En sa qualité d'unique propriétaire et de principal analyste de Forensics Plus, laboratoire privé avec lequel j'avais déjà travaillé à l'occasion d'autres affaires, Ab était un scientifique avec des critères précis, des habitudes de travail méticuleuses et un professionalisme irréprochable, mis à mal, cependant, par ses cheveux ébouriffés, ses doigts jaunis de nicotine, ses pantalons trop lâches, ses chaussures usées et une blouse de travail tachée de toutes les expériences qu'il avait réalisées dans ce laboratoire.

Il m'attendait et me salua donc, à son habitude, avec l'air bourru et impatient d'un professeur peu désireux de perdre son temps avec des étudiants trop curieux. De fait, il était un prof très occupé à l'université de Floride du Sud.

J'enveloppai ma main dans un mouchoir et lui montrai la photo en noir et blanc de la couverture de *Mains désœuvrées*. Je lui fis voir la boîte de la cassette avec la photographie originale en couleurs et l'ouvris pour lui en dévoiler le contenu.

– Il devrait y avoir toute une série d'empreintes digitales sur la photo, lui dis-je. J'aimerais retrouver les mêmes sur la cassette ou sur la boîte.

– Quand ? me demanda-t-il.

– Hier, répondis-je.

– Tu les auras demain.

Je retournai au bateau ce soir-là.

Les rubans jaunes délimitant le lieu du crime avaient été retirés. Rien ne m'empêchait de franchir la passerelle et de monter à bord, mais je restai sur le quai à regarder le bateau. Si jamais j'avais connu un jour les vers qui suivaient, « Je dois reprendre la mer, solitaire entre flots et cieux », je les avais oubliés depuis mon coma. J'avais, d'ailleurs, oublié beaucoup de choses depuis. J'étais habillé dans la couleur de la nuit. Des jeans, des mocassins, un tee-shirt et un coupe-vent, tous noirs. Une douce brise soufflait sur l'eau et caressait mes cheveux. En respirant l'air salé du golfe, j'éprouvais vraisemblablement les mêmes sensations que John Masefield lorsqu'il avait écrit son poème. Les contours du *Toy Boat* se dessinaient dans le clair de lune d'une nuit profonde. Un homme avait été assassiné à bord de ce bateau. Et ma cliente se trouvait avec lui le soir où il était mort.

J'aurais préféré qu'elle n'ait pas joué dans un film porno.

Mais ce n'était pas le cas.

J'aurais préféré que Brett Toland n'ait pas essayé d'utiliser cette vidéo dans une tentative de chantage éhonté.

Mais, à en croire ma cliente, c'était le cas.

Deux balles dans la tête.

Mais elle persistait à affirmer qu'elle n'était pas la meurtrière.

Je continuais à fixer le bateau du regard, peut-être dans l'espoir qu'il me livre ses secrets. En entendant le cliquetis des drisses contre les mâts métalliques, les vers me revinrent à l'esprit. « Mon seul souhait est un grand bateau et une étoile pour le diriger. » Je faisais des progrès.

— J'peux vous aider, m'sieur ?

La voix me fit sursauter. Je reculai, les poings serrés, les poils hérissés. Je m'attendais à tomber, tel des apparitions cauchemardesques au cœur de la nuit, sur les deux salopards que j'avais déjà rencontrés. Mais au lieu de cela, je faisais face à un petit homme rondouillet vêtu d'un pantalon en polyester gris et d'un tee-shirt bleu avec un logo sur lequel on lisait, écrit en lettres blanches, SILVER CREEK YACHT CLUB. Il tenait dans la main gauche une lampe électrique dont le faisceau décrivait un petit cercle à ses pieds. Je pus, à la lueur de la lune, apercevoir un visage rond et une moustache blanche. Une casquette bleue avec une longue visière. Rien de menaçant sur ce visage. Rien même de toisant.

— Je suis l'avocat de la défense dans l'affaire Toland, expliquai-je. Je voulais juste revoir le bateau.

— Nous avons beaucoup de visiteurs, sembla-t-il se justifier.

— Matthew Hope, me présentai-je.

— Henry Karp, répondit-il.

Nous nous serrâmes la main. Un nuage voila la lune, plongeant le quai dans l'obscurité. Il disparut rapidement. Nous restâmes à contempler les flots. Une nuit de Floride. Des vaguelettes d'argent dansant au clair de lune. Des bruits de bateaux tout autour de nous. Des insectes dans les hautes herbes. Des bruits de septembre.

— J'ai failli ne pas vous voir, dit Karp. Le noir.

— Désolé, fis-je.

— Nuit calme, non ?

— Très calme.

– C'est presque toujours ainsi. Ça ne me dérange pas. Quand c'est calme comme ce soir, on peut entendre les bruits. J'aime bien les bruits de la nuit.

– Moi aussi.

– Vous pensez qu'c'est elle ?

– Non, dis-je.

– Moi non plus, poursuivit-il. Ils ont retrouvé L'Ombre ?

– Pardon ?

– Le type dont je leur ai parlé.

– Quel type ?

– Celui que j'ai vu monter à bord du bateau. Je leur ai déjà raconté.

– Raconté à qui ?

– Aux enquêteurs envoyés par le cabinet du procureur.

Rien n'oblige un procureur à suivre une piste qui ne va pas corroborer sa version des faits et qui va conduire son affaire là où il ne veut pas qu'elle aille. D'un autre côté, il est obligé par la Constitution de révéler toute preuve susceptible de prouver l'innocence de l'accusé. Si ce que Henry Karp me racontait s'avérait, je pourrais argumenter pendant le procès que la police était tombée sur des preuves permettant de disculper l'accusée qui m'avaient été dissimulées et que cela justifiait sur-le-champ, Votre Honneur, une fin de non-recevoir. Le juge tâcherait, sans l'ombre d'un doute, d'avoir un discours conciliant, m'informerait qu'il avertirait le procureur de son omission et, si j'avais besoin d'un peu plus de temps pour produire un témoin, me donnerait, oh, « Quel délai vous paraît correct, maître Hope ? Deux semaines ? Trois semaines ? Ce sera suffisant ? »

Je ne plaiderais bien évidemment pas pour une fin de non-recevoir, à moins que j'aie déjà entrepris, sans succès, de retrouver l'homme dont Henry Karp me parlait à présent, auquel cas deux ou trois semaines supplémentaires ne seraient pas de trop. J'avais l'intention de mettre Guthrie Lamb immédiatement sur cette piste, ou du moins dès que Karp aurait terminé sa description détaillée à souhait.

Il avait aperçu un homme qui ressemblait à L'Ombre, un héros de magazine à sensation, et qui était vêtu d'un pantalon noir, d'une cape noire et d'un chapeau noir à larges bords baissé sur ses yeux. Il était sorti de l'ombre pour monter sur le yacht de Toland.

— C'est pour cette raison que je l'ai surnommé L'Ombre, expliqua Karp. Parce qu'il ressemblait à L'Ombre et qu'il en sortait.

— D'où venait-il ?

— Du parking. Il l'a traversé en se dirigeant directement vers le bateau. Sa cape volant. Son chapeau enfoncé sur la tête.

— Avez-vous vu son visage ?

— Non, j'étais de l'autre côté du parking. Il a grimpé sur la passerelle et avait disparu au moment où je suis arrivé à proximité du bateau.

— Quelle heure était-il ?

— Environ vingt-trois heures quinze. Je suis censé prendre la relève à vingt-trois heures trente, mais j'étais arrivé un peu plus tôt ce soir-là.

Vingt-trois heures quinze. Vingt-cinq minutes avant que les Bannerman n'entendent les coups de feu tirés du bateau de Toland.

— Avant que vous ne le remarquiez, avez-vous aperçu une voiture entrer sur le parking ?

— Non.

— Avez-vous entendu un bruit de portière qu'on aurait ouverte puis fermée ?

— Non.

— Vous avez simplement aperçu cet homme...

— L'Ombre.

— ... à pied, traverser le parking...

— Et monter sur le bateau, oui.

— L'avez-vous vu quitter le bateau à un moment donné ?

— Non. Je passe dans tout le parc, voyez-vous. Je ne surveille pas seulement le port de plaisance. Je fais des rondes régulières dans l'ensemble du yacht-club.

— Vous trouviez-vous encore sur le parking à vingt-trois heures quarante ?

231

– Non, je n'y étais plus. J'étais retourné au club-house à ce moment-là.

– Vous avez entendu des coups de feu provenant du port ?

– Non.

– Et vous dites avoir tout raconté à des enquêteurs envoyés par le cabinet du procureur ?

– C'est exact.

– Quand les avez-vous rencontrés ?

– Le lendemain du meurtre. J'me suis dit que je les mettais sur une bonne piste, vous savez. En ayant vu un type monter à bord.

– C'était leur avis ?

– Ils m'ont répondu qu'ils effectueraient des recherches.

– Vous ont-ils jamais recontacté ?

– Non.

– Vous ne vous souviendriez pas de leur nom, par hasard ?

– Non, j'suis désolé. Mais l'un d'eux avait une balafre sur la joue droite.

La lumière était allumée dans l'atelier de Lainie lorsque j'y arrivai à une heure moins dix du matin. Ayant appelé avant depuis la voiture, je savais qu'elle m'attendait et je fus par conséquent surpris de la trouver en robe de chambre et en pantoufles. Elle m'apprit qu'elle était sur le point d'aller se coucher au moment où j'avais téléphoné, et s'excusa d'être dans une tenue aussi « décontractée ». Nous nous dirigeâmes vers le salon où elle alluma une lampe avant de me proposer un verre que je refusai et de se servir du vin blanc. Je m'assis sur un divan recouvert d'un tissu blanc. Elle s'installa face à moi dans un fauteuil assorti. En croisant les jambes, elle dévoila brièvement l'ourlet en dentelle d'une petite chemise de nuit bleue.

– Lainie, commençai-je, lorsque vous avez quitté le parking à vingt-deux heures trente ce soir-là...

– Ou dans ces eaux-là, rectifia-t-elle.

– Vous avez bien aperçu un véhicule garé près des piliers de l'entrée, n'est-ce pas ?

– Oui.

– Mais vous n'avez vu personne à l'intérieur.

– Non, effectivement.

– Et vous êtes bien certaine de n'avoir vu personne traverser le parking à pied ?

– Absolument. J'ai seulement vu des gens sortir du restaurant.

– Oui, mais eux mis à part.

– Personne.

– Personne qui se serait caché dans la pénombre... qui aurait pu surveiller le bateau... et attendre que vous en partiez ?

– J'aimerais bien pouvoir vous dire ça.

– Quelqu'un qui aurait ressemblé à L'Ombre ?

– Qui est L'Ombre ?

– Le héros d'une bande dessinée. Et d'une émission de radio. Et d'un mauvais film aussi.

– Je n'en ai jamais entendu parler.

– Un homme portant une cape noire. Et un chapeau de la même couleur à bords larges.

– Non. Une cape noire ? Non. Je n'ai vu personne habillé comme ça.

– Lainie, il y a un trou d'environ une heure et demie entre le moment où vous avez quitté le bateau et celui où Etta Toland a trouvé le corps. Si on pouvait mettre quelqu'un d'autre sur ce bateau après votre départ...

– Je comprends tout à fait. Mais je n'ai vu personne.

Il l'avait autorisé à retourner aux toilettes et ils se tenaient à présent en haut, le bateau dérivant doucement, ses feux allumés pour le signaler, bien qu'il n'y eût pas un seul navire à la ronde dans cette nuit étoilée. Ils demeurèrent silencieux pendant un long moment.

Puis, elle soupira : « Je suis désolée. »

Il ne répondit rien.

– Je ne sais pas comment cela est arrivé, Warr, je ne sais vraiment pas. Je me déteste pour avoir été aussi faible.

Il gardait le silence, satisfait qu'elle reconnaisse au moins être à nouveau accro mais conscient que ce n'était que le début, que le plus dur allait venir. À Saint Louis, Warren en avait vu tant perdre la bataille à chaque nouvelle occasion. Sur un plan technique, c'était ce qu'on appelait la rechute. Recommencer sans fin. Décrocher la première fois semblait si simple dans la mesure où il n'y avait pas, et en cela les dealers n'avaient pas totalement tort, d'accoutumance à la cocaïne. Eh, mec, c'est pas de l'héroïne, c'est pas de la morphine, c'est pas non plus un sédatif comme le Rohypnol ou l'Imovane, un tranquillisant comme le Valium ou le Xanax, c'est même pas une bière light, non mec, t'as aucun risque d'être accro à ça.

C'était la vérité.

Il n'existait pas d'accoutumance physique à la cocaïne.

Le mensonge résidait dans l'affirmation qu'il n'y avait rien à craindre, mec, qu'on pouvait décrocher quand on voulait sans douleur et sans mal. Et même cela n'était pas tout à fait faux dans la mesure où lorsque l'on arrêtait de prendre de la coke – lorsque l'on *essayait* d'arrêter –, on ne ressentait aucun des symptômes physiques qui accompagnent l'état de manque, comme avec les opiats, les tranquillisants ou même l'alcool. Il n'y avait pas de tremblements, pas de sueurs, pas de vomissements, pas de contractions musculaires...

– Tu sais... ? commença-t-il avant de secouer la tête et de s'interrompre de lui-même.

– Quoi ? demanda-t-elle.

Une nuit noire et silencieuse les enveloppait.

– Non rien.

– Vas-y, dis-le, insista-t-elle.

– Tu sais d'où vient l'expression « décrocher » ?

– Non. D'où ça ?

– Eh bien, quand on arrête de prendre des opiats, on transpire comme un bœuf et on a des contractions musculaires, un peu comme si tous les membres allaient se décrocher. C'est de là que ça vient.

– Je ne savais pas.

– Ouais, fit-il, avant que la nuit ne les enveloppe à nouveau de sa noirceur et de son silence.

Il n'y avait donc pas de contractions musculaires lorsque l'on décrochait – ou plutôt que l'on essayait de décrocher – de la coke, et pas de chair de poule non plus.

Mais ce que le revendeur de ce poison en ampoule avait oublié de préciser, c'était que la cocaïne créait une dépendance psychologique et émotionnelle, concept trop difficile à saisir par rapport à la sensation d'extase éprouvée quand on en consommait.

Eh oui.

Donc lorsque l'on décrochait de la cocaïne – ou plutôt que l'on essayait d'en décrocher –, on tentait d'oublier pendant une période plus ou moins longue cette sensation d'extase. Il n'y avait aucun symptôme physique de manque. Il n'y avait que la folie.

Il savait qu'il la verrait traverser cette phase, en la retenant sur ce foutu bateau pendant qu'elle était en proie à une dépression et à des envies suicidaires toujours plus grandes. Personne n'avait jamais décroché parce qu'il se trouvait en pleine mer. Mais personne n'avait jamais décroché non plus en restant en ville. Plus tard, elle aurait des choix à faire. Pour le moment...

– Je suis désolée, répéta-t-elle.

Et il la crut.

10

L'enquêteur balafré, dont avait parlé Guthrie Lamb tôt dans la matinée de ce mardi 21 septembre, s'appelait Benjamin Hagstrom. Il informa immédiatement Guthrie de l'origine de sa balafre : c'était le souvenir d'un petit duel au couteau qui l'avait opposé à un cambrioleur douze ans plus tôt, à l'époque où il était agent de police. Le combat avait été quelque peu inégal dans la mesure où le cambrioleur était armé d'un couteau et où Hagstrom n'avait rien d'autre sur lui que son slip. Car le cambriolage avait eu lieu dans son appartement. Il le partageait alors avec une stripteaseuse du nom de Sherry Lamonte, qui devint plus tard sa femme, puis dont il divorça. Guthrie sut tout cela dans les minutes qui suivirent les présentations.

Hagstrom enchaîna sur la nuit du cambriolage à proprement parler. Sherry se dénudait au boulot et lui faisait de même à la maison. Il rentrait tout juste de son service et c'était une nuit d'été étouffante comme souvent à Calusa. Il avait commencé à se déshabiller à la minute où il avait pénétré dans l'appartement et avait laissé tomber ses vêtements à même le sol tout en se dirigeant vers la douche de la salle de bains. Il était en slip lorsque, en entrant dans la chambre à coucher, il se retrouva nez à nez avec un gosse de dix-neuf, vingt ans – qui, en fait, s'avéra avoir dix-huit ans – en train de fouiller dans la commode. Hagstrom avait laissé son arme de service sur une chaise du salon à côté de son pantalon d'uniforme. Le visage du jeune affichait à présent la même surprise que celui d'Hagstrom. Mais à la différence de ce dernier, le cambrioleur possédait un couteau qu'il brandit, comme par magie, de la main droite. Avant que le flic ait pu crier « Arrêtez, police ! » ou encore « Lâche ton couteau, mon vieux, avant d'avoir des problèmes » ou toute autre mise en garde ou sommation dissuasive, le couteau zébra l'espace. Il tendit les mains pour se protéger et eut les deux paumes tailladées. Terrorisé, il battit en retraite et reçut un nouveau coup de couteau sur le côté droit du visage...

– La balafre que j'ai là, montra-t-il du doigt. Pas mal, non ?

En essayant d'éviter à nouveau l'arme blanche, il heurta la commode, aperçut un lourd cendrier en verre posé dessus...

– Je fumais encore à l'époque...

... le saisit prestement et frappa son agresseur sur le nez, puis sur la joue, puis à nouveau sur la tempe droite jusqu'à ce qu'il lâche le couteau. Il y avait du sang partout dans la pièce, du sang qui provenait des mains et du visage d'Hagstrom ainsi que du nez et de la joue du gosse.

– Il a été condamné à vingt ans et il est ressorti au bout de sept. Pour ma part, j'ai eu douze points et un souvenir à vie. À présent, que puis-je faire pour vous, monsieur Lamb ?

– Je vous en prie, appelez-moi Guthrie.

– Parfait. Moi, c'est Benny. Que puis-je faire pour vous aider ?

– Le 13 septembre ? commença Guthrie.

Un point d'interrogation à la fin de la phrase. Sa petite astuce. Parfois, cela fonctionnait. Parfois, il suffisait qu'on les mette sur la voie. Pas cette fois en tout cas.

– Oui, et alors ? demanda Hagstrom.

– Le lendemain du meurtre de Toland ?

– Ouais ?

– Vous étiez au yacht-club de Silver Creek ?

– Ouais...

– J'ai cru comprendre que vous aviez parlé à un veilleur de nuit du nom de Henry Karp qui vous aurait dit...

– J'ai parlé à beaucoup de monde le lendemain du meurtre.

– Oui, mais lui vous a déclaré avoir vu quelqu'un monter à bord du yacht des Toland peu avant que des coups de feu soient tirés.

– Ah bon ?

– Il ne vous a pas dit ça ?

– Et alors ?

– Quelqu'un habillé tout de noir. Comme L'Ombre.

– Vous voulez savoir si le cabinet du procureur a enquêté là-dessus, c'est ça que vous voulez savoir ?

– C'est une question pleine de bon sens, dit Guthrie.

– Et la réponse pleine de bon sens est que nous suivons toutes les pistes dans une affaire meurtrière en cours.

– D'accord, mais avez-vous suivi celle-là ?

– Il me semble que je viens de dire toutes.

– Par conséquent, vous avez essayé d'identifier la personne décrite comme L'Ombre, n'est-ce pas ?

– En premier lieu, monsieur Lamb...

– Je vous en prie, appelez-moi Guthrie.

– En premier lieu, monsieur Lamb, nous avons essayé de déterminer si Karp avait l'habitude de voir des personnages de bandes dessinées surgir des ténèbres. L'Ombre un soir, pourquoi pas Batman ou Joker[1] le lendemain, hmm ?

– Oui, peut-être, accorda Guthrie.

– Nous avons tout contrôlé. Tout jusqu'à l'époque où il était soldat au Vietnam. Sale guerre que celle-là. Elle en a laissé beaucoup avec des visions nocturnes. Mais nous n'avons rien trouvé sur d'éventuels troubles psychiques, déclara Hagstrom, donc il est possible que Karp ait bien vu L'Ombre la nuit du meurtre. Ou quelqu'un qui lui ressemblait.

– C'est possible, acquiesça Guthrie.

– Nous avons tenté de faire corroborer ce témoignage par d'autres. Nous avons interrogé toutes les personnes qui se trouvaient dans les alentours à l'heure où Karp déclare avoir vu la personne monter à bord...

– Vers vingt-trois heures quinze.

– Oui, plus ou moins. Enfin, toujours est-il que personne n'a vu qui que ce soit en noir.

---

1. Un méchant dans le film *Batman*. Le rôle fut interprété par Jack Nickolson (N.D.T.).

— Et les Bannerman ? Ils ont déclaré avoir entendu des coups de feu provenir du bateau vingt-cinq minutes plus tard.

— Nous nous sommes rendus jusqu'à West Palm Beach pour leur parler, dit Hagstrom en haussant les épaules. Rien.

— Donc vous en êtes restés là ?

— Nous en sommes restés là.

— Et s'il existe ?

— Trouvez-le donc, suggéra Hagstrom.

Au lieu de cela, Guthrie alla trouver Nick Alston au service de police de Calusa.

— Où en êtes-vous avec mes empreintes de pneus ? demanda-t-il.

— J'ai appelé Gracie hier soir, dit Alston.

— Ah, vraiment ? Comment ça s'est passé ?

— Vous ne m'aviez pas dit qu'elle était encore accro, fit remarquer Alston.

— Je l'ignorais totalement.

— Je lui ai demandé si elle voulait aller au cinéma ou faire quelque chose dans le genre et elle m'a ri au nez.

— J'en suis navré.

— Je voulais seulement qu'elle me voie sobre, dit Alston.

— Je suis vraiment désolé.

— Ouais, c'est comme ça.

Les deux hommes restèrent silencieux pendant un long moment.

Puis Guthrie demanda :

— Est-ce que ça veut dire que vous ne me ferez pas la faveur de rechercher les empreintes de pneus ?

— Non, c'est juste que je n'en ai pas encore eu le temps, répondit Alston.

Warren attendait derrière la porte verrouillée que Toots ait terminé son petit pipi matinal, lorsqu'il entendit un bateau approcher. Intrigué, il leva les yeux et réalisa alors, le bruit du moteur se faisant de plus en plus proche, que le bateau était sur le point d'aborder le leur. Il se dirigeait vers le pont quand il entendit une voix tintée d'un fort accent espagnol : « Hohé, y a quelcoun à bord ? »

Il grimpa l'échelle qui conduisait au cockpit.

Un barbu qui ressemblait à l'un des bandits du *Trésor de la Sierra Madre*[1] se trouvait déjà à bord. Son sourire découvrait une belle rangée de dents sous une barbe clairsemée. Il portait un pantalon en toile, des sandales et une chemise de pêcheur blanche qui tombait sur son pantalon. Un autre type était appuyé au bastingage d'un bateau de pêche minable accolé au yacht d'Amberjack. Lui aussi souriait. Il n'avait pas de barbe. Il était plus maigre et plus grand que son acolyte trapu. Plus musclé aussi. Il était vêtu d'un jeans et d'un tee-shirt bleu fané. Ils souriaient tous les deux. Ce qui était synonyme de problème. Des hommes qui souriaient étaient toujours synonyme de problème.

– Que puis-je pour vous ? demanda Warren.

– Tú es sol ici ?

Toujours avec le sourire. Un accent à couper au couteau. Warren réfléchissait à l'attitude à prendre, feindre d'être agréable ou ne pas dissimuler son agacement ? On était monté à bord sans même demander la permission, le marin avait le droit d'être en colère, non ? *Sí.* De l'autre côté, ils étaient deux.

– Tú as ún bel bateau, déclara le maigre avant de grimper sur la rambarde du bateau de pêche et de rejoindre le barbu qui se tenait près du tableau de bord. Warren remarqua le couteau de pêche qu'il portait dans un étui attaché à la ceinture.

– Tú es sol ? demanda à nouveau le premier, toujours le sourire aux lèvres.

– Oui, répondit Warren en espérant que Toots ne surgisse pas du fond du bateau. Que voulez-vous ?

Il s'était adressé à eux sur un ton brusque, campé sur ses deux pieds, pour leur faire comprendre qu'ils étaient montés à bord sans son autorisation et qu'il n'appréciait pas vraiment.

– Il bé savoir cé qué nous voulonne, Luis, répéta le costaud.

– Dis-lui, Juan, suggéra le maigre.

– Nous voulonne lé bateau, déclara Juan toujours souriant derrière sa barbe.

---

1. Film d'aventure américain en noir et blanc, réalisé en 1947 par John Huston (N.D.T.).

– C'est vraiment pas de pot pour vous, dit Warren.

– *Qué dices ?* demanda Luis

– Je disais que j'étais détective privé et que vous étiez en train de faire une grosse er...

– Alors arrête-nous, proposa Juan en souriant avant de passer la main sous sa chemise de pêcheur et d'en extirper ce qui ressemblait à un 9 millimètres. Au même moment, Luis tira le couteau de pêche de son étui. Il était plutôt impressionnant.

– Écoutez les gars..., commença Warren.

Juan le frappa de la crosse de son revolver.

Toots savait qu'elle ne devait pas sortir des toilettes.

Elle en avait suffisamment entendu pour comprendre que deux hommes parlant espagnol se trouvaient sur le bateau et avaient fait quelque chose à Warren. Elle possédait quelques connaissances de cette langue car sa consommation de cocaïne l'avait nécessairement amenée à en acheter et à vendre son corps à toutes sortes de gens, des Blancs, des Noirs, des Latino-Américains, des hommes, des femmes, des gays ou des lesbiennes, qu'est-ce que ça pouvait foutre ? Bref, elle en savait suffisamment pour demander « *Cuánto el kilo ? amigo* » ou pour expliquer « *Cinco dólares con la mano. Con la boca, le cuesta diez. Y más de veinte por mi concha prístina, señor.* » C'était une femme d'une telle classe à l'époque...

Le moteur ronflait depuis une demi-heure et elle sentait à présent qu'ils avançaient, bien qu'elle n'ait pu déterminer dans quelle direction. Il y avait bien une fenêtre coulissante dans les toilettes mais à travers celle-ci, elle n'apercevait qu'une eau verdâtre s'étendant à l'infini.

Elle se demandait ce qui arriverait si l'un des deux hommes voulait aller aux toilettes.

La porte était verrouillée de l'intérieur.

Elle continua à dresser l'oreille et à attendre.

Il y avait également un test appelé test de correspondance audiocérébrale dans lequel on émettait un son perceptible par le huitième nerf crânien de l'oreille (le CN VIII, ainsi que le dénommaient Spinaldo et ses confrères) afin de déterminer le temps nécessaire aux ondes pour aller de l'oreille au cerveau et en revenir. Spinaldo m'assura que mes réponses étaient suffisamment rapides, ce qui était bon signe.

Ils ne cessaient de me répéter que tout allait bien.

Mais...

Je souffrais encore de troubles de la mémoire à court terme. Mon esprit enregistrait des messages dont il était incapable de se souvenir quelques heures voire quelques minutes plus tard.

Spinaldo persistait à me dire que cet état irait en s'améliorant.

Mais...

J'avais encore des difficultés à formuler. Je connaissais le mot que je cherchais mais je n'arrivais pas à le prononcer. Spinaldo appelait cela « aphasie ». Moi, j'appelais ça des emmerdements supplémentaires. Il disait que cela passerait. J'essayais de lui dire que je l'espérais, mais le verbe « espérer » me manquait.

Et puis...

Ils me demandèrent un jour de dessiner une horloge en positionnant les aiguilles sur cinq heures. Comme j'accomplissais cette tâche correctement, ils me demandèrent l'heure qu'il était et je leur répondis : « C'est l'happy hour[1] ! » Je reconnais que j'avais là une attitude peu coopérative. Mais j'étais vraiment incapable de dire l'heure qu'il était. Voyez-vous, ils se concentraient sur mes fonctions motrices, sensorielles, mnémoniques et cognitives. Il s'agissait de déterminer tous les problèmes que je pouvais rencontrer dans mes activités quotidiennes (les AQ dans le jargon du métier, à écouter Spinaldo). Des activités telles que s'habiller, se laver, se raser, manger ou... être en charge d'une affaire ! J'établissais des plannings horaires afin de me rappeler ce que j'avais à faire tout au long de la journée. Mais je me montrais vite fatigué, distrait, irascible – « Tu es bien fidèle à toi-même », me reprochait Patricia –, et de plus en plus impatient quant à tous ces tests et à leurs foutues abréviations, le SSEP, le MRI, le SPECT, le VEP et le MERDE ! J'avais toujours des douleurs à la poitrine !

Vous comprenez, on m'avait tiré dessus. À deux reprises. Le début de tous mes ennuis. Et je me remettais de deux blessures

---

1. Heure où les consommations dans les bars sont à moitié prix (N.D.T.).

sérieuses qui m'avaient plongé dans un gouffre profond. Pendant que je passais sur le billard, les chirurgiens avaient effectué une thoracotomie, ce qui, selon les explications de Spinaldo, signifiait qu'ils m'avaient ouvert la cage thoracique ; chouette, non ? Et alors que je n'avais absolument rien ressenti pendant l'opération, je souffrais à présent le martyre, martyre que l'excellente équipe du Good Samaritan Hospital essayait d'alléger en m'administrant par péridurale de la morphine, des anti-inflammatoires et du Tégrétol. En maîtrisant la douleur, je pouvais tousser, ce que Spinaldo affirmait être un des réflexes d'autoprotection du corps les plus importants. Maîtriser la douleur signifiait également plus d'activité et de mobilité. Cela signifiait, par exemple, que j'étais à même de nouer mes lacets tout seul.

Mais j'étais avocat.

Et je voulais reprendre le travail !

Ce mardi-là à midi dix, j'attrapai de justesse Bobby Diaz qui sortait des bureaux de Toyland. Il me signala qu'il se rendait à un déjeuner d'affaires, ce à quoi je répondis que ce ne serait pas long.

— Vous dites toujours que vous en avez pour une minute et on passe systématiquement au moins une demi-heure entre vos mains, me fit-il remarquer.

— Preuve que le temps s'écoule à une vitesse folle quand on est en bonne compagnie, lui répondis-je.

— Quel est le problème aujourd'hui ? demanda-t-il en regardant sa montre d'un air impatient.

Derrière nous se détachait l'immeuble de briques jaunes avec son logo sur le toit. Des employés en sortaient et se dirigeaient vers le parking. Nous étions en plein soleil. Je portais mon costume en crêpe, une chemise blanche et une cravate couleur de sable. Je trouvais que j'avais vraiment l'air d'un avocat. Bobby était vêtu d'un léger pantalon gris, d'un polo bleu pâle et d'une veste blanche en lin dont les manches étaient retroussées. Ils ressemblait aux flics de la série *Miami Vice*.

— Bobby, commençai-je, j'ai envoyé vos empreintes digitales à un laboratoire d'expertise médico-léga...

— Mes quoi ?

– Navré mais c'est la raison pour laquelle je vous ai tendu la photographie.

– La quoi ?

– La copie en noir et blanc. Je suis désolé.

Diaz remua la tête.

– Quelle astuce minable de petit détective privé, lâcha-t-il.

– Je vous l'accorde. Mais vos empreintes sont les mêmes que celles relevées sur la cassette vidéo et sur sa boîte. Il y a donc un lien évident dans cette affaire entre vous et Brett Toland.

– Et alors ? demanda-t-il.

– Eh bien à présent, vous allez peut-être daigner me dire quand vous lui avez remis cette cassette.

– Pourquoi devrais-je ?

– Parce que, quoi qu'il en soit, je vous ferai citer à comparaître.

– Vous allez produire comme preuve une vidéo qui montre votre cliente...

– Les preuves que je décide de verser au dossier, c'est mon affaire. Que la cassette soit ou non importante dans le meurtre de Brett Toland est une autre histoire.

– Et en quoi pourrait-elle avoir de l'importance ?

– Je n'en ai aucune idée, avouai-je. C'est la raison pour laquelle je souhaite vous parler. Qu'en dites-vous ? Maintenant sans formalité ou dans mon cabinet à une date ultérieure avec un magnétophone et en présence de témoins ?

– Il faut d'abord que je passe un coup de fil, dit-il.

– Faites, je vous en prie, l'invitai-je.

Il avait un téléphone dans la voiture, une BMW gris métallisé avec des sièges en cuir noir. Il contacta un restaurant du nom de Manny's Manor à Flamingo Key et demanda à son interlocuteur de prévenir Joan Lensky Robert qu'il ne déjeunerait pas avec lui. Il nous conduisit ensuite à l'angle de Weaver Road et de Tamiami Trail dans un restaurant chinois qui s'appelait Ah Fong et que plusieurs de mes amis parlant l'italien avaient surnommé Ah Fong Gool[1]. Je commandai un des menus du jour à six dollars quatre-

---

1. Jeu de mots entre *gool*, *goolies* signifiant « couilles » et le juron italien *va fan culo*, « va te faire foutre » (N.D.T.).

vingt-quinze composé d'un pâté impérial, d'un poulet aux amandes, de riz blanc et de thé. Bobby, lui, choisit pour la même somme une soupe pékinoise, un steak au poivre, du riz pilaf et du thé. Nous demandâmes tous les deux des baguettes.

Tout en mangeant, nous commençâmes à discuter de la manière dont la vidéo de Bobby avait atterri dans les mains de Brett. Bobby semblait plus intéressé par son steak au poivre que par ce qu'il racontait. Il m'expliqua, presque avec désinvolture, qu'il avait appelé Brett au moment où il avait reconnu Lainie dans le film...

– C'est-à-dire le soir du 11 septembre...

– Oui, mais je ne l'ai pas eu.

– Vous lui avez téléphoné...

– Oui, et je suis tombé, à chaque tentative, sur son répondeur.

– Quand êtes-vous arrivé à le joindre alors ?

– Pas avant le lendemain.

Le lendemain était, par conséquent, le 12 septembre. Ce matin-là à neuf heures, Brett Toland avait comparu devant le juge Santos, accompagné de son épouse et de son avocat. J'étais présent avec ma cliente et mon unique témoin. Nous avions tous quitté la salle du tribunal vers treize heures après que Santos avait ajourné la séance.

– À quelle heure avez-vous pu finalement le joindre ? demandai-je.

– Pas avant l'après-midi.

– Vous lui avez téléphoné à nouveau ?

– Non, je l'ai rencontré. Au bureau.

– Quelle heure était-il ?

– C'était après le déjeuner. Quatorze heures, quatorze heures trente.

– Vous lui avez remis la cassette à ce moment-là ?

– Oui.

– Comment la lui avez-vous présentée ?

– Je lui ai dit que ça pourrait peut-être l'intéresser.

– En quoi ?

– Je lui ai dit savoir qu'il était en procès avec Lainie et penser que la vidéo pourrait revêtir une certaine importance.

246

– Lui avez-vous laissé entendre dans quelle mesure cela pouvait avoir de l'importance ?

– Eh bien, j'ai déclaré que la vidéo pourrait lui être utile.

– En quoi ?

– Eh bien, pour exercer une certaine pression sur Lainie. Je lui ai dit d'y jeter un coup d'œil et qu'il comprendrait tout de suite.

– Lui avez-vous décrit le contenu de cette vidéo ?

– J'ai laissé entendre que l'illustration de la couverture et le titre étaient suffisamment éloquents.

– Avez-vous évoqué la présence de Lainie dans ce film ?

– Non, je voulais qu'il découvre cela lui-même. J'ai juste souligné que la bague ressemblait à celle que Lainie portait.

– La bague sur la photo de couverture ?

– Oui. Sur la boîte.

– Donc, en d'autres mots, vous avez insinué que cette vidéo mettait en scène une femme en train de se masturber et qu'on voyait Lainie Commins sur la...

– Enfin, sa bague plus exactement.

– Vous avez affirmé que c'était la bague de Lainie.

– J'ai dit qu'elle lui ressemblait.

– Donc Brett n'ignorait pas ce dont vous parliez.

– Non, je ne pense pas.

– Il savait à quoi s'attendre en regardant cette vidéo.

– Eh bien, je suppose qu'il savait sur quoi j'avais mis la main.

– Quelle a été sa réaction ?

– Il avait l'air satisfait.

– Lui avez-vous suggéré d'utiliser la cassette comme moyen de mettre un terme au procès ?

– En fait, je lui ai dit qu'une créatrice de jouets pour enfants n'était probablement pas désireuse qu'une telle vidéo se balade dans la profession.

– Vous lui avez dit ça.

– Oui, c'est ce que je lui ai dit.

– Vous avez également insinué qu'il comprendrait ce que vous vouliez dire après avoir vu la vidéo.

– C'est exact.

Les baguettes allaient, dans un rythme régulier, de l'assiette à la bouche, des grains de riz pilaf s'en échappaient et tombaient sur le steak. Il but une gorgée de thé. Il s'agissait avant tout de manger, la vidéo qu'il avait remise à son patron était secondaire. Peu importait, en effet, qu'il se révèle complice d'une affaire de chantage.

— Brett a-t-il visionné la cassette immédiatement ?

— Non.

— Quand l'a-t-il fait alors ?

— Je n'en ai aucune idée.

D'après Lainie, Brett l'avait appelée à vingt et une heure ce soir-là pour l'inviter à venir au bateau. Le prétendu arrangement qu'il devait lui proposer s'était transformé en une tentative de chantage...

— *Et il m'avertit qu'à moins que je retire ma plainte, toute la profession serait informée de l'existence de cette vidéo.*

— *Une bonne manière de foutre votre ours en l'air.*

— *Non. Une bonne manière de foutre ma vie en l'air.*

... une raison suffisante pour commettre un meurtre.

— D'ailleurs...

Il marqua une pause pour avaler un morceau de son steak au poivre.

— ... je n'ai jamais revu Brett après avoir quitté le bureau.

— Quelle heure était-il ?

— Quinze heures. Et je peux vous dire exactement où je me trouvais ce soir-là. Si jamais ça vous intéresse.

— Oui, juste par curiosité, dites voir.

— Juste par curiosité, j'étais au lit avec une femme du nom de Sheila Lockhart dans son appart de Whisper Key. Elle est libre, blanche, elle a vingt et un ans et rien à cacher. Nous avons passé la nuit ensemble, demandez-le lui si vous voulez. J'ai quitté l'appartement à huit heures le lendemain matin.

— Que portiez-vous ?

— Pardon ?

— Que portiez-vous, monsieur Diaz ?

— La même chose qu'aujourd'hui avec une autre chemise.

— Je suppose qu'elle pourra aussi confirmer cela.

– Demandez-le-lui, répliqua Bobby en haussant les épaules. Mademoiselle, lança-t-il à une jolie petite Chinoise habillée d'une robe en soie verte fendue à la cuisse. Je pourrais avoir encore un peu de thé, s'il vous plaît ?

La serveuse s'empressa d'aller en chercher.

Nous restâmes assis, silencieux pendant un moment.

– Quel marché aviez-vous conclu, Bobby ?

– Un marché ? Quel marché ?

– C'est ce que je veux savoir.

– Je n'ai passé aucun marché.

– Vous m'avez dit hier que l'ours était de vous...

– Vous continuez à tout mélanger.

– Quel était le marché ? Vous montriez à Brett comment résoudre tous ses problèmes...

– Écoutez, tout ce que j'ai fait était de lui remettre une cassette vidéo.

– ... et, en échange, il vous attribuait tout le mérite de la conception de l'ours ? C'est cela ?

La serveuse était de retour avec le thé.

Bobby s'en servit.

Il le but en me fixant du regard à travers la tasse qu'il tenait des deux mains.

– Je n'ai pas besoin de m'attribuer le mérite de quelque chose qui a été fait par un autre, fit-il remarquer. J'en tire suffisamment par mon travail.

– Alors que recherchiez-vous ? De l'argent ?

– Je travaille chez Toyland depuis presque quinze ans, expliqua-t-il. Si je pouvais aider les Toland de quelque manière que ce soit...

– Y compris en usant du chantage ?

– Écoutez, quel chantage ? D'autant plus que j'ignorais tout de sa réaction si vous voulez la vérité.

– Qu'est-ce que vous voulez dire ?

– Au moment où je l'ai informé que Lainie se trouvait sur la vidéo. Que je sache, il aurait pu s'en offenser.

– Je ne comprends toujours pas ce que...

– Je ne savais pas comment il réagirait. J'ignorais s'ils avaient encore une liaison.

Je le regardai.

– S'il y avait encore quelque chose entre eux, vous comprenez ?

Un des hommes parlait à présent en anglais juste devant la porte des toilettes. Elle supposa que Warren était assis sur la couchette de l'autre côté. Elle se doutait bien que tôt ou tard quelqu'un aurait envie de pisser. Mais elle n'avait aucune idée de leur réaction quand ils découvriraient que la porte des toilettes était verrouillée.

– Dans quelle direction allons-nous ?

C'était la voix de Warren.

– Eh, *señor*, t'as pas bésoin dé savoir, O.K. ?

– Si au contraire *señor*, j'ai besoin de savoir. Parce qu'on va me contacter et qu'il me faudra indiquer où je suis. C'est pas mon bateau. Le propriétaire va appeler. En utilisant la radio.

– *¡Vale!* Alors on cassera la radio.

– Oui, et puis ensuite, le proprio appellera la gendarmerie maritime. Je vous préviens, il adore ce bateau.

– Alors *tú dovras lui méntir*.

Ils argumentaient sans relâche. Warren essayait de deviner dans quelle direction le bateau se dirigeait et persistait à affirmer que si jamais le propriétaire venait à le contacter par radio, il serait contraint de lui dire qu'il dérivait. Toots conclut vite que Warren était pieds et poings liés – il avait demandé une fois qu'on lui dénoue au moins les liens qui maintenaient ses jambes – et qu'on l'avait traîné jusqu'à la couchette. Enfin, elle supposait qu'il s'agissait de la couchette. En tout cas, sa voix semblait provenir de cet endroit. La voix de l'autre type, elle, allait et venait, parfois forte, parfois atténuée comme s'il faisait les cent pas en s'appuyant de temps à autre contre l'évier, en s'asseyant un instant sur l'une des banquettes faisant face à la couchette ou même en s'adossant à la porte des toilettes ainsi qu'il venait de le faire ; le bois du battant avait craqué sous son poids et Toots, affolée, s'en était écartée.

Elle se demandait si elle devait faire glisser la fenêtre au-dessus du lavabo, retirer la claie et se hisser jusqu'à l'étroite coursive qui contournait le bateau. À cet endroit, celle-ci ne faisait que cinquante centimètres mais à l'avant, elle s'élargissait à environ un mètre cinquante. Elle pourrait sortir par la fenêtre, se rendre à l'arrière du bateau jusqu'au gouvernail et là, frapper le deuxième type de sa chaussure à talon aiguille, par exemple. Il était probablement en haut à conduire le bateau. Car on n'était pas sur le *Queen Mary*[1], on était sur un petit bateau de dix mètres qu'on pouvait embrasser d'un regard. Toutefois, le gouvernail se trouvait juste derrière les toilettes. Il l'entendrait faire coulisser la fenêtre. Il l'entendrait retirer la claie. Il l'apercevrait à la minute où elle sortirait la tête.

Mais que se passerait-il si quelqu'un voulait utiliser les toilettes ?

Seul dans les livres et les films, personne n'avait jamais envie de pisser.

Elle remontait North Apple Street la tête baissée à étudier le trottoir couvert de feuilles. Elle était vêtue d'une petite veste de plage blanche sur un maillot de bain une pièce vert et de sandales assorties à la veste. Elle portait à l'épaule un sac fourre-tout qui frappait contre sa hanche droite alors qu'elle arrivait dans ma direction. Je l'attendais devant chez elle. Je ne l'avais pas prévenue. Je voulais la surprendre.

Toujours sans me voir, elle s'arrêta et fouilla dans son sac à la recherche de ses clés. En levant les yeux pour reprendre son chemin, elle m'aperçut sur le bord du trottoir dans mon costume en crêpe. Elle hésita un instant, puis se dirigea vers moi.

– Bonjour, Matthew, dit-elle.
– Lainie.
– J'étais à la plage.
– C'est ce que m'a dit votre voisin.
– Il fait si beau.
Lorsqu'elle ouvrit la porte, je remarquai qu'elle n'avait pas mis sa chevalière pour aller à la plage. Nous entrâmes dans la maison

---

1. Yacht de la famille royale d'Angleterre (N.D.T.).

où elle commença par poser son sac avant d'enlever sa veste et d'écouter les messages sur son répondeur.

– Lainie, dis-je, nous devons parler.

– Ça alors ! Quel sérieux, fit-elle remarquer. Je suis pleine de sable. Puis-je prendre une douche avant ?

– Je préférerais que nous...

Mais elle faisait déjà coulisser une des baies vitrées qui conduisait à l'arrière de la maison où un petit patio recueillait la lumière du soleil filtrée par une végétation intense. Une douche était installée dans un coin. Elle consistait en une simple cabine de bois avec un rideau en plastique suspendu à une tringle. Ce dernier, translucide, était décoré de grosses marguerites blanches. Une fois tiré, il révélait la pomme de douche, les robinets et un porte-savon. Une serviette de bain blanche était posée sur une barre en bois peinte en bleu à gauche de la cabine. Lainie se pencha en avant, ouvrit l'eau froide et joua avec le robinet d'eau chaude jusqu'à ce qu'elle atteigne la température désirée. Puis elle enleva ses sandales, pénétra dans la cabine et referma le rideau de plastique derrière elle. J'aperçus ses pieds sous le bas du rideau, puis le maillot de bain vert glissant à terre. Derrière le paravent de marguerites, on ne distinguait plus à présent qu'une tache couleur de chair en mouvement.

– Lainie, commençai-je, avez-vous eu une liaison avec Brett Toland ?

Aucune réponse ne me parvint de derrière le rideau. Le contour de son corps bougeait derrière les grosses marguerites. L'eau coulait. J'attendis.

– Oui, répondit-elle enfin.

– Vous voudriez m'en parler ?

– Je ne l'ai pas tué.

– Ce n'est pas le sujet de cette discussion.

Le sujet de la discussion, ou plus exactement le sujet de son monologue, puisque je me contentais d'écouter, traitait d'une relation amoureuse de deux ans commencée peu après que Lainie avait déménagé de Birmingham, dans l'Alabama, pour Calusa et commencé à travailler pour Toyland. Ils y avaient mis un terme peu avant Noël, l'année précédente. Selon Lainie, ils avaient fait preuve, Brett et elle, d'une discrétion inaccoutumée, en limitant leur torride romance à des rendez-vous amoureux en dehors du travail, en ne révélant jamais en public, de quelque façon que ce fût, cette liaison passionnée entre employeur et employée.

Je me demandai, par conséquent, comment Bobby Diaz avait été informé de leur liaison mais je ne relevai pas.

— Avez-vous déjà remarqué, demanda-t-elle, que les hommes mariés mettent souvent un terme à leurs aventures pendant les vacances, lorsque la pression familiale est plus forte ? La veille de Noël, une fois les primes de fin d'année distribuées, il m'a appris qu'il ne voulait plus de cette relation. Joyeux Noël, Lainie, c'est fini. J'ai donné mon préavis de deux semaines début janvier pour pouvoir démissionner. Elle éteignit l'eau. Un bras mouillé sortit de derrière le rideau. Pourriez-vous me passer la serviette, s'il vous plaît ? Je la pris sur la barre et la lui tendis. Toujours dans la cabine, elle entreprit de se sécher.

Silencieusement, je reconstituai une chronologie des événements.

Veille de Noël de l'année passée : Brett met un terme à leur liaison.

Mi-janvier de cette année : Lainie quitte la société.

Le 12 septembre : Brett est assassi...

Le rideau glissa sur la tringle. Lainie était à présent drapée dans la serviette dont elle avait coincé un bout entre ses deux seins. Elle sortit de la cabine de douche, s'assit sur un tabouret et remit ses sandales. De longs cheveux blonds tombaient sur son visage.

— Vous l'avez revu ? demandai-je.

— De temps à autre. Mais nous n'évoluions pas dans les mêmes milieux...

— Non, je voulais dire c'était vraiment fini ?

— Oui, c'était vraiment fini.

— Il ne vous a jamais rappelée...

— Jamais.

— Il n'a jamais demandé à vous revoir.

— Jamais.

— Jusqu'à ce qu'il vous téléphone le soir du 12.

— Oui, enfin, c'était pour affaires, dit-elle.

– C'était vraiment pour affaires ? insistai-je.

– Oui, rétorqua-t-elle en rejetant ses cheveux mouillés en arrière, d'une manière qui me paraissait marquer son agacement. Elle se leva, se pencha dans la cabine pour récupérer le maillot de bain et se dirigea vers l'intérieur de la maison, en balançant le maillot dans sa main droite. Je la suivis.

Il faisait sombre et frais dans le salon.

Quelque part, une horloge sonna trois fois.

L'après-midi s'écoulait.

– Si vous n'avez plus de questions, dit-elle, j'aimerais m'habiller.

– J'ai encore des questions à vous poser.

– Vraiment, Matthew, ça ne peut pas attendre ?

– Je crains que non.

Exaspérée, elle laissa aller son corps et baissa les épaules en soupirant profondément, son œil droit vagabondant encore plus que d'habitude.

– Très bien, qu'est-ce que vous voulez savoir ? lança-t-elle.

– Avez-vous couché avec Brett Toland le soir où il a été assassiné ?

– Oui ! Vous êtes content ? !

11

Enfin, nous y sommes.

Lainie raconte.

Elle me raconte le moment qu'elle a passé à bord du yacht de Toland le soir du 12 septembre, une version revue et corrigée, bien évidemment. Parfois, j'ai l'impression que la vie est à l'image de *Rashomon*. Si vous n'avez pas vu ce film d'Akira Kurosawa, c'est dommage. Il est presque aussi bon que son *Entre le ciel et l'enfer*, inspiré d'un roman à énigmes américain dont j'ai oublié le titre. *Rashomon* traite des différentes manières d'exprimer la vérité. Il traite de la réalité et des multiples façons de la percevoir. Il traite de la nature de la vérité et du mensonge. Il est presque aussi réussi que le petit numéro que Lainie Commins est en train d'exécuter assise, revêtue d'une seule serviette, dans un fauteuil en osier blanc du salon de sa petite maison-atelier. Elle a allongé ses jambes bronzées. Elle est confortablement installée dans le fauteuil, le corps détendu. Comme si dire la vérité – et c'est, enfin, la vérité – la libérait.

J'écoute attentivement.

Lainie Commins et Brett Toland ont été amants jusqu'à décembre de l'année passée, époque où Brett lui a remis sa prime de fin d'année en même temps qu'il l'a flanquée à la porte. Ils se sont retrouvés ensuite, par une étouffante soirée de septembre, dans le cockpit d'un voilier que bien des magazines spécialisés ont décrit comme romantique et luxueux. Il lui a demandé si elle souhaitait boire quelque chose. Elle a répondu que oui, pourquoi pas,

255

ce serait rafraîchissant par cette chaleur. Cela fait alors cinq minutes qu'elle se trouve à bord. Elle a enlevé ses Docksides à lacets blancs et son foulard bleu décoré de petites ancres rouges...

Je réalise subitement qu'il s'agit de la troisième version de l'histoire de Lainie, son propre *Rashomon* en quelque sorte. Mais jusqu'à présent, elle m'a toujours répété ne pas l'avoir tué.

Elle tend donc chaussures et foulard à Brett lorsqu'il descend chercher à boire. Un Perrier avec une rondelle de citron vert pour elle, du moins la première fois. Une vodka-tonic ensuite, voire un peu plus d'une ; n'a-t-elle pas affirmé que Brett l'avait resservie ? Il est environ vingt-deux heures cinq. Dans cette version – la troisième et dernière, je l'espère –, elle a bu deux vodka-tonic plutôt corsées, ce qui explique pourquoi elle n'est pas difficile à convaincre lorsqu'il l'invite à renouer les liens du passé.

Dans la première version des faits, Brett Toland lui offrait un accord de licence. Dans une seconde version (dont elle n'était d'ailleurs pas à l'origine), Brett lui proposait une compensation en espèces de cinq mille dollars pour qu'elle retire sa plainte – dixit Etta Toland. Dans sa seconde version à elle, Brett essayait de la faire chanter en la menaçant de révéler l'existence de *Mains désœuvrées* à la profession entière. Mais maintenant...

Enfin[1]...

La vérité.

Je l'espère du moins.

Dans cette version-là, Lainie ne quitte pas, comme elle l'a toujours prétendu, le bateau à vingt-deux heures trente. Tout au contraire, elle est en train de boire sa deuxième vodka-tonic dans le cockpit, lorsque passe un sloop, moteur et projecteur allumés, qui se dirige vers un emplacement plus éloigné dans le port. L'homme qui conduit s'appelle Charles Nicholas Werner, bien qu'elle ne connaisse pas encore son nom à ce moment-là et qu'elle ignore encore qu'il déclarera plus tard, en sa qualité de témoin, les avoir vus, Brett et elle, à vingt-deux heures quarante-cinq, assis en *tête à tête*[2] en train de boire un verre. Comme on aurait pu s'y

---

1. En français dans le texte (N.D.T.).
2. En français dans le texte (N.D.T.).

attendre, en considérant que quelqu'un avait ensuite fait sauter la cervelle de Brett de deux coups de revolver, elle n'avait pas jugé opportun par la suite de révéler que, à ce moment précis, Brett l'invitait à venir admirer ses gravures en bas. Ou plutôt qu'il l'invitait à venir regarder la boîte de la cassette vidéo et sa photo de couverture où l'on apercevait deux mains très occupées, l'une d'elles portant la chevalière en forme de cœur qu'il lui avait offerte pour une Saint-Valentin, à l'époque où leur liaison était sous les feux de la passion.

Une bague qu'elle porte encore, d'ailleurs.

La bague même qui avait retenu toute mon attention lorsque j'avais découvert la cassette.

Cassette qu'il lui montre à présent dans la chambre principale du yacht.

Mains désœuvrées.

Ses mains.

Sur la couverture de la boîte.

Sans l'ombre d'un doute, ce sont *ses* mains avec sa bague à *lui*.

La boîte est vide.

— Tu ne crois pas que j'aurais été stupide au point de l'apporter ici au bateau ? Non, c'est en sécurité à la maison.

Il ne lui fait pas encore miroiter la perspective du chantage, il se contente de lui montrer la photo de ses mains en train de s'amuser sur sa culotte ; il raconte qu'il a regardé la vidéo dans l'après-midi, que ça lui a rappelé le bon vieux temps et qu'il se demande s'ils ne sont pas ridicules de se battre en justice pour quelque chose d'aussi insignifiant qu'un ours en peluche alors qu'il y a peu, ils étaient si proches.

À ce point de l'histoire, il l'embrasse.

Dans ce qui, indubitablement, se révèle être une chambre (bien que sur un bateau, on appelle cela une cabine), debout près d'un lit, qu'on nomme ainsi même sur un bateau (sauf sur les navires de guerre où l'on utilise plutôt les termes couchette ou plumard), leurs lèvres s'unissent à nouveau pour la première fois (au moins depuis décembre) ; il enserre de ses mains ce que l'on appelle, même sur un bateau, un cul, en l'occurrence celui de Lainie, sa queue gonflée tel un organe tumescent, ainsi qu'on le lirait dans certains romans, ou tuméfié, dans d'autres. Étreints de la sorte, l'envie se fait de plus en plus urgente...

Et que pourrait bien entreprendre un couple ludique comme le leur dans de telles conditions, même si devant la justice ils sont adversaires ? On pourrait tout à fait imaginer qu'ils se jettent sur le lit, enlacés l'un à l'autre, que lui glisse ses mains à l'intérieur du pantalon en soie bleu qu'elle porte pour y trouver les fesses déjà évoquées, puis qu'il passe fortuitement à l'avant de son corps et tombe sur les lèvres de son sexe gonflé de désir bien qu'à peine effleuré. Ce sont des experts en la matière. Ils se sont adonnés à ces jeux pendant deux ans, avant que Brett n'y mette le holà la veille de Noël, Joyeux Noël, mon amour ! Ils le faisaient dans les motels, par-ci par-là, à Calusa et dans les environs, à Bradenton et Sarasota, ils l'avaient fait aussi à deux ou trois reprises dans cette même cabine du *Toy Boat* alors qu'Etta Toland, qui ne se doutait de rien, rendait visite à sa mère à Atlanta en Géorgie.

Ces deux-là savent exactement ce qu'ils font.

Et ils le font sans répit jusqu'à être maîtres en la matière ; la pratique rend parfait. En fait, ils sont si performants que le temps passe à une vitesse vertigineuse. Il est près de vingt-trois heures trente lorsque Brett se retire physiquement *et* émotionellement, et qu'il fait remarquer en passant qu'à moins que Lainie n'oublie sa plainte...

– ... toute la profession aura connaissance de l'existence de cette vidéo. Je prendrai soin d'envoyer des copies du film à toutes les sociétés de la branche...

... bien qu'il ait été ravi de baiser à nouveau avec elle et qu'il l'en remercie du fond du cœur.

Lainie le traite de véritable salaud puis, furieuse, quitte le bateau en rechaussant au préalable ses Docksides mais en oubliant, dans sa précipitation, le foulard bleu.

Il est vingt-trois heures trente et non vingt-deux heures trente, comme elle l'affirmait dans sa première version de l'histoire.

Une voiture est garée sur la route près de l'entrée du yacht-club.

Cela reste identique à sa première version.

Dix minutes plus tard, Jerry et Brenda Bannerman entendent des coups de feu en provenance du bateau de Toland.

Je pensais à l'heure.

Je pensais à ces dix minutes cruciales.

Parce que si Lainie avait jusqu'à présent menti au sujet de l'heure, pourquoi ne l'aurait-elle pas également fait à propos de ces dix minutes capitales pendant lesquelles elle aurait pu se trouver encore à bord et tuer l'homme avec qui elle avait baisé et qui, ensuite, avait essayé de la faire chanter ?

Si elle me répétait une seule fois qu'elle ne l'avait pas tué, je hurlerais.

– Croyez-moi, Matthew, soupira-t-elle.

Toots avait légèrement entrouvert la fenêtre des toilettes. Elle pouvait entendre les deux hommes parler en espagnol sur le pont. L'un était aux commandes, l'autre se tenait à ses côtés, tous deux hurlant pour couvrir le bruit du moteur. Elle supposait que Warren était toujours ligoté sur la couchette mais elle ne l'entendait pas. Seuls lui parvenaient le bruit du moteur et les cris des deux hommes. Ils parlaient de cocaïne. D'amener de la cocaïne jusqu'à Miami sur la côte est.

Ils pouvaient s'époumoner tant qu'ils voulaient ; ici au beau milieu du golfe, personne ne les entendrait. Excepté Toots, qui était tout ouïe, l'espagnol lui revenant à une vitesse éclair, grâce à tous les dealers latino-américains qu'elle avait pu rencontrer dans sa vie de camée. La mère est la nécessité de l'invention et, quand tu es accro, la mère, c'est le dealer, ne l'oublie jamais. D'après ce qu'elle entendait, il y avait assez de cocaïne sur ce bateau pour qu'elle puisse se défoncer pendant un an et demi. Le problème était que leurs collègues de Miami s'attendaient à voir arriver un autre bateau, le leur précisément, celui qu'ils avaient dû abandonner car quelque chose comme le carburateur ne fonctionnait plus – elle n'était pas sûre de saisir tous les mots techniques ; il y avait eu de la fumée dans la chambre des machines, des étincelles, l'installation électrique avait pris feu – des bribes d'espagnol lui parvenaient : « *carburador defectuoso* », « *gases dentro del motor* », « *autocombustión* » et « *cables quemados* ». Ils avaient dû passer la coke sur le bateau de Warren lorsqu'ils avaient compris qu'ils n'arriveraient pas jusqu'à Miami avec leur propre embarcation.

Mais maintenant, ils étaient effrayés à la pensée que leurs complices ne reconnaîtraient pas ce bateau à l'arrivée et ils réfléchissaient à la manière de les contacter pour pouvoir débarquer la marchandise sans difficulté. Ils parlaient de huit kilos. *Ochos kilos.* Elle les entendit dire que ça valait cent trente-deux mille dollars. *Ciento treinta y dos mil dólares.*

Elle entendit aussi : « *Tengo que orinar.* »

Ce qui, traduit, signifiait : « Il faut que j'aille pisser. »

Durant le déjeuner, Bobby Diaz m'avait confié s'être trouvé le soir du meurtre au lit avec une femme, dans l'appartement de cette dernière sur Whisper Key.

« Elle est libre, blanche, elle a vingt et un ans et rien à cacher. Nous avons passé la nuit ensemble, demandez-le-lui si vous voulez. J'ai quitté l'appartement à huit heures le lendemain matin. »

Il était à présent quatre heures de l'après-midi en ce jeudi, huit jours, seize heures et vingt minutes après que les Bannerman avaient entendu trois coups de feu sur le bateau de Toland. Je traversais le pont de Whisper Key pour aller rencontrer une femme du nom de Sheila Lockhart parce qu'il y a bien longtemps, un professeur de droit m'avait dit une fois : « Matthew, un alibi n'en est pas un tant qu'une deuxième partie ne l'a pas attesté. »

Whisper s'avère un compromis peu réussi entre la Floride telle qu'elle était et la Floride telle que la souhaiteraient les gros agents immobiliers. L'endroit est moins construit que Sabal Key, par exemple, qui a été exploitée dans les limites de l'imaginable – bien qu'avec goût, il faut le reconnaître. Le goût est, indiscutablement, l'une des qualités premières du promoteur SunShore Development qui a acheté pratiquement toute l'île, lorsque le terrain ne valait qu'une bouchée de pain, et l'a transformée en un immense complexe pour retraités avec ses tours d'habitation, ses terrains de golf, ses piscines, ses résidences, ses courts de tennis, ses plages de sable blanc et ses villas enclavées. On a beaucoup bâti sur Flamingo Key aussi, mais plutôt des propriétés privées ; certaines d'entre elles sont luxueuses et la plupart ont des façades peintes en rose. Elles sont en cela typiques de la Floride bien que leurs intérieurs, eux, revêtent des tons foncés et plutôt Middle West, preuve que le lourd mobilier sombre hérité de la grand-mère de Lansing, d'Indianapolis ou encore de Grand Rapids a été amené jusqu'ici où il est loin de s'harmoniser avec le bleu du ciel et de la mer.

La vieille Floride est encore très présente sur Whisper Key, même si, inexorablement, elle perdra la bataille contre les promoteurs. Il arrive de longer une longue barrière de végétation dense, derrière laquelle on devine une maison basse de l'époque construite près d'un petit cours d'eau qui ne mène nulle part, un embarcadère branlant auquel est amarré, dans la lumière pommelée du soleil, un canot à la peinture écaillée. Puis tout à coup, ce mur de verdure disparaît et fait place à une tour s'élançant dans les cieux, telle l'eau jaillissant d'une fontaine au beau milieu d'une oasis. On perçoit des cris d'enfants s'ébattant dans une piscine à l'eau bleue dissimulée quelque part derrière l'immeuble ainsi que des voix qui se perdent dans la chaleur torride de septembre. Quelques centaines de mètres plus loin, la route passe devant une palissade en bois envahie par les herbes et on sait que derrière se cache encore une relique des temps passés. On en a le cœur serré.

Sheila Lockhart habitait un immeuble neuf de seize étages proche de la plage publique, au sud de Whisper Key. C'était une journée de chaleur moite, la mer était houleuse, des moutons roulaient sur la crête des flots noirs. Je n'aurais pas voulu être sur un bateau par un tel temps de chien.

Je garai l'Acura sur un emplacement réservé aux visiteurs et me dirigeai ensuite vers l'immeuble. Je pris l'ascenseur jusqu'au quatorzième étage. Sheila habitait l'appartement 14 C. Je l'avais avertie de ma visite et elle m'attendait. Je sonnai et patientai. Je sonnai une deuxième fois. Patientai à nouveau. Enfin, on vint ouvrir.

Elle n'avait pas vingt et un ans comme l'avait prétendu Diaz ; elle n'en était même pas proche, mais peut-être avait-il voulu signifier qu'elle avait plus de vingt et un ans. Il avait également déclaré qu'elle était libre et blanche et bien qu'on ne puisse, à ce stade, contester sa soi-disant liberté, il était impossible de considérer qu'elle était blanche. Là aussi, ce n'était peut-être pour Diaz qu'une façon de parler. Sheila Lockhart, donc, avait une quarantaine d'années et c'était une très belle Noire qui m'accueillit pieds nus, vêtue d'un short et d'un dos nu blancs, ses longs cheveux noirs tressés de petites perles multicolores. Un courant d'air froid s'échappa de l'appartement.

– Entrez, dit-elle, avant que la chaleur ne le fasse.

En fait, elle n'était ni blanche, ni vraiment noire. Sa peau avait la couleur de l'ambre foncé, ses yeux étaient d'un vert-gris comme on en voit souvent dans les Caraïbes, le résultat d'un mélange de plusieurs générations de Blancs, de Noirs et d'Indiens. Je la suivis dans un salon tout en long qui s'étendait de l'entrée à une terrasse donnant sur le golfe. Les baies vitrées étaient fermées car la climatisation fonctionnait. Une cuisine donnait directement sur la pièce. À côté d'elle, une porte était fermée. Je supposai qu'il s'agissait de la chambre. Un appartement de choix à un étage supérieur faisant face à la mer.

– Alors, quel problème a Bobby en ce moment ? demanda-t-elle.

– Aucun, autant que je sache, répondis-je.

– Bon alors, pourquoi a-t-il besoin d'un alibi ?

Tout en parlant, elle avait disparu dans la cuisine et en ressortait à présent avec un plateau chargé d'un pichet de thé glacé et de deux grands verres remplis de glaçons. Nos regards se croisèrent. Je n'avais pas évoqué au téléphone mon intention de vérifier ce qu'avait fait Bobby la nuit du 12. J'en déduisis donc qu'elle lui avait téléphoné pour lui dire que je passerais et qu'il lui avait demandé de corroborer ses déclarations.

– Du thé ? s'enquit-elle.

– S'il vous plaît, répondis-je.

Elle baissa les yeux et versa du thé dans chaque verre. Les glaçons crépitèrent. Elle reposa le pichet. Elle était assise face à moi dans un fauteuil en cuir blanc. J'étais installé sur un canapé dont les coussins en mousse étaient recouverts d'un tissu bleu pâle. Nous prîmes nos verres et bûmes.

– Pour quelle raison pensez-vous qu'il ait besoin d'un alibi ? demandai-je.

– Juste une impression, dit-elle en souriant.

– Vous accepteriez de lui servir d'alibi ?

– Cela dépend pour quoi.

– Pour un meurtre ?

– Je ne servirais d'alibi à personne pour un meurtre. Quels que soient nos liens.

– Quels sont ceux qui vous unissent à Bobby ?

Elle eut un haussement d'épaules.

– Oui, c'est-à-dire ?

– Nous nous voyons de temps à autre depuis quatre-cinq mois maintenant.

– De temps à autre ?

– Il vient ici, je vais chez lui. C'est comme ça. Nous ne vivons pas ensemble, si c'est ce que vous voulez savoir.

– Il m'a dit qu'il était avec vous le soir où Brett Toland a été assassiné. Est-ce exact ?

– Oui, c'est exact.

– Vous souvenez-vous de ce qu'il portait ?

– Quand il est arrivé, vous voulez dire ?

– Oui.

– Il était habillé en noir. Ou en bleu foncé. Un pantalon et une chemise. Une chemise à manches longues. De la soie, au toucher.

– Portait-il un chapeau ?

– Non.

– Ou une cape ?

– Une cape ? Non.

– À quelle heure est-il arrivé ici ?

– À dix-neuf heures. Nous sommes sortis dîner, puis nous sommes rentrés.

– Combien de temps est-il resté ?

– Il a passé la nuit ici.

– Il est parti le lendemain matin ?

– Oui.

– Portait-il les mêmes vêtements ?

– Oui. Il n'a pas de rechange ici.

– Quelle heure était-il lorsqu'il a quitté l'appartement ?

– Environ huit heures et demie. Nous partions tous les deux au travail.

– Quelle est votre profession, mademoiselle Lockhart ?

– Je suis infirmière.

– Ah bon ? Où donc ?

– Au Good Samaritan Hospital.

– J'en sors.

– Je sais. Vous êtes très connu là-bas. Nous voulions toutes vous apporter votre bassin hygiénique. Le grand héros d'avocat sur lequel on a tiré.

– Non, je ne crois pas vraiment être un héros.

– Nous, nous trouvions. Et puis, tout ce courrier d'admirateurs ! On aurait dit une star de cinéma.

– Bien sûr, murmurai-je.

Excepté le ronronnement du climatiseur, on n'entendait rien dans la pièce. Dehors, au-dessus de la mer, des éclairs déchiraient le ciel.

– Très bien, conclus-je, je suppose que vous m'avez tout dit. Si M. Diaz était vraiment chez vous ce soir-là...

– Il était chez moi.

– Parfait. Nous en avons terminé.

Je reposai mon verre. Il y eut encore des éclairs au-dessus du golfe. On se sentait à l'abri ici alors qu'au-dehors, un orage s'annonçait.

– Pensez-vous vraiment qu'il ait tué cet homme ? demanda-t-elle.

– Je me demandais juste pourquoi il m'a donné si spontanément un alibi. C'est vrai qu'il avait parlé à Brett un peu avant et que peut-être il se sentait...

– Oui, m'interrompit-elle en faisant un signe de la tête affirmatif.

Je la regardai.

Un nouvel éclair transperça le ciel.

– Il téléphonait d'ici, ajouta-t-elle.

Je continuai à la regarder. À présent, le tonnerre grondait, tout proche.

– Ce n'était pas ce que vous vouliez dire ? demanda-t-elle. En disant qu'il avait parlé à M. Toland un peu avant ?

– Non, dis-je. Ce n'était pas ce que je voulais dire.

Depuis l'endroit où il était ligoté, Warren vit d'abord la porte à l'avant s'ouvrir d'un coup, puis Toots en sortir, un air farouchement décidé sur le visage. Il faillit lui dire quelque chose mais le regard de mise en garde qu'elle lui adressa l'en empêcha. Elle se dirigea d'un pas vif et silencieux à l'arrière du bateau, vers le petit coin-cuisine partiellement dissimulé par une cloison adjacente à l'échelle. Elle était en train d'ôter l'escarpin à talon aiguille de son pied gauche lorsque Warren aperçut les chaussures d'un homme en haut des marches. Il allait hurler pour avertir Toots mais il réalisa tout à coup qu'elle s'y attendait. Elle s'était d'ailleurs plaquée contre l'évier de la petite cuisine pour éviter de se trouver dans l'angle de vue du type lorsqu'il arriverait en bas des marches. Elle tenait à présent la chaussure dans la main droite comme on tient un marteau – elle s'était déjà retrouvée dans ce genre de situation, elle savait comment les gérer, elle avait confiance en elle.

L'homme se dirigea directement sur la gauche, vers la porte des toilettes. Alors qu'il en atteignait la poignée, Toots allongea la main au-dessus de sa tête sans même qu'il s'en rende compte. Sous l'effet de la contraction, les articulations de la main de Toots étaient devenues blanches. Alors qu'il ouvrait la porte, elle concentra le regard sur sa nuque, puis prit son élan et le visa juste derrière l'oreille droite. Assommé, il s'écroula contre la porte ouverte. Lorsqu'il se retourna, elle le frappa à nouveau et lui perfora le front du bout affilé de son talon ; l'espace d'un instant, il resta le souffle coupé, le sang pissant le long du visage. Il porta la main au couteau attaché à sa ceinture, le tira d'un coup sec et amorça un pas hésitant vers elle.

Arrache-le-lui ! pensa Warren sans toutefois oser le crier.

Toots plia à nouveau son bras tel un lanceur de base-ball, puis l'allongea dans un bruit sec ; le talon s'abattit cette fois sur la tempe droite de l'homme en lui occasionnant une autre profonde blessure. Il vacilla. Elle le frappa encore car ce n'était pas un jeu. Ce n'était pas une fille de ferme aux prises avec un ardent soupirant, c'était un homme armé d'un couteau et une femme prête à le tuer s'il le fallait. Le coup qu'elle lui décocha ensuite eut presque cet effet ; il l'atteignit en plein visage et détacha l'œil droit de son orbite. Le couteau tomba sur le sol. Il s'écroula inconscient à ses côtés.

Il reste l'autre, se dit Warren.

Armé d'un revolver.

Toots reprenait son souffle.

Loin sur les flots, il y avait des éclairs de chaleur.

L'orage s'était éloigné vers la mer.

Le soleil filtrait à nouveau.

Nous étions assis dans le salon de Sheila, les nuages se dispersant peu à peu derrière les baies vitrées. Elle me racontait qu'ils avaient été de retour à l'appartement aux alentours de vingt heures trente le soir du meurtre. Elle expliquait que Bobby avait l'air anxieux et en colère, qu'il regardait sa montre en permanence et qu'il avait finalement téléphoné à Brett Toland.

— Quelle heure était-il ?

— Environ vingt et une heures.

— Avez-vous entendu la conversation ?

— Les derniers propos de Bobby, oui.

— Que disait-il ? Pouvez-vous me le révéler ?

— Je ne veux pas qu'il ait de problèmes.

— Vous m'avez dit ne vouloir servir d'alibi à personne pour un meurtre. Quels que soient vos liens.

— Je ne pense pas qu'il ait tué qui que ce soit.

— Alors, il n'y a aucune raison de se soucier.

Elle se mordit la lèvre inférieure. Elle avait les mains jointes sur les genoux. Le ciel bleu revenait. Des nuages noirs disparaissaient dans le lointain.

Elle inspira profondément.

J'attendis.

— Il a demandé à M. Toland s'il avait regardé la vidéo.

— Et puis ?

— Et puis, il a dit : « Alors ? Nous n'avons pas conclu un marché ? »

J'acquiesçai de la tête.

— Ensuite, il s'est mis en colère. « Comment non ? Vous osez me dire non ? » Sur ce ton. Il était très en colère. « Ah, ce n'est d'aucune utilité pour vous ? C'est votre putain de procès ! Vous regrettez ? Vous ne savez pas ce que regretter veut dire, Brett ! Mais vous allez comprendre ! » Et il a raccroché.

– Et puis ?

– Il a commencé à faire les cent pas, comme un animal en cage, en me racontant qu'il avait offert à M. Toland quelque chose susceptible de résoudre tous ses problèmes et que ce dernier avait refusé. « J'aurais dû conclure mon marché avant, j'ai été stupide, stupide, je pensais traiter cette affaire avec un gentleman. Mais je vais lui montrer, oh oui, il va le regretter, il va le regretter comme jamais dans sa putain de vie ! »

La pièce redevint silencieuse.

– Ce sont exactement ses paroles ?

– Non, pas exactement. Mais c'était le sens. M. Toland regrettait de devoir décliner l'offre de Bobby, quelle qu'elle soit.

– Très bien.

– Ça ne signifie pas qu'il l'a tué.

– Pas s'il a passé toute la nuit ici, précisai-je.

Une lueur traversa les yeux de Sheila.

– Il a passé toute la nuit ici, n'est-ce pas ? demandai-je.

Elle remua la tête.

– Eh bien, non. Pas exactement, répondit-elle d'une toute petite voix.

Toots se rechaussa, ramassa le couteau et se dirigea vers Warren, assis toujours ligoté. Aucun des deux ne souffla mot. Warren surveillait par-dessus l'épaule de Toots l'échelle située dans le dos de cette dernière. La lame était tranchante. Elle coupa les cordons en un instant. Warren se massa les poignets. Ils continuèrent à ne rien dire. Il lui indiqua l'échelle d'un signe de tête. Elle hocha la tête à son tour. Il simula avec sa main une arme, qu'il feignit d'armer avec le pouce. Elle fit à nouveau un signe de tête affirmatif.

Tout à coup, la pluie se mit à déferler sur le pont.

Il y avait une bonne demi-heure de voiture entre l'appartement de Sheila au bout de Whisper et celui de Diaz sur Sabal. Pour être précis, exactement trente-deux minutes à l'horloge de ma voiture. J'y arrivai peu après dix-huit heures ce même soir. La pluie du récent orage avait formé, sur l'asphalte du parking, de grandes flaques noires dans lesquelles se réfléchissaient un ciel bleu dégagé et quelques gros nuages blancs filant à toute allure. Je me garai et marchai jusqu'à l'appartement 21. Le même héron blanc avançait élégamment sur le bord de l'allée. Cette fois, il ne s'envola pas à mon approche. Les mêmes jeunes filles en bikini plongeaient dans la piscine derrière l'immeuble. Le même vieil homme vêtu d'un caleçon de bain rouge était assis, les jambes dans l'eau, sur le bord de la piscine et les observait. On a parfois le sentiment que rien ne bouge en Floride, que les choses restent figées à jamais, étouffées sous le soleil.

Diaz venait à peine de rentrer du travail. Il était encore en costume-cravate mais pieds nus. Ses chaussures et chaussettes se trouvaient par terre devant le canapé du salon, là où il les avait laissées lorsqu'il s'était déchaussé. Il se faisait une vodka-tonic au bar quand je sonnai. Il termina de préparer son drink et me demanda si j'en désirais un...

— Non merci, répondis-je bien que j'eusse particulièrement soif.

Il jeta une rondelle de citron dans le verre, puis attendit.

— Cela ne sera pas long, commençai-je en souriant.

Il ne me retourna pas mon sourire.

— Bobby, dis-je, je répugne à devoir engendrer ces situations de confrontation avec vous, mais...

— Alors, ne vous y obligez pas, m'interrompit-il. Parce que moi, je les trouve franchement agaçantes.

— C'est bien mon avis aussi.

— Parfait. Pour une fois que nous sommes d'accord.

— Mais, dis-je, il y a quelques...

— Il n'y a pas de mais, m'opposa-t-il. Vous avez dit que ce ne serait pas long. La moitié de votre temps est déjà écoulé.

— Très bien. Dans ce cas, je vais me dépêcher. Où vous êtes-vous rendu lorsque vous avez quitté Sheila Lockhart peu après vingt et une heures le soir où Brett Toland a été assassiné ?

— Vous commettez déjà une erreur, me lança-t-il. J'ai passé toute la nuit avec Sheila. Je ne l'ai quittée que le lendemain vers huit heures.

– Non, désolé. Vous avez appelé Brett Toland à vingt et une heures...

– Non, je n'ai pas téléphoné à...

– Je peux faire consigner comme preuve les factures de téléphone de Mlle Lockhart, si vous le souhaitez.

Diaz avala une gorgée de sa vodka-tonic.

– Faut-il toujours montrer les dents ? demandai-je.

– D'accord, je l'ai appelé.

– Pour quelle raison ?

– Je voulais savoir s'il avait eu l'opportunité de regarder la vidéo.

– Et c'était le cas ?

– Oui, il m'a répondu l'avoir vue.

– Lui avez-vous demandé ce qu'il en avait pensé ?

– Bien évidemment.

– Plus exactement, ne lui avez-vous pas rappelé que vous aviez conclu un marché ?

– Non, je ne me rappelle pas avoir évoqué une telle chose.

– Et n'a-t-il pas répondu que non, il n'y avait pas de marché entre vous ? Ne vous a-t-il pas dit que la cassette n'était d'aucune utilité pour lui ?

– Non, nous n'avons jamais eu de conversation semblable.

– Très bien, écoutez Bobby, ne lui avez-vous pas dit que la cassette sauverait son putain de procès ?

– Je suis convaincu de ne jamais...

– Et lorsqu'il a déclaré regretter, ne lui avez-vous pas dit : « Vous ne savez pas ce que regretter veut dire, Brett ! Mais vous allez comprendre ? »

– Non.

– Vous avez dit à Sheila qu'il allait le regretter comme jamais dans sa putain de vie ! C'étaient vos propres mots, Bobby.

– Elle ment.

– Donc elle ment aussi quand elle déclare que vous avez quitté l'appartement quelques minutes plus tard.

– Je vous l'ai dit.

– Pour aller chercher des cigarettes.

– Ah ça. Oui, bien sûr. Je pensais que vous vouliez dire partir. Car je ne suis pas parti avant huit heures le len...

– Oui, c'est bien ce qu'elle croyait elle aussi.

– Vous voyez. Alors...

– Elle pensait que vous étiez parti. Pas simplement descendu chercher des cigarettes. Comme vous l'avez prétendu.

– Oui, c'est cela.

– Alors qu'est-ce qui vous a pris deux heures et demie, Bobby ?

Il ne répondit pas.

– Sheila affirme que vous n'êtes pas rentré avant au moins minuit. Où étiez-vous ?

Il ne répondit toujours pas.

– Où êtes-vous allé acheter ces cigarettes, Bobby ?

– En tout cas pas au yacht-club de Silver Creek, si c'est ce que...

– Mais qui a parlé de cela ?

– Si c'est ce que vous insinu...

– Mais où êtes-vous allé à la fin ?

Il me tourna le dos. Se resservit un autre verre. Y jeta une rondelle de citron. Me fit face à nouveau.

– Quel était le marché que vous aviez proposé à Brett, Bobby ?

– Dix pour cent sur la recette brute de l'ours, ça vous va ?

– Pour lui avoir remis cette vidéo ?

– Oui. Mais je ne l'ai pas tué.

– Même s'il vous a fait faux bond ?

– Ça en fait un fils de pute. Mais ça ne veut pas dire que je l'ai tué.

– Que vouliez-vous dire en déclarant qu'il allait le regretter comme jamais...

– Je voulais dire que j'allais me venger.

– Comment ?

– En lui faisant regretter.

– En le tuant ? En vous rendant sur le bateau...

– Je ne suis pas allé sur ce putain de...

– ... et en le visant à deux reprises en plein visage...

– Non !

270

– ... à l'aide de son propre revolver ? Vous n'étiez pas l'homme en noir qui s'était garé à l'extérieur...

– L'homme en noir ? Quel homme en... ?

– ... du yacht-club avant de se rendre à pied jusqu'au bateau ?

– Je ne me suis jamais retrouvé à proximité du bateau, jamais à proximité du ya...

– N'êtes-vous pas monté à bord du *Toy Boat* à vingt-trois heures quinze ce soir-là ?

– Non, je vous dis !

– N'avez-vous pas tiré sur Brett Toland à vingt-trois heures quarante ?

– Non !

– Alors où étiez-vous à cette heure-là, Bobby ?

– Dans ma voiture ! Je retournais chez Sheila.

– D'où veniez-vous ? Où étiez-vous passé pendant deux heures et de... ?

– J'étais allé voir Brett. Mais pas sur le bateau. J'ignorais qu'il s'y trouvait. Je l'ai appelé chez lui et j'ai pensé que je l'y trouverais.

– Vous êtes allé au domicile des Toland ?

– Oui. Je voulais récupérer la vidéo. Si Brett...

– Pourquoi ?

– Parce que je ne voulais pas qu'il l'utilise à moins de m'avoir payé !

– Il y a des copies qui se baladent, vous êtes au courant. Il aurait facilement pu...

– Oui bien sûr, aller à leur recherche ! Pendant ce temps, un juge rendait sa décision et Brett savait bien qu'il avait volé l'ours ! S'il n'acceptait pas mon marché, moi je voulais récupérer cette putain de cassette !

Il fit un signe rageur de la tête et avala une longue gorgée de son drink.

– C'est la raison pour laquelle je suis allé chez eux ce soir-là.

– À quelle heure y êtes-vous arrivé ?

– Vers vingt-deux heures. Il n'était pas là. Etta m'a informé...

Etta l'informe que son époux s'est rendu au bateau.

271

Bobby se dit qu'il va l'y rejoindre. Le yacht-club ne se trouve qu'à une dizaine de minutes de leur demeure. Mais elle lui apprend alors que son mari y est allé pour rencontrer Lainie. Il demande à Etta si Brett lui a parlé d'une cassette vidéo. Non, il ne l'a pas fait. Quelle cassette vidéo ? Eh bien, veut-il savoir, n'est-il pas parti avec une cassette vidéo ? Non, elle n'a rien remarqué. Mais de quelle cassette vidéo parle-t-il ?

Il lui dit de quoi il s'agit.

Mains désœuvrées.

Ou les petites mains très occupées de Lainie Commins.

Il lui parle du marché qu'il a proposé à Brett, seulement dix pour cent de la recette brute. Est-ce vraiment beaucoup demander pour une prime d'intermédiaire ? En temps normal, Etta, on perçoit plus. Mais voilà que Brett a décidé de se passer de lui et d'utiliser la vidéo. Franchement Etta, ce n'est pas très correct de sa part, n'est-ce pas ?

Etta lui dit être convaincue qu'il se trompe.

Brett va proposer à Lainie une compensation en espèces de cinq mille dollars.

C'est la raison pour laquelle il est allé la retrouver sur le bateau.

C'est ce qu'il a l'intention de lui proposer.

Elle n'a jamais entendu parler d'une cassette vidéo.

– J'ai réalisé tout à coup, m'expliquait Diaz, qu'il n'avait peut-être pas emporté la cassette avec lui, qu'après tout, elle était peut-être restée quelque part dans la maison. Il se pouvait qu'il pense vraiment ne pas en avoir besoin, le connard, ou qu'il souhaite la conserver comme un atout au cas où Lainie aurait décliné son offre.

Diaz vida son verre.

– Nous sommes entrés dans la pièce où se trouvent leur téléviseur, leur magnétoscope et leur chaîne hi-fi. Il était environ vingt-deux heures quarante, j'étais déjà là depuis quarante minutes. Nous avons fouillé dans leurs vidéos sans pour autant trouver *Mains désœuvrées* – bien que nous soyons tombés sur d'autres pornos dont Etta connaissait l'existence. Cela ne semblait d'ailleurs pas l'embarrasser outre mesure. Je lui ai demandé s'ils avaient un coffre-fort. Je me suis dit que si Brett avait l'intention d'utiliser la cassette ultérieurement, il avait dû la mettre en lieu sûr. J'aurais aimé être déjà parti, il y avait bien quarante-cinq minutes de route pour rentrer chez Sheila, mais pas sans m'assurer que la vidéo était là. Je tenais à la récupérer.

– Avaient-ils un coffre-fort ?

– Oui. En haut. Etta est montée vérifier et cinq minutes plus tard... Il était environ vingt-deux heures quarante-cinq... elle est redescendue avec une vidéo sans la boîte. Il y a bien une cassette, mais pas de boîte d'emballage, m'a-t-elle dit en ajoutant qu'elle l'avait trouvée ainsi au fond de leur coffre-fort. J'ai fait remarquer que ce devait être celle-là et elle m'a répondu : « Il n'y a qu'un moyen de le savoir, c'est de vérifier ». Donc, on l'a passée. Mais juste pour avoir la confirmation que c'était bien Lainie en train de faire son petit numéro.

– Et ensuite ?

– J'ai dit à Etta que je souhaitais récupérer la vidéo. Elle a répondu qu'elle était désolée mais qu'elle devait d'abord demander à Brett s'il m'avait versé de l'argent pour cette vidéo. Alors j'ai pensé : « Ah bon ? Très bien, tu l'auras voulu, ma vieille. » Et je lui ai tout dit.

– Dit quoi ?

Diaz esquissa un signe de la tête.

Un petit sourire satisfait se dessina sur son visage.

– Que jusqu'à Noël de l'an passé, son mari avait eu une aventure avec Lainie Commins.

12

Warren expliquait à Toots que le type sur le pont était armé. Elle traduisait ce qu'il hurlait d'en haut. Il voulait un poncho. Il prenait sa douche là-haut dehors et voulait qu'on lui apporte un poncho. Elle se disait que s'ils arrivaient à le maîtriser, elle aurait un revolver et huit kilos de coke.

La pluie s'abattait par fortes rafales, de celles qui laissent pressentir une éventuelle noyade. À bord d'un bateau, ce sentiment s'accroît d'autant plus que l'on a, tout à coup, l'impression de voir la terre entière submergée par les flots. Le fait est que ces orages ne durent jamais longtemps. Pourtant, le type sur le pont continuait à réclamer un poncho. Putain, Luis, apporte-moi un poncho !

Warren lui chuchota son plan à l'oreille.

Fatback Key dépend du comté de Calusa sans se trouver pour autant à l'intérieur des limites de la ville. Au contraire, cet îlot fait partie de Manakawa qui se trouve plus au sud. C'est le plus sauvage et le plus étroit de tous les îlots du comté, flanqué à l'est par le golfe et à l'ouest par la baie, deux grandes étendues d'eau qui parfois se rejoignent à la saison des ouragans en inondant Westview Road, la route à deux voies qui traverse Fatback du nord au sud. Il est relié au continent par un pont en dos d'âne sur lequel ne peut passer qu'une voiture à la fois. Au bout du pont, deux douzaines de flèches en bois pointant à droite ou à gauche indiquent les noms des résidents écrits en lettres blanches. Le nom

DEMMING était inscrit sur l'une de ces flèches car Patricia habitait Fatback. Celui de TOLAND également.

Bobby Diaz avait évalué à quarante-cinq minutes le trajet séparant l'appartement de Sheila, situé sur Whisper Key, de la maison des Toland sur Fatback. En conduisant rapidement, en dehors des heures de pointe, je fis la route qui me conduisait de chez Diaz, sur Sabal Key, au domicile des Toland en une heure et dix minutes. Je n'avais pas annoncé mon arrivée. Je comptais sur le fait qu'Etta Toland, veuve depuis peu, serait là plutôt que sortie danser. La lumière brillait à l'intérieur du somptueux manoir d'époque qui donnait sur la baie et, à l'ouest, sur les dunes du golfe. Une Infiniti vert bouteille était garée dans l'allée de graviers blancs. Il était dix-neuf heures vingt.

En me dirigeant vers l'entrée principale, je traversai un jardin tropical luxuriant figé dans le silence du crépuscule. Quelque part, un cardinal gazouillait. La nuit tombait. J'appuyai sur la sonnette placée au-dessus d'une discrète plaque de cuivre sur laquelle était gravé le nom Toland en lettres noires. Le cardinal se tut. Le ciel au-dessus du golfe devint pourpre, puis bleu foncé et enfin noir. Une étoile se mit à briller.

– Qui est là ? demanda la voix d'Etta derrière la porte.

– Matthew Hope. Puis-je entrer ?

Elle eut un moment d'hésitation.

– Vous y êtes autorisé ?

– Je crois bien.

– Bon, juste une minute alors.

Le silence revint.

Enfin, la porte s'ouvrit.

Etta Toland était vêtue d'une blouse bleue maculée d'argile, d'un jeans et de sandales. Ses cheveux noirs et raides étaient attachés dans le bas de sa nuque par un petit ruban rouge. Elle tenait une serviette dans les mains et s'essuyait encore celle de gauche lorsqu'elle m'ouvrit la porte. La rumeur racontait qu'elle sculptait. Car encore une fois, à Calusa, une personne sur deux sculptait, peignait, écrivait des pièces ou...

– Qu'y a-t-il, monsieur Hope ?

– Je suis désolé de vous interrom...

– Soit, mais vous le faites.

– Puis-je entrer ?

– Pourquoi donc ?

– Nous devons discuter de certaines choses.

– Je suis convaincue que nous n'y sommes pas autorisés.

Ses yeux sombres étaient emplis de colère et de suspicion. Elle se tenait dans l'encadrement de la porte, la tête haute, les épaules redressées, et en barrait l'accès.

– Je peux revenir avec une assignation à comparaître, déclarai-je.

– Ce serait peut-être préférable.

– Je préférerais que nous parlions de manière informelle.

– Bon, dit-elle, entrez.

Je pénétrai dans le hall. Elle referma la porte derrière moi et la verrouilla. L'entrée était carrelée et semblait être un prolongement du jardin tropical que je venais de traverser. Il y avait des plantes et des arbres en pots partout, beaucoup étaient plus grands que moi, certains penchaient sur le sol couleur terre. Nous passâmes devant un bassin dans lequel nageait une carpe dorée et traversâmes de longs couloirs de baies vitrées vers le cœur de la maison.

Son atelier – une grande pièce dont les fenêtres s'ouvraient sur un ciel étoilé – était situé à l'est de la baie. Il y avait, posés sur des guéridons, sur des tables et sur des socles, différents modèles de nus féminins en argile. Celui sur lequel elle semblait travailler avant que je n'arrive était un nu grandeur nature en train de courir, les bras en balancier, la jambe gauche tendue en avant, celle de droite plus en arrière. Elle avait commencé à le draper de chiffons mouillés. J'eus l'image soudaine de quelqu'un en train de recouvrir à la tombée de la nuit une cage à oiseaux.

– Madame Toland, commençai-je, Bobby Diaz m'a dit être venu ici le soir où Brett a été tué. Est-ce vrai ?

– Est-ce vrai qu'il vous l'ait dit ou est-ce vrai qu'il soit venu ?

– Etta, déclarai-je, soyons sérieux. Je pense que vous avez tué votre mari.

– Vous pensez ?

Un sourcil se dressa au-dessus d'un de ses yeux foncés en forme d'amande. Le dragon. Calme, décontractée et maculée d'argile.

Ses mains continuaient à draper de bouts de tissu la sculpture d'argile presque aussi grande qu'elle.

– Diaz est venu récupérer ici une cassette vidéo, n'est-ce pas ?

– Ah bon ?

Toujours le même regard détaché. Ses mains étaient tout aussi occupées que celle de Lainie sur la vidéo incriminée.

– Une cassette vidéo que vous avez trouvée dans un coffre-fort à l'étage.

– Ah bon ?

Elle se montrait détendue à un point qui en était exaspérant. Ses mains continuaient à envelopper l'argile dans des chiffons mouillés. Elle enveloppa les bras, les jambes, les seins puis la tête. Elle enveloppait tout soigneusement. Et elle m'ignorait soigneusement. Elle m'ignorait royalement.

– Vous avez regardé la vidéo ensemble, dis-je.

Elle ne répondit rien cette fois-ci. Elle portait toute son attention sur le modèle en argile ; elle l'enveloppait comme elle l'eut fait avec une momie, l'emmaillotait, l'emmitouflait.

– Vous avez reconnu une des femmes dans ce film comme étant Lainie Commins.

Elle demeura silencieuse et poursuivit son travail. Elle trempa les mains dans une bassine d'eau rendue trouble par l'argile et les rinça. Puis elle les essuya dans une serviette qu'elle replia proprement avant de la poser sur la table à côté du socle de la statue. Elle tourna enfin le dos à tout cela et entreprit de quitter la pièce.

– Etta, dis-je.

– Je crois que nous en resterons là, monsieur Hope.

– Vous m'avez appelé Matthew à une époque.

– C'était lorsque nous étions amis.

– Etta, qu'avez-vous fait l'autre soir après que Diaz est parti ?

Elle ne souffla mot. Elle continuait à traverser l'atelier à grands pas, à l'image de sa sculpture.

– Etta, Diaz a quitté votre domicile vers vingt-deux heures cinquante. Qu'avez-vous fait après ?

– Je suis allée me coucher.

– Je ne vous crois pas.

– Peu importe ce que vous croyez.

– Pas si j'arrive à prouver que vous étiez sur le bateau le soir où votre époux a été tué.

– J'étais bien sur le bateau ce soir-là. Mais après. Je l'ai trouvé mort, vous vous rappelez, monsieur Hope ?

– Y êtes-vous retournée depuis ?

– Non.

– Jamais ?

– Jamais.

– Comment la cassette alors a-t-elle atterri là-bas ?

Elle s'arrêta à la porte. Y réfléchit pendant une seconde ou deux. Se retourna vers moi.

– Bobby l'a prise avec lui, me répondit-elle.

– Non, il ne l'a pas prise.

– C'est sa parole contre la mienne.

– Sauf s'il ne s'est pas rendu sur le bateau ce soir-là.

– Donc, il a dû s'y rendre.

– Je ne pense pas.

– C'est toujours sa parole contre la mienne, répéta-t-elle en haussant légèrement les épaules et en se retournant vers la porte au moment où je déclarai :

– La boîte était vide à vingt-trois heures trente.

Elle hésita à nouveau.

Elle s'immobilisa, tournée à moitié vers moi, à moitié vers la porte.

– Et alors ? fit-elle.

– Bobby retournait à Whisper Key à cette heure-là. Il y est d'ailleurs arrivé peu avant minuit. J'ai un témoin qui peut l'attester. Il n'aurait pas pu se rendre au bateau après le départ de Lainie. Et la boîte de la cassette était vide à ce moment-là.

– Qui le dit ?

– Lainie.

– Lainie l'a tué.

– Non.

– Si.

– Non. La cassette vidéo se trouvait dans cette maison à vingt-deux heures cinquante. Lainie ne l'a jamais eue en sa possession. Huit jours après le meurtre, je l'ai découverte sur le bateau. Vous venez de me dire que vous n'étiez jamais retournée à bord du *Toy Boat*. Comment... ?

– Je vous ai également dit que Bobby était parti d'ici avec la cassette.

– Je vous le répète, Etta, je n'y crois pas. Je pense que c'est vous qui avez apporté cette cassette sur le bateau. Je ne m'explique pas pourquoi. Peut-être aurez-vous l'amabilité de m'éclairer ?

– Écoutez, tout cela est absurde.

– Non, Etta. Je crois que vous vous êtes rendue au bateau pour défier votre époux. Je pense que...

– Moi, je pense que vous devriez partir.

– Un témoin vous a vue, affirmai-je.

Elle me regarda.

– Il vous a vue monter à bord à vingt-trois heures quinze.

Elle continua à me fixer du regard.

– Faut-il que je réclame une séance d'identification par décision judiciaire ? demandai-je.

Et soudainement, elle se mit à pleurer.

Juan aperçut tout d'abord ses cheveux blonds.

Aveuglé par la pluie torrentielle, distinguant à peine les feux du bateau, il était accroché de toutes ses forces au gouvernail et hurlait de plus belle afin que Luis lui apporte un poncho. Sa chemise blanche de pêcheur plaquée contre son torse puissant, le pistolet rentré dans la ceinture de son pantalon détrempé, il hurlait à nouveau « Luis ! » lorsqu'il vit surgir la tête blonde.

Warren, lui, faisait glisser la fenêtre coulissante des toilettes.

Juan resta bouche bée.

Totalement bouche bée.

Il la regarda grimper l'échelle d'une manière languissante, vêtue d'une jupe noire qui remontait sur ses cuisses, de chaussures à talons hauts, d'un chemisier jaune froissé ; mais d'où diable pouvait-elle bien sortir ?

Warren se hissa sur l'étroite coursive. Il pleuvait des cordes. Il s'accrocha au bastingage, s'accroupit et rampa jusqu'au gouvernail.

– Comment vas-tu, beau gosse ? demanda Toots de sa voix la plus sensuelle si l'on considérait qu'elle apercevait le contour du 9 millimètres sous la chemise du type. Un gros calibre à la ceinture d'un barbu baraqué capable de la mettre en morceaux sans même utiliser son arme. Elle voulait ce revolver. Elle voulait les huit kilos de cocaïne. C'était la seule chose à laquelle elle pensait désormais. Maîtriser le type, prendre le revolver, trouver la coke.

Il s'était éloigné du gouvernail pour lui faire face. Mais peu importait le gouvernail, peu importait le bateau ou l'orage ou le reste ; seule comptait à présent cette beauté blonde ondulant vers lui à l'image d'un serpent de mer.

Warren, aussi, ondulait vers lui.

Toots continuait à retenir toute son attention ; elle se mouvait dans sa direction sans lui laisser deviner le moindre instant que Warren allait se pointer d'une seconde à l'autre. Au contraire, elle se léchait les lèvres, elle plissait les yeux telle une sirène du cinéma des années trente, « *Sí, come to me, querido.* » L'envie et la surprise brillaient dans les yeux de Juanito lorsqu'il s'avança sous la pluie battante en vacillant. Il réalisa une seconde trop tard que quelqu'un avait sauté, derrière lui, dans le cockpit. Il allait se retourner quand Warren lui assena un coup de marteau sur le crâne. Assommé, il trébucha. Réalisant trop tard qu'on l'avait abusé, il s'agrippa à Toots qui lui murmura « *Sí, muchacho* » en l'enlaçant tendrement avant de lui décocher un coup de genou dans l'aine.

Il essaya alors d'attraper son revolver.

Plié en deux par la douleur, jurant en espagnol, il chercha sous son tee-shirt trempé mais Warren était déjà sur lui, l'empoignant d'un geste qu'il avait appris dans les services de police de Saint Louis, le traînant sur le pont, puis le lâchant brusquement pour le frapper en pleine tête, avant de l'achever d'un dernier coup. Juan s'effondra.

Toots s'agenouilla près de lui et récupéra l'arme coincée dans la ceinture de son pantalon.

– Bien, lâcha Warren.

– Où ont-ils planqué la came ? demanda-t-elle en pointant le neuf millimètres sur lui.

Skye Bannister en personne, procureur de la douzième circonscription judiciaire de l'État de Floride, était présent lors de la déposition que je recueillis ce jeudi soir à vingt-deux heures dans mon cabinet de la Heron Street. Il y avait également le procureur-adjoint Pete Folger, mon associé Frank Summerville ainsi que Sidney Brackett, celui-là même qui défendait les Toland dans l'affaire de violation du copyright. La raison pour laquelle Etta avait fait appel à lui plutôt qu'à un pénaliste m'échappait. Mais elle était ici pour passer aux aveux – du moins, c'est ce qu'elle m'avait laissé entendre – et peut-être que le reste ne lui importait plus.

Skye Bannister ne m'appréciait pas, pas plus qu'il n'appréciait le fait que je sois avec Patricia, l'un de ses meilleurs éléments. Il aimait, en revanche, sans commune mesure la demeure du gouverneur à Tallahassee et des rumeurs prédisaient sa candidature à ce poste aux prochaines élections ou à celles qui suivraient. En attendant, il était toujours là, emmerdeur de première au physique qui rappelait Dan Quayle[1]. Si l'on considérait que Brackett ressemblait à un Newt Gingrich rondelet et Folger à Phil Gramm[2] en plus maigre, il ne manquait plus au tableau qu'un technicien vidéo qui ait des airs de Bob Dole. Mais le technicien était une superbe rousse d'une vingtaine d'années, plutôt agacée d'avoir été dérangée à la maison pendant qu'elle regardait la télé.

Etta Toland continua à verser des larmes en prêtant serment. Je lui demandai gentiment de bien vouloir décliner son identité et son adresse, de confirmer que nous avions eu une longue conversation à cette même adresse plus tôt dans la soirée et de nous répéter, à moi et à la caméra, en présence de son avocat et de ces messieurs du cabinet du procureur, les propos essentiels qu'elle m'avait tenus. Elle déclara qu'elle n'y voyait pas d'inconvénient.

Brackett poussa un soupir.

Etta s'essuya les yeux.

Elle s'était changée avant que nous ne quittions sa maison de Fatback et portait à présent un pantalon assez simple, un chemisier

---

1. Sénateur républicain (N.D.T.).
2. Sénateurs républicains (N.D.T.).

beige assorti et des chaussures à talons plats. Ses cheveux tombaient, raides et brillants, sur ses épaules. Ses yeux, pleins de larmes, étaient lumineux et grands ouverts. La rousse regarda sa montre. Nous commençâmes.

Q : Pouvez-vous me dire, tout d'abord, si vous étiez présente lorsque votre époux a téléphoné à Lainie Commins et lui a demandé de le retrouver sur votre bateau ?

R : J'étais là.

Q : À quelle heure lui a-t-il téléphoné ?

R : Aux alentours de vingt et une heures.

Q : A-t-il appelé depuis votre domicile ?

R : Oui.

Q : Dans une déposition antérieure, vous avez déclaré qu'il l'avait appelée du bateau. Revenez-vous sur cette déclaration ?

R : Il l'a appelée depuis la maison.

Q : Avez-vous eu l'opportunité d'entendre la conversation ?

R : J'ai entendu ce qu'il lui disait.

Q : Et que disait-il ?

R : Il disait qu'il voulait discuter d'un arrangement auquel il ne voulait pas mêler les avocats. Qu'il souhaitait en discuter face à face, seul avec elle. Mais pas au téléphone. Il disait qu'il n'entendait pas la compromettre, que ce n'était pas un coup monté.

Q : A-t-il déclaré être déjà sur le bateau ?

R : Oui.

Q : Donc il mentait.

R : Oui. Il voulait donner l'impression que c'était une affaire urgente. Lui faire croire qu'il l'attendait, pressé de conclure un marché. Elle a accepté de le rencontrer et l'a informé qu'elle mettrait environ une heure pour arriver.

Q : Vous ne l'avez pas entendue dire cela, n'est-ce pas ?

R : Non. Brett me l'a répété. Avant de quitter la maison.

Q : À quelle heure a-t-il quitté votre domicile ?

R : Peu après la conversation téléphonique. Il était vingt et une heures dix-neuf environ.

Q : Combien de temps met-on pour aller de votre maison de Fatback au yacht-club de Silver Creek ?

R : Dix à quinze minutes. Cela dépend de la circulation.

Q : Donc, il ne serait pas arrivé plus tard que..., disons, vingt et une heures trente ?

R : C'est ce que je dirais.

Q : Madame Toland, vous m'avez dit auparavant, n'est-ce pas, qu'un homme du nom de Bobby Diaz était venu à votre domicile le soir du meurtre...

R : Oui.

Q : Peu après que votre mari était parti au bateau.

R : Oui.

Q : Aux alentours de vingt-deux heures, est-ce bien cela ?

R : Oui.

Q : Pouvez-vous me dire qui est Bobby Diaz ?

R : Le responsable de la conception chez Toyland.

Q : Était-il informé de la plainte déposée par Lainie Commins contre votre société ?

R : Il l'était.

Q : Cette affaire a-t-elle été évoquée pendant que M. Diaz était chez vous ce soir-là ?

R : Oui.

Q : Pouvez-vous nous dire de quoi vous avez parlé ?

R : Il a déclaré avoir remis une cassette vidéo à Brett.

Q : Quel genre de vidéo ?

R : Une vidéo pornographique.

Q : Avait-elle un titre ?

R : *Mains désœuvrées*. On y voit quatre femmes en train de se masturber. Lainie Commins en fait partie.

Q : Comment se fait-il que Bobby ait remis cette cassette à votre époux ?

R : Il a déclaré que cela permettrait à Brett de gagner le procès. Il réclamait une prime d'intermédiaire. Dix pour cent de ce que nous réaliserions avec l'ours en peluche.

Q : Avec le terme « ours en peluche », vous entendez...

R : Joyau. Notre ours. Celui que nous avions volé à Lainie, d'après ses dires.

Q : Votre époux a-t-il accepté de donner ces dix pour cent à Bobby ?

R : Non. Et c'est pour cette raison qu'il était chez nous. Il voulait récupérer la cassette.

Q : Aviez-vous quelque idée que ce soit de cette vidéo avant qu'il ne vous en parle ?

R : Non.

Q : L'aviez-vous déjà regardée ?

R : Jamais.

Q : L'aviez-vous déjà aperçue ?

R : Jamais.

Q : En connaissiez-vous ne serait-ce que l'existence ?

R : Non, absolument pas.

Elle se remit à pleurer. Les trois hommes à l'allure de républicains lui adressèrent des regards patients et bienveillants. La rousse coléreuse semblait s'ennuyer ferme. Je tendis un paquet de Kleenex à Etta. Elle se moucha, tamponna ses yeux, s'essuya les joues. Chassa une mèche de cheveux de son visage. Releva le menton. Ses yeux se posèrent sur les miens. Ils étaient clairs et décidés. Nous reprîmes.

Q : Bobby Diaz vous a-t-il demandé de chercher cette vidéo ?

R : Oui.

Q : Et avez-vous entrepris une recherche ?

R : Oui.

Q : L'avez-vous finalement trouvée ?

R : Oui. Dans le coffre-fort de notre chambre. La cassette seulement. Le boîtier avait disparu.

Q : Quelle heure était-il lorsque vous avez trouvé la cassette ?

R : Environ vingt-deux heures quarante-cinq.

Q : Et ensuite ?

R : Nous en avons regardé un petit bout. Pour nous assurer que c'était bien la bonne. Parce que la boîte manquait, vous comprenez. Vous savez, les boîtiers en plastique noir dans lesquels on range les cassettes habituellement. On n'avait aucun moyen de savoir de quoi il s'agissait.

Q : C'était la bonne cassette ?

R : Oui. Lainie était dessus.

Q : Combien de temps l'avez-vous regardée ?

R : Oh, pas plus d'une minute.

Q : Que s'est-il passé ensuite ?

R : Bobby voulait la récupérer. Je lui ai dit que je ne la lui donnerais pas. Je pensais que Brett lui avait peut-être versé de l'argent pour l'avoir et que Bobby pouvait, après tout, me tendre un piège.

Q : Qu'a-t-il répondu à cela ?

R : Rien. Il est simplement parti.

Je la regardai.

Mis à part le ronflement de la caméra vidéo, la pièce était silencieuse. Je jetai un coup d'œil à Frank. Le signe de tête qu'il m'adressa était presque imperceptible.

— Madame Toland, dis-je, veuillez m'excuser mais n'avez-vous pas déclaré auparavant que votre refus de donner la cassette à Diaz...

— Je vous ai dit avant exactement la même chose que ce que je vous dis à présent.

— Ne m'avez-vous pas dit qu'il... ?

— Je vous ai dit qu'il avait quitté la maison.

— Ne vous a-t-il pas dit quelque chose avant de partir ?

— Oui, il m'a dit bonsoir.

— Qu'a-t-il dit d'autre ?

— Rien.

— Ne vous a-t-il pas révélé que, jusqu'à Noël de l'an passé, votre époux avait eu une liaison avec Lainie Commins ?

— Non.

— Et n'est-ce pas la raison pour laquelle vous...

— Faut-il que je réponde à d'autres questions ? demanda-t-elle en se tournant vers Brackett.

— Pas si vous ne le désirez plus, répondit celui-ci.

— Dans ce cas, je ne le désire plus, dit-elle.

— Où ? fit Toots. Où les ont-ils foutus ?

— Je ne sais pas de quoi tu parles, dit Warren.

— Les huit kilos, Warren. Où sont-ils ?

— Je ne sais absolument rien de...

— J'étais aux chiottes quand ils sont montés à bord avec. Où les ont-ils foutus ?

— Je ne les ai jamais vus.

– Warren, je vais te buter, tu sais.

– Vas-y.

– Tu sais où se trouve la coke, Warren.

– J'en entends parler à l'instant.

– Dis-moi où elle est ou j'te bute.

– Tu vois le type là ? demanda-t-il en indiquant d'un signe de tête Juan étendu inconscient sur le pont. Cinq minutes après leur arrivée, il m'a frappé avec le revolver que tu as en main. Je n'ai jamais vu personne charger de la dope sur ce bateau.

– Tu mens.

– Non, je ne mens pas.

– Va t'faire foutre, je la trouverai moi-même.

– J't'en prie, vas-y.

Elle descendit l'échelle. Il continuait à pleuvoir à seaux. Il remua la tête, soupira et se dirigea vers le gouvernail. Il pouvait l'entendre tempêter dans la cale, claquer les portes des placards, remuer ciel et terre. Il soupira à nouveau. Elle remonta dix minutes plus tard.

– Où est-ce ? demanda-t-elle.

– Je ne sais pas.

Elle entreprit de chercher dans les coffres de réserve de chaque côté du bateau desquels elle se mit à extraire furieusement des gilets de sauvetage, des cordes, des chiffons et une casquette à visière. Elle souleva le couvercle de la boîte à appâts. Fouilla sous les glaçons et les packs de bière. Warren maintenait le bateau stable. Elle s'approcha de lui et pointa à l'aide du revolver le compartiment fermé sous le tableau de bord au niveau de ses genoux.

– Pousse-toi, lui ordonna-t-elle.

– Le bateau conduit pas tout seul, fit-il remarquer.

– Alors ouvre ça.

Il appuya avec le pouce sur le bouton du couvercle, lequel s'ouvrit. Il aperçut immédiatement un paquet enveloppé dans une toile cirée jaune au milieu de cartes marines, d'une lampe de poche, d'une boîte à cigares et d'un sifflet.

– La came, s'exclama-t-elle. Donne !

– Non, répondit-il en refermant le compartiment d'un coup sec et en le bloquant avec son genou gauche, comme pour la prévenir qu'il resterait clos. Des trombes d'eau continuaient à leur tomber dessus, Toots la main rivée au revolver, Warren agrippé au gouvernail.

– Warren, reprit-elle, je ne plaisante pas.

– Je sais, Toots.

– Alors bouge de là.

– Non.

– Warren, j'en ai besoin.

– Non, tu peux t'en passer.

– Putain ! Ne me dis pas ce que j'ai à faire, t'entends ? !

– Toots...

– Ne m'oblige pas à te faire mal, Warren !

Elle le fixait du regard à travers la pluie battante, les cheveux collés, les vêtements détrempés et l'eau dégoulinant sur le visage. Il n'aurait pas su dire si c'était seulement la pluie ou si elle pleurait aussi. Il ne la croyait pas capable de lui tirer dessus mais il n'en était pas pour autant convaincu. L'arme tremblait dans sa main.

– Warren..., supplia-t-elle, je t'en prie.

– Toots...

– S'il te plaît, Warren...

– Toots...

– S'il te plaît.

Il poussa un profond soupir.

Il ouvrit le compartiment d'un geste brusque. Avança la main. En sortit le paquet enveloppé dans la toile cirée jaune. Rabattit violemment le couvercle. Elle réalisa ce qu'il allait faire alors qu'il avait déjà commencé à le faire. Elle tendait les bras vers lui alors qu'il se retournait, tendait les bras pour lui arracher le paquet des mains, le récupérer, le sauver et le préserver de la pluie et de la nuit lorsqu'il le jeta par-dessus bord.

Elle s'effondra. Elle resta sous la pluie, le regard fixe et inconsolable, et se mit tout à coup à pleurer. Il se leva et passa son bras autour de ses épaules. Tout en tenant le gouvernail de sa main libre, il la serra gentiment contre lui.

– Toots, dit-il, rentrons maintenant, d'accord ?

LA NUIT DES NOUNOURS

Elle ne pouvait s'arrêter de sangloter.
– Toots ? On peut rentrer à présent ? répéta-t-il.
Ses pleurs lui brisaient le cœur.
– O.K. Toots ? On peut rentrer ?
Elle esquissa un signe de tête affirmatif.
– Tu en es bien sûre, Toots ?
Elle fit à nouveau signe que oui.
Il la tint serrée contre lui sous les trombes d'eau.

13

– Eh bien Matthew, fit Bannister, pour des aveux c'étaient des aveux !

– Écoutez, répondis-je, vous me connaissez suffisamment pour...

– Ah ça, je vous connais suffisamment, m'interrompit-il.

Il était impeccablement habillé d'un léger costume bleu fait sur mesure dont les rayures avaient des reflets verts. Chemise bleue. Cravate verte. Des chaussures noires impeccablement cirées. Sa femme et lui étaient en train de dîner avec un sénateur lorsque j'avais appelé. Je lui avais expliqué avoir eu des aveux dans l'affaire Toland. Je lui avais dit vouloir filmer l'interrogatoire dans mon cabinet.

Nous en étions là.

Et Etta Toland s'était rétractée.

Pete Folger, qui ressemblait à Phil Gramm et dont la voix était semblable à celle de Phil Donahue[1], regarda sa montre. L'expression de son visage semblait signifier qu'il avait perdu suffisamment de temps et qu'il souhaitait maintenant rentrer à la maison pour retrouver sa petite famille et ne pas rater le journal télévisé de vingt-trois heures. La mine de Skye Bannister, qui, lui, ressemblait à Dan Quayle – il avait, en plus, son timbre de voix –, paraissait sous-entendre qu'il me connaissait suffisamment pour croire que je ne l'aurais pas traîné jusqu'ici si je n'avais, selon l'expression

---

1. Présentateur américain de talk-shows (N.D.T.).

291

en vogue dans la profession, rien à leur « mettre sous la dent ». Car sinon, que diable foutait-il dans mon cabinet ?

— Matthew, commença-t-il, je suppose qu'elle vous a confié des informations que vous souhaitiez porter à notre connaissance...

— Ce n'est pas mon impression à moi, dit Folger.

— Pete, dis-je, elle s'est rétractée. Mais qu'avez-vous donc ?

— Ce que j'ai, c'est qu'on a déjà coincé votre cliente et que vous traînez ici quelqu'un que vous déclarez...

— Il n'est quand même pas stupide, fit observer sèchement Bannister.

— Quoi ? lâcha Folger.

— J'ai dit qu'il n'était pas stupide. Il sait bien qu'une telle erreur lui coûterait cher. Que vous a-t-elle révélé, Matthew ? Et que voulez-vous que nous fassions maintenant qu'elle s'est dédite ?

— Il lui a dit exactement ce que j'affirmais qu'il lui dirait.

— De qui et de quoi parlez-vous ?

— De Bobby Diaz. Il lui a révélé que son époux avait mis fin à sa liaison avec Lainie Commins à Noël dernier.

— Et alors ?

— Vous voulez connaître la manière exacte dont elle me l'a raconté ?

— Je vous en serais très obligé, dit Bannister.

Elle ne sait pas exactement comment répondre à la déclaration de Bobby.

Elle y a déjà songé auparavant. Lorsque Brett et Lainie passaient des heures, tard le soir, à plancher sur des dessins au bureau, elle a pensé à cette éventualité. Elle suppose que Lainie est une femme attrayante avec son air d'enfant abandonnée, quand on aime ce style. Brett reluque en permanence les filles mais son goût, d'habitude, est plutôt porté sur les femmes sophistiquées. Et pourtant, il est fort probable que les dires de Bobby s'avèrent justes, même si elle n'en laissera rien paraître devant lui. Elle lui conseille au contraire de déguerpir et appelle le bateau une fois qu'il a disparu.

— Il était environ vingt-deux heures cinquante, expliquai-je. Dans une déposition antérieure, elle déclarait avoir appelé le bateau à vingt-trois heures quarante-cinq. C'était pour se couvrir.

Elle téléphone au bateau à vingt-deux heures cinquante et n'obtient pas de réponse.

Elle se demande pourquoi il ne décroche pas et s'il est déjà sur le chemin du retour.

Dans ce cas, pour quelle raison ne l'a-t-il pas appelée afin de lui dire comment s'est passée la réunion ?

Elle se demande ensuite pour quel motif il a souhaité que Lainie le retrouve sur le bateau plutôt qu'ici, à la maison.

Elle s'interroge également sur les raisons pour lesquelles il n'a fait aucune allusion à la vidéo porno qu'il a en sa possession, aucune allusion à sa ravissante idiote en train de se tripoter aux yeux du monde entier.

A-t-il regardé son film de cul en solitaire ?

Peut-être lui rappelle-t-il sa petite conne bigleuse, les jambes en l'air, aguichante au possible ?

Le fait-elle bander ?

Le pousse-t-elle à passer à l'acte ?

Retrouvons-nous à nouveau sur le bateau, hmmm ?

Elle se demande, en fait, si sa petite bigleuse de pute n'est pas en train, en ce moment même, de s'astiquer sur *Toy Boat* et de l'astiquer, lui, par la même occasion ; il ne perdrait pas complètement son temps comme ça, pas étonnant que personne ne réponde.

Elle décide que si tout cela est vrai...

S'il a vraiment eu une liaison avec Lainie...

S'il a encore une liaison avec elle...

Elle le tuera.

C'est une décision qu'elle prend en l'espace d'un instant.

Elle le tuera.

C'est aussi simple que cela.

En Floride, il n'est nul besoin de permis pour acheter et posséder une arme. Ou plusieurs. À bord du *Toy Boat*, il y a un automatique et puis, à la maison, ils ont deux revolvers, un Walther P 38, que Brett garde dans la table de nuit de son côté du lit, et un Colt Cobra 22 millimètres, dans la table de nuit d'Etta. Son revolver est chargé. Il a un barillet de six balles. Elle prévoit de tuer son mari avec, si les affirmations de Bobby Diaz sont vraies.

Elle n'a pas la moindre hésitation là-dessus.

C'est une décision définitive.

S'il se fout d'elle, elle le tuera.

Elle s'habille en conséquence avant de quitter la maison. Elle passe un caleçon et un justaucorps noirs. Pas de soutien-gorge. Des Nike noires. Elle sort de son armoire la cape de soie de la même couleur qu'elle avait portée à l'occasion du bal du Flocon de Neige à Noël dernier. « Jusqu'à Noël dernier, votre mari avait une liaison avec Lainie Commins. » Elle trouve le chapeau à bords larges qu'elle a acheté il y a un mois à peine lors d'une vente de charité. Elle se remonte les cheveux à l'aide d'épingles. Enfile la cape, se coiffe du couvre-chef et se regarde dans le miroir de cette chambre qu'elle a peut-être partagée jusqu'à aujourd'hui avec un coureur de jupons. Elle ressemble au fantôme de l'Opéra. La crosse en noyer de son Cobra est froide au toucher. L'arme ne pèse pas lourd. Elle la jette, en même temps que la cassette vidéo, dans un sac fourre-tout qu'elle met à l'épaule. Des gants. Elle se souvient des gants. Une tenue comme la sienne requiert de simples gants noirs. Elle en trouve une paire, celle qu'elle a achetée à Milan en septembre dernier. Un cuir mou qu'elle passe comme une deuxième peau. Elle s'observe à nouveau dans le miroir. Parfait, se dit-elle.

Son Infiniti vert bouteille est garée dehors dans l'allée. Elle aime le nom que la marque Nissan a donné à cette couleur : le noir émeraude. Elle démarre.

L'horloge du tableau de bord affiche 23 : 10.

À cette heure-là, sans aucune circulation, elle parvient au yacht-club en exactement dix minutes.

On connaît sa voiture ici. Il ne s'agit pas qu'on la repère et qu'on s'en souvienne ultérieurement, si les propos de Bobby Diaz s'avèrent justes et qu'elle tue son mari. Elle a l'intention de lui mettre la cassette sous le nez. De lui demander pour quelle raison il la lui a cachée. De lui demander s'il est vrai que...

Est-ce vrai ?

L'est-ce vraiment ?

Demande-le-lui.

Elle gare la voiture sur le bas-côté de la route en dehors du yacht-club. Elle se déplace dans l'ombre des arbres, en longeant le mur de pierres, aussi noire que la nuit, les mains commençant à suinter à l'intérieur des gants de cuir mou. Le sac bat contre sa hanche pendant qu'elle se dirige vers le parking. Elle s'apprête à sortir de l'ombre pour le traverser quand soudain...

Une Geo blanche.

Garée sous l'unique lampadaire tout au fond du parking.

La voiture de Lainie.

Il est vingt-trois heures vingt.

Etta remue la tête avec amertume.

Elle traverse, d'un pas déterminé, le parking en direction du *Toy Boat*. Le quai est silencieux. Le bateau également. Elle monte silencieusement sur la passerelle, dépasse le cockpit, des cris lui parviennent d'en bas, les sons reconnaissables entre tous d'une femme gémissant de plaisir, puis elle perçoit sa voix, « oui vas-y, oui », c'est la voix de Lainie, « oh oui, vas-y, plus fort », et tout à coup, elle n'éprouve plus aucune nécessité de demander quelque explication que ce soit à son mari.

Elle le tuera.

Elle descend les marches qui conduisent au salon où elle entend à nouveau les voix. Il lui parle de la cassette qu'il a désormais en sa possession. Il lui laisse entendre qu'elle est susceptible de nuire à sa carrière. Il lui suggère de retirer sa plainte avant que toute la profession ne soit informée.

— Qu'est-ce que tu dis là, Brett ?

— Je te conseille de retirer ta plainte si tu ne veux pas que j'envoie des copies de la vidéo à toutes les sociétés de la branche.

— Quoi ?

— Il me semble que je suis clair, Lainie.

— Il y a cinq minutes...

— Oui, mais...

— Tu me disais que tu m'aimais toujours !

— Je sais, mais retire ta plainte.

— Espèce de salaud !

– Retire ta plainte, Lainie.

Pour un peu, Etta en oublierait ses résolutions. S'il a seulement attiré Lainie sur le bateau pour la menacer au cas où elle refuserait de...

Mais alors pourquoi lui a-t-il fait l'amour ?

Pourquoi lui a-t-il dit qu'il l'aimait toujours ?

– Tu me disais que tu m'aimais toujours !

– Je sais, mais retire ta plainte.

Elle entend Lainie en colère prononcer encore quelques jurons, lui crier que jamais à présent elle ne retirera sa plainte, qu'il peut aller chez Ideal, chez Mattel, au diable s'il veut. Elle réalise qu'elle est sur le point de quitter la cabine au son de sa voix près de la porte ; elle lui hurle ces dernières phrases en quittant la pièce telle un ouragan. Etta connaît le bateau comme sa poche. Il y a un cabinet de toilettes adjacent au salon. Elle s'y glisse, referme doucement la porte derrière elle et écoute.

Sa montre indique vingt-trois heures trente.

Elle perçoit des bruits de pas se précipitant dans le couloir, traversant le salon et montant l'échelle qui conduit au pont. La passerelle craque sous le poids de Lainie lorsqu'elle redescend à terre. Etta reste silencieusement derrière la porte des toilettes à guetter le bruit d'une voiture démarrant, mais elle n'entend rien. Est-elle partie ? Est-elle vraiment partie ? Elle attend.

Sa montre indique vingt-trois heures trente-cinq.

Elle ouvre enfin la porte.

Elle entend l'eau couler depuis le fin fond du couloir. Parfait, ce sera une nouvelle version de *Psychose*, elle va le tuer sous la douche. Sa main fouille dans le sac. Ses doigts trouvent le revolver. Elle serre la crosse en noyer. La porte de la cabine est ouverte. L'eau de la douche continue à couler. Elle entre furtivement dans la pièce. Je vais le tuer sous la douche, pense-t-elle. Elle aperçoit différentes choses sur la table de chevet de Brett.

D'abord, l'heure sur l'horloge à affichage numérique.

23 : 38.

Ensuite, un boîtier de cassette vidéo en plastique noir.

Mains désœuvrées.

Elle remarque aussi un foulard de femme posé sur l'un des fauteuils.

Foulard bleu, petites ancres rouges.

Et elle voit l'arme de Brett.

Tout devient subitement clair.

Elle sourit.

Oui, elle sourit.

Et remet son revolver au fond de son sac.

L'horloge affiche 23 : 39.

L'eau de la douche s'arrête de couler.

Elle s'approche doucement du lit, saisit l'automatique de sa main droite gantée. La porte de la salle de bains s'ouvre. Brett ne porte qu'une serviette. Il écarquille les yeux sous l'effet de la surprise.

– Etta ? dit-il. Qu'est-ce que... ?

Le premier coup le rate.

Les deux suivants l'atteignent en plein visage.

L'horloge de la table de chevet indique 23 : 40.

Avant de quitter le bateau, elle remet la cassette dans sa boîte et dépose le tout sur une des étagères de la bibliothèque, bien en vue au milieu des autres vidéos. Laissons-les faire le lien avec le foulard de Lainie et conclure qu'elle était venue récupérer la cassette. Laissons-les faire le lien avec ça se dit-elle en posant l'automatique sur le lit. Elle jette un regard à Brett qui, à présent, baigne dans son sang sur le tapis, la serviette ouverte, le pénis recroquevillé et minuscule.

Bien, pense-t-elle avant de quitter le bateau.

Elle est de retour chez elle après un trajet de douze minutes.

Il est vingt-trois heures cinquante-cinq.

Elle se change et quitte encore une fois la maison à minuit.

À minuit seize, elle est à nouveau au yacht-club.

L'heure à laquelle elle prétend avoir découvert son mari.

– Elle vous a dit tout cela ? demanda Folger.

– Oui, répondis-je. Je ne l'aurais pas fait venir ici sinon.

– C'est trop bête qu'elle ne veuille pas le répéter, fit remarquer Skye.

– Trop bête, repris-je.

– Qu'attendez-vous de nous, Matthew ?

– Que les poursuites judiciaires contre ma cliente soient suspendues...

– C'est hors de question.

– ... et que toute l'enquête soit concentrée sur Etta Toland.

– Impossible, déclara Folger en remuant la tête.

– Pourquoi ?

– On va se gausser de nous, répliqua Skye.

– Et supposez que nous ne trouvions rien ? demanda Folger.

– Comment cela se pourrait-il ? dis-je. Faites-vous délivrer un mandat de perquisition pour fouiller dans ses armoires. Le veilleur de nuit a aperçu quelqu'un habillé en noir...

– Il se peut qu'elle ait déjà brûlé les vêtements à l'heure qu'il est, fit remarquer Skye.

– Consignez ses factures de téléphone comme pièces à conviction. Dans sa déposition, elle m'a dit avoir appelé le bateau à vingt-trois heures quarante-cinq et être arrivée au yacht-club à minuit seize. En fait, elle a effectué son appel...

– En quoi cela prouve-t-il qu'elle l'a tué ? demanda Folger.

– Cela prouve qu'elle ment.

– Et alors ? Vous ne mentez jamais ?

– Pete, elle a téléphoné au bateau à vingt-deux heures cinquante et a quitté la maison dix minutes plus tard habillée pour aller tuer. Il se peut que je...

– Non, m'interrompit Skye. Les factures de téléphone indiquent peut-être l'heure à laquelle elle a appelé le bateau mais certainement pas le moment où elle a quitté la maison. Ça gamberge un peu trop dans votre tête.

– Dans la sienne aussi, Skye.

– Oui mais si c'est le cas, elle n'en tient personne au courant.

– Comment voyez-vous la chronologie des événements ? demanda Folger.

– Toute la chronologie ?

– De A à Z.

– Depuis le début ?

– Depuis le tout début.

Je pris une feuille jaune lignée de format A4 dans le premier tiroir de mon bureau. Je saisis un stylo et me mis à écrire.

21 : 00   Bobby Diaz appelle Toland.

– Toland lui demande de ne pas insister, dis-je. Il déclare qu'il n'a pas besoin de la cassette.

21 : 05   Toland téléphone à Lainie pour l'inviter à venir au bateau.

– Il l'appelle depuis la maison, fis-je remarquer. Pas depuis le bateau comme l'affirmera plus tard Etta.

– Pourquoi devrait-elle mentir là-dessus ?

– Elle a menti sur toute la ligne, Skye. Elle l'a tué.

– À cet endroit de votre exposé, je n'en ai aucune preuve. Voyons voir le reste du timing.

Je recommençai à écrire.

21 : 10   Diaz part à Fatback Key.

21 : 15   Toland part pour le bateau.

21 : 30   Toland arrive au bateau.
*   Lainie part pour le bateau.*

22 : 00   Lainie arrive au bateau.
*   Diaz arrive au domicile des Toland.*

22 : 45   Werner aperçoit Lainie et Toland sur le bateau.
*   Etta trouve la cassette vidéo dans le coffre-fort des Toland.*
*   Lainie et Brett descendent dans la chambre du bateau.*

22 : 50   Diaz quitte le domicile des Toland.
*   Etta appelle le bateau, personne ne décroche.*

23 : 00   Etta part pour le bateau.

– À partir d'ici, on commence à faire des suppositions, fit remarquer Skye.

– Croisons les doigts, dis-je.

– Rien de tout cela ne colle avec la déposition du 18, déclara Folger.

– Elle mentait même sous serment, Pete.

23 : 10   Etta arrive au yacht-club, se gare sur le bas-côté de la route.

23 : 15   Etta aperçoit la Geo de Lainie garée sur le parking. Le veilleur de nuit voit Etta monter à bord.

23 : 20   Etta découvre Lainie et Brett au lit.

23 : 30   Lainie quitte le bateau. Des témoins rapportent avoir vu une voiture garée sur la route.

23 : 35   Etta se dirige vers la cabine.

23 : 38   Etta entre dans la cabine.

23 : 39   Brett sort de la douche.

23 : 40   Etta le tue.
Les Bannerman entendent des coups de feu en provenance du bateau des Toland.

23 : 43   Etta rentre à son domicile.

23 : 55   Etta arrive à son domicile, se change.

00 : 00   Etta repart pour le bateau.

00 : 16   Etta arrive au bateau, « découvre » le corps.

00 : 20   Etta appelle la police.

– Le reste de son histoire est vrai, dis-je.

– Je vous le redemande, Matthew. Que voulez-vous que nous fassions ?

– Vous savez ce qu'il veut, intervint Frank. Il veut que vous suspendiez toute poursuite judiciaire avant d'avoir enquêté plus en profondeur sur Etta Toland. C'est cela qu'il attend.

– Donnez-moi une piste, réclama Skye.

– Vous avez les vêtements noirs...

– Peut-être.

– ... et un témoin qui l'a vue monter à bord vingt-cinq minutes avant le crime, dit Frank. Et puis, elle a menti en déclarant que Brett téléphonait à Lainie depuis le bateau, alors qu'il le faisait de leur domicile où elle a entendu toute la conversation. Elle a également menti en ce qui concernait son coup de fil au bateau. Vous avez des témoins qui ont aperçu une voiture luxueuse de couleur foncée garée sur Silver Creek Road, à l'endroit où elle a dit elle-même à Matthew avoir...

– Ce qu'elle a dit à Matthew ne m'intéresse pas !

– Elle affirme ne pas être arrivée au yacht-club avant minuit seize. Des témoins ont vu cette voiture de marque à la peinture foncée entre vingt-trois heures trente et minuit. Etta conduit une Infiniti vert bouteille. Cela l'amène obligatoirement à s'être trouvée au yacht-club pendant le meurtre...

– Vous trouvez cela sérieux ? demanda Folger. Une demi-heure de battement ?

– Messieurs, j'ai besoin de preuves, argumenta Skye. Vous ne pouvez pas vous attendre à ce que je...

– Et des traces de pneus ? demandai-je.

– Que voulez-vous dire ?

– Des empreintes de pneus qui correspondraient ?

– Vous avez des empreintes de pneus qui correspondraient ?

– J'ai un moulage des traces qu'on a retrouvées là où les témoins ont déclaré avoir vu la voiture.

– Est-ce que les empreintes relevées sont celles des pneus de la voiture d'Etta Toland ?

– Je ne sais pas encore.

– Eh bien, quand vous saurez...

– Vous pouvez le découvrir plus vite que moi, Skye.

– Ah ? Et comment puis-je... ?

– Les services de police sont sur cette affaire depuis mercredi.

– Qui s'en occupe ?

– Nick Alston.

– Trouvez-le, exigea Skye.

Folger alla téléphoner.

– Si cela correspond..., commençai-je.

– Je vous promets de suspendre les poursuites judiciaires, interrompit Skye.

Et cela correspondait.

Nick Alston rapporta que, d'après les informations communiquées tard dans l'après-midi par le FBI, le pneu en question était un pneu à carcasse radiale Toyo A05 de dimension P215/60R15 fabriqué par la société Toyo Pneus comme pièce d'équipement standard des berlines de luxe Infiniti J30 de la marque Nissan – la voiture que conduisait Etta Toland.

Pete Folger réclama la saisie de la voiture.

Le reste était de la tarte.

Patricia, commençai-je, nous devons parler. Je sais que j'ai la réputation d'être un homme sensible, compréhensif, mélomane et ayant les machos en horreur, mais je dois t'avouer que j'ai appris beaucoup sur moi depuis mon accident – si on peut parler d'un accident – et je ne suis pas certain que l'homme qui est sorti de l'hôpital soit le même que... non, s'il te plaît, laisse-moi terminer. Pour commencer, je ne supporte plus la stupidité. Je ne peux plus supporter les imbéciles. Je ne peux plus supporter non plus les amateurs. Ne me comprends pas mal, je n'insinue pas que tu en fais partie. Non, non. En fait, je te respecte et t'admire pour ton intelligence, ton professionnalisme... Tu es d'ailleurs le type de femme qui m'a toujours attiré... enfin, non, ce n'est pas tout à fait juste, j'ai aussi connu de vraies connasses, à la vérité, et si tu trouves à redire quand à l'utilisation de cette expression, sache que je m'en fous. En tout cas, c'est du passé et nous vivons dans le présent ; alors parlons du présent, Patricia.

Si j'ai l'air impatient de profiter de la vie, c'est parce que j'ai traversé cette vallée de la mort, tu sais, et qu'il n'y avait personne derrière moi. J'étais tout seul face à l'horizon chargé de nuages noirs, tu comprends, j'ai été si proche de tout ça, Patricia, et je ne veux plus jamais que cela m'arrive à nouveau. Jamais.

Alors oui, peut-être me trouveras-tu bizarre et ronchonneur ces derniers temps, peut-être suis-je un sale râleur, peut-être n'ai-je pas de patience avec les ignorants, les insolents, les intolérants, les égocentriques, les satisfaits d'eux-mêmes, les grossiers, les inconscients ou les méfiants désireux de m'imposer leurs convictions et de m'interdire le droit de choisir *ma* voie selon *mes* besoins et *mes* aspirations – nombreuses en ce moment, je peux te l'assurer. Je vois les choses beaucoup plus clairement désormais, Patricia. C'est le fait qu'on m'ait tiré dessus. Le fait que je ne sois pas passé loin. Au fond, ce que je veux aujourd'hui, c'est décider *moi-même* de ma vie.

Donc, il faut que je te dise ce que j'essaye de te confier depuis ma sortie de l'hôpital mais qui, même pour un avocat éloquent comme moi, reste difficile à dire. Il faut que je te dise que j'ai regardé d'autres femmes, Patricia... non, s'il te plaît, attends, laisse-moi terminer, je t'en prie. J'ai regardé leurs jambes, leurs cuisses et leur poitrine ; on dirait quelqu'un qui passe une commande, je sais. Et je n'ignore pas que ça ne se fait pas et que c'est plutôt sexiste de regarder ainsi les femmes, mais je m'en fiche, je me fiche royalement des conventions désormais. En fait, les conventions m'emmerdent. Elles me rendent malade.

D'ailleurs, beaucoup de choses me rendent malade ces derniers temps.

Ma propre mortalité me rend malade.

Patricia...

Ce que je veux te dire, c'est que...

Je vais bien à présent.

Je vais bien depuis quatre mois.

Je veux te faire l'amour.

Je veux que tu arrêtes de penser que je ne suis pas tout à fait rétabli, je veux que tu arrêtes de me considérer comme un invalide.

Je suis à nouveau là, Patricia.

Je suis en vie.

On peut recommencer ?

S'il te plaît ?

– O.K., murmura-t-elle.

Lundi 25 septembre, par une matinée ensoleillée et chaude, le juge Anthony Santos rendit sa décision dans l'affaire Commins contre Toyland. En voici quelques extraits :

Depuis le début du XXᵉ siècle, des millions d'ours en peluche ont été vendus à travers le monde par des milliers de fabricants. Ces jouets doivent leur nom[1] à Theodore « Teddy » Roosevelt, vingt-sixième président des États-Unis.

Peu avant Noël de l'année 1902, le Président quitta Washington avec sa famille pour participer à une chasse à l'ours de quatre jours dans l'État du Mississippi. Bien que chasseur confirmé, il s'avéra malchanceux en ne croisant sur son chemin qu'un ourson bloqué au sommet d'un arbre. Il décida de ne pas chasser le pauvre petit animal effrayé.

---

1. En anglais, ours en peluche se dit *teddy bear* (N.D.T.).

On fit grand vent de cette anecdote qui fut à l'origine d'un dessin humoristique de Clifford K. Berryman publiée dans le Washington Post. *Par la suite, Berryman reprit l'ourson dans de nombreux dessins en l'utilisant comme symbole pour le Président. Il ne fallut pas attendre longtemps pour que, à partir de cette idée, un fabricant de jouets produise une peluche. Surnommée Teddy d'après le diminutif du Président, elle reçut immédiatement l'adhésion du grand public.*

Elaine Commins dépose une motion pour injonction préliminaire, alléguant que Toyland, avec son produit Joyau l'ours loucheur (dénommé ci-après l'ours Toyland), contrevient à son produit Joyeux l'ours loucheur (dénommé ci-après l'ours Commins). La plainte de Commins comprend trois chefs d'accusation. Le premier chef d'accusation est une réclamation pour violation de copyright en vertu de la loi sur le copyright des États-Unis. Le deuxième chef d'accusation est une réclamation pour violation de la marque déposée conformément à l'article 32.1 a de la loi fédérale sur les marques déposées. Le troisième chef d'accusation est une plainte pour compétition déloyale, à savoir pour violation de la propriété des dessins et modèles en vertu de l'article 43 a de la même loi.
Toyland dépose une motion pour un jugement en forme simplifiée de ces trois chefs d'accusation.

Impatient, je commençai à parcourir le document.

... après avoir examiné les ours Commins et Toyland, la cour rend les conclusions suivantes eu égard aux affirmations de Commins quant à une ressemblance substantielle :
1. Commins soutient que les deux ours sont identiques en taille, forme et longueur de poils. Les deux ours ont approximativement la même taille, soit environ cinquante centimètres de hauteur, bien que l'ours Toyland soit notablemment plus gros et plus lourd. Il n'y a là rien d'inhabituel. De fait, les ours en peluche de cette taille obtiennent le succès le plus notoire auprès des consommateurs et sont, par conséquent, fabriqués...

Je continuai à tourner les pages...

... soutient que les deux ours sont atteints de strabisme et portent des lunettes de vue correctrices. Cette affirmation est vraie, mais les yeux en forme de bouton des ours, de même que leurs lunettes, diffèrent sur les deux modèles. Sur l'ours Toyland, les yeux sont presque entièrement dissimulés par de la fourrure. Sur l'ours Commins, ils sont plus larges et plus visibles ; les iris noirs et les pupilles blanches y sont mieux définis. Les lunettes de vue Toyland consistent en de simples lentilles sur lesquelles ont été peints des yeux normaux. Les lunettes de vue Commins utilisent des miroirs pour...

Et je feuilletais toujours...

... sont les caractéristiques inhérentes à l'idée abstraite d'un ours en peluche qui, elle, n'est pas soumise à une protection de copyright. À partir de ces observations, la cour conclut donc que le « concept général » de l'ours Toyland diffère, de manière significative, de celui de l'ours Commins et qu'aucun juré raisonnablement prudent ne trouverait une ressemblance substantielle entre l'ours Toyland et l'ours Commins.
En conséquence, la motion de Toyland pour un jugement en forme simplifiée du premier chef d'accusation est acceptée.

Mon cœur se serra.

Le deuxième chef d'accusation allégue la violation de la marque déposée...

Je continuai à chercher.
Et à nouveau...

... à partir de ces observations, la cour conclut qu'aucun juré raisonnablement prudent ne déterminerait la possibilité d'une confusion de la part des consommateurs entre les marques déposées Joyau et Joyeux. En conséquence, la motion de Toyland pour

un jugement en forme simplifiée du deuxième chef d'accusation est acceptée.

J'inspirai profondément...

Le troisième chef d'accusation allègue une compétition déloyale ou, plus spécifiquement, la violation de la propriété des dessins et modèles. Ici aussi, et ce malgré des similitudes d'ordre secondaire entre les yeux atteints de strabisme et entre les lunettes de vue correctrices, la cour trouve qu'aucun juré raisonnablement prudent ne conclurait à une ressemblance qui puisse tromper, ou simplement induire en erreur, un nombre conséquent d'acheteurs quant à l'origine des deux ours. En conséquence, la motion de Toyland pour un jugement en forme simplifiée du troisième chef d'accusation est acceptée.

Et finalement...

La motion du plaignant pour une injonction préliminaire est rejetée. Conformément à la loi, le défendeur a droit à un jugement. Le jugement est rendu en faveur du défendeur Toyland et contre le plaignant Elaine Commins.

C'est le jeu : parfois on gagne, parfois on perd !

Cet ouvrage, composé par
PARIS PHOTOCOMPOSITION
36, avenue des Ternes, 75017 Paris

Impression réalisée sur Cameron par
BRODARD ET TAUPIN
La Flèche

pour le compte des Éditions Ramsay
en avril 1997

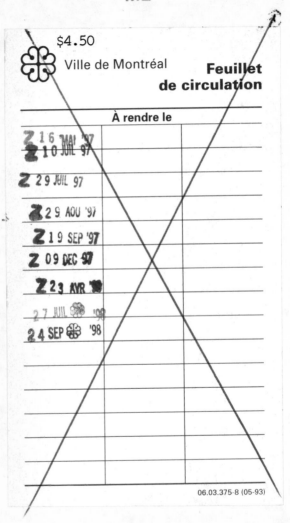

$4.50

✿ Ville de Montréal

**Feuillet
de circulation**

À rendre le

Z 16 MAI 97
Z 10 JUIL 97

Z 29 JUIL 97

Z 29 AOU '97

Z 19 SEP '97

Z 09 DEC 97

Z 23 AVR

2 7 JUIL ✿ '98

2 4 SEP ✿ '98

06.03.375-8 (05-93)

Imprimé en France
Dépôt légal : avril 1997
N° d'impression : 1002S-5
ISBN : 2-84114-261-2
50-0803-2
RAR 770

SAINT-MICHEL
1 7 DEC. 1998

Ville de Montréal

Feuillet de circulation

MCB

À rendre le

1 7 DEC. 1998	2 1 JUIN '01	
2 2 JAN '99	1 7 AVR '02	
1 6 AVR '99	4 JUIL '02	
1 5 MAI '99	3 0 JUI	
1 5 JUIN '99	0 6 SEP '03	
2 5 JUIN '99	2 8 OCT	
1 3 AOUT 1999	1 8 NOV '04	
1 0 SEP '99	1 4 DEC '04	
1 7 SEP '99		
2 7 JAN '00		
9 FEV '00		
2 5 MAR '00		
2 8 AVR '00		
1 9 AVR '01		

06.03.375-8 (05-93)